SUSANNE ZIEGERT

Wattrennen in den Tod

GALOPP MORTALE Edle Vollblüter, Möwenschreie und die Weite des Wattenmeers. Tausende Zuschauer kommen alljährlich zum Wattrennen in Cuxhaven-Duhnen. Doch in der Nacht vor der Veranstaltung geschieht eine Katastrophe: Das berühmte Galopprennpferd Diamond Moon verschwindet spurlos aus seiner Box. Kriminalhauptkommissarin Friederike von Menkendorf und die Malerin Margo Valeska folgen den Hinweisen bis an den Strand. Wurde der Vollblüter über das Watt entführt? Die Rennserie findet trotzdem statt, dabei fällt ein Jockey tot vom Pferd. Es war Mord. Die Ermittler durchleuchten das Umfeld des Toten und die Rennszene. Lautstark protestierende Tierschützer geraten in den Fokus. Haben sie den Star der Veranstaltung entführt? Bevor die Polizei einen Zusammenhang herstellen kann, kommt es zu einem zweiten Todesfall. Fieberhaft arbeiten sie daran, die Puzzlestücke zusammenzusetzen, um weitere Taten zu verhindern.

© Heike Leuschner

Susanne Ziegert wurde im Erzgebirge geboren. Zwei Tage vor dem Mauerfall floh sie in den Westen, um endlich Paris zu sehen. Sie studierte in Aix-en-Provence, arbeitete mehrere Jahre in Brüssel. Nach dem Volontariat in Berlin arbeitete sie für überregionale Zeitungen wie Die Welt und die Neue Zürcher Zeitung am Sonntag. Seit 2019 lebt die Autorin mit ihrem Ehemann sowie Pferden und Eseln in einem 230 Jahre alten Bauernhof im Landkreis Cuxhaven. Neben ihrer schriftstellerischen Arbeit ist sie als Journalistin und Dolmetscherin für Französisch tätig. Land und Menschen im Norden inspirieren sie zu ihren Büchern.

SUSANNE ZIEGERT

Wattrennen in den Tod

KRIMINALROMAN

GMEINER

Bei Fragen zur Produktsicherheit gemäß der Verordnung über die allgemeine Produktsicherheit (GPSR) wenden Sie sich bitte an den Verlag.

Immer informiert

Spannung pur – mit unserem Newsletter informieren wir Sie regelmäßig über Wissenswertes aus unserer Bücherwelt.

Gefällt mir!

Facebook: @Gmeiner.Verlag
Instagram: @gmeinerverlag

MIX
Papier | Fördert gute Waldnutzung
FSC® C083411

Besuchen Sie uns im Internet:
www.gmeiner-verlag.de

Im Ehnried 5, 88605 Meßkirch
Telefon 07575/2095-0
info@gmeiner-verlag.de

1. Auflage 2025

Lektorat: Claudia Senghaas, Kirchardt
Satz: Mirjam Hecht
Umschlaggestaltung: U.O.R.G. Lutz Eberle, Stuttgart
unter Verwendung eines Fotos von: © vlevelly / stock.adobe.com;
C. Löser, CC BY 3.0 DE <https://creativecommons.org/licenses/by/3.0/de/deed.en>, via Wikimedia Commons; https://commons.wikimedia.org/wiki/File:Cuxhaven_Neuwerk_April-2017_DSC_1547.JPG
Druck: CPI books GmbH, Leck
Printed in Germany
ISBN 978-3-8392-0831-1

Personen und Handlung sind frei erfunden.
Ähnlichkeiten mit lebenden oder toten Personen
sind rein zufällig und nicht beabsichtigt.

KAPITEL 1

Die Wattfläche lag im Dunkeln, zart kündigte sich die Morgendämmerung an, zeichnete ein rötliches Band am Horizont. Das Rot verlief nach einem Moment wie kühne Pinselstriche eines Malers über den Himmel. Ein Windstoß verwirbelte ihre Haarsträhnen. Sie hatte keinen Blick für die Schönheiten der Natur und kniff die Augen zusammen. Prüfend sah sie auf die Uhr und den Meeresboden bis zu ihrem Ziel. Schwarz zeichnete sich die Silhouette der Insel Neuwerk mit dem burgartigen Leuchtturm in der Ferne ab.

Das Wasser hatte sich nicht vollständig zurückgezogen, Priele und tiefe Pfützen spiegelten das Farbspiel der aufgehenden Sonne. So war vor allem das Sahlenburger Loch auf der Strecke unpassierbar, das wusste sie von den vielen Touren zur Insel. Sie schätzte, dass sie in einer halben Stunde starten konnten. Sie drehte sich um und stapfte durch den Sand der Dünen und querte den Deich, entschlossenen Schrittes lief sie zwischen den Hotelhochhäusern in der ersten Reihe vorbei an der Strandstraße entlang in Richtung Dorfbrunnen. Der Platz um das reetgedeckte Brunnenhäuschen war menschenleer. Das konnte eine Weile so bleiben, hoffte sie. Sie eilte in die Einfahrt des Pferdehofes gegenüber. Das historische Stallgebäude mit seinen grünen Holztüren war das Überbleibsel des einstigen Bauerndörfchens Duhnen. Der Wattwagenhof Strobel war ihr seit ihrer Kindheit vertraut, hier lebte ihre beste Freundin Vanessa.

Deren Großmutter hatte ihnen oft erzählt, wie Kühe und Pferde einst auf den Weiden hinter den Sanddünen grasten. Dort, wo sich jetzt die Betonburgen reckten, befanden sich Stallungen oder Wiesenflächen.

Durch eine Malerkolonie wurde Duhnen als Reiseziel entdeckt. Der Urgroßvater der Strobels hatte damals mit Freunden das Wattrennen organisiert, um die Gäste zu unterhalten. Mittlerweile waren die meisten alten Höfe Betonburgen gewichen und das Rennen eine Massenveranstaltung mit 10.000 Gästen. In wenigen Stunden sollte die Veranstaltung wieder starten. Doch dieses Mal würde einiges anders laufen, wenn ihr Plan gelang.

Seit vielen Jahren brachte die Familie ihrer Freundin während des Rennens in ihren Pferdeboxen die Galopper des *Rennstalls Tonnac* unter. Sie liebte diese edlen und sensiblen Pferde und kannte jedes von ihnen, denn ihr Vater war bis vor einem Monat der behandelnde Tierarzt gewesen, eines ihrer Praktika hatte sie in diesem Stall gemacht.

Sie sah den silbernen Pferdetransporter mit der Aufschrift des Rennstalls auf dem Hof und ging weiter zum Boxentrakt. Sie hatte keine Angst, entdeckt zu werden. Denn sie war ein häufiger Gast auf dem Hof und hätte sich mit einem Besuch bei ihrer Freundin herausgeredet.

Sie blieb einen Moment auf dem Hof stehen. Auf der rechten Seite befanden sich das längliche Stallgebäude, daneben eine Weide für die Pferde, links schloss sich ein dreigeschossiges Haus mit Ferienwohnungen an, am anderen Ende des Hofs stand die Halle mit den gelben Wattwagen. Diese verdeckte den Blick auf das dahinterliegende Wohnhaus der Familie und deren Garten, ein kleiner Weg führte an der Kutschengarage vorbei nach hinten.

Noch war alles dunkel, die Stallhelfer hatten nicht mit der Versorgung der Pferde begonnen. Der Wind trug ihr Geräuschfetzen von Gelächter und Musik zu, sie versuchte festzustellen, woher die Geräusche kamen. Da fiel ihr das Gespräch ein, das sie kürzlich im Stall aufgeschnappt hatte. Das war vermutlich der berühmte Aperitif am Vorabend des Rennens, der in keinem offiziellen Programm stand. Alljährlich vor dem Großereignis luden die Hofbetreiber zu einem Fest, das offenbar bis in die Morgenstunden dauerte. Amkea verabscheute solche Besäufnisse zutiefst, doch in dem Fall kam ihr die Party gelegen. Wegen der lauten Musik würden die Anwesenden nichts von ihrer Aktion mitbekommen. Zügig ging sie zum Stallgebäude und öffnete die Tür. Die Stallgasse mit den Pferdeboxen auf beiden Seiten lag vor ihr, die Pferde dösten entspannt in ihren Boxen, und einige Köpfe hoben sich überrascht bei ihrem Eintreten. Sie musste ihn schnellstmöglich finden, ohne entdeckt zu werden.

Ganz leise rief sie seinen Kosenamen: »Dino. Bist du hier?« Sie vernahm ein Wiehern aus dem hinteren Drittel des Stalls, und schon schob sich Diamond Moons edler Kopf über seine Boxentür zur Mitte des Gangs. In dem Moment ging das Licht an, sie hörte Schritte. Innerlich fluchte sie, warum war sie nicht früher gekommen. Sie konnte nur den Rückzug antreten.

Schnell versteckte sie sich hinter einem der Heuballen in der Nachbarbox.

»Na, Großer, wie geht es dir? Mach mir keine Schande morgen«, vernahm sie eine männliche Stimme. Die Schritte endeten etwa auf Höhe von Dinos Box. Wer war das? Sie hörte ein Geräusch, der Mann schien Diamond Moon mit der flachen Hand auf den Hals zu klatschen. Am liebsten wäre sie aufgesprungen. Es hatte sich bei diesen Sportreitern offenbar noch nicht herumgesprochen, dass Pferde diese angebliche Liebkosung nicht mochten. Aber diese Form des Lobes hielt sich, weil man es schon immer so machte. Aus ihrem Versteck erkannte sie die ausgemergelte Silhouette des Jockeys Cristobal Bullwin, der Mann, der Dino bei dem Rennen reiten sollte. Was hatte er bloß um diese Uhrzeit bei Diamond Moon zu suchen? Sie spähte hinter ihrem Ballen hervor. Irgendetwas gab er dem Pferd zu fressen, er sah sich dabei nach allen Seiten um. War es eine verbotene Substanz? Sie würde es später herausfinden.

Die Schritte entfernten sich endlich, sie atmete auf, erhob sich und bewegte sich im Schatten der Wand auf den Hof. Sie schaute sich in alle Richtungen um. Nichts. Vielleicht war der direkt vom Feiern in den Stall gekommen und wieder dahin zurück gegangen? Sie sah keine Menschenseele weit und breit. Sollte sie das Unterfangen trotz der unliebsamen Störung wagen? Sie öffnete noch einmal die Boxentür und ging zu Diamond Moon.

»So, mein Schatz, bist du bereit?« Ruhig sprach sie auf ihn ein, tastete seine Beine sanft ab. Zum Glück war keine Schwellung an seinem rechten Vorderbein zu spüren, dort hatte er sich an der Sehne verletzt und deshalb mehrere Monate pausieren müssen. Hoffentlich hatte ihm der Mann kein Dopingmittel gegeben, beispielsweise ein Schmerzmittel. Sein Allgemeinbefinden schien gut zu sein, also konnten sie die Tour wagen. Sie streichelte seine Lieblingsstelle an der Stirn. Er hob den Kopf und verzog das Gebiss zu einer Grimasse. Es sah aus, als würde er lachen, weil sie sich wiedersahen.

Was sie vorhatte, war riskant. Für alle beide. Wenn sie

nichts tat, ließ sie ihn in sein Verderben laufen. Vielleicht sogar direkt in den Tod. Ein Sehnenriss oder eine Fraktur waren noch immer schwer behandelbar und konnten für einen Galopper das Todesurteil sein. Sie würde sich selbst nicht mehr im Spiegel in die Augen sehen können.

Zum Glück hatte der Dreckskerl ihren Rucksack mit dem Reitpad nicht gesehen. Das war alles, was sie neben dem simplen Strickhalfter mitgebracht hatte. Dieses Bändle lag lediglich oberhalb der Ohren auf und formte einen Ring um die Nase, aus dem darunter die Zügel abgingen. Diese einfache Konstruktion war leicht und für das Pferd nach ihrer Einschätzung am verträglichsten. Damit hatte sie in seiner Rehazeit mit ihm schon geübt, er reagierte meist auf ihre Stimme. Sie vertraute auf ihre Beziehung, es würde gut gehen. Sie schob die Boxentür auf, legte Dino das Pad auf und verschnürte es unter dem Bauch, brachte das Strickhalfter an der Nase an. Sie hatte nur eine Chance, wenn sie im Stall aufstieg und direkt von hier losritt. Falls jemand seine Schritte hörte und Alarm schlug, hätte sie nicht mehr die Zeit, um aufzusteigen. Wie alle Rennpferde hatte er einen sensiblen Rücken, sie konnte nur über eine Aufstiegshilfe auf das Pad gelangen. Sie nutzte eine Trittleiter.

Ruhig ließ er sie gewähren, sie nahm die Zügel locker auf und ritt aus dem Stall, über den Hof und durch die Einfahrt auf die Straße. Dino schnaubte freudig, sie spürte seine Muskelspannung unter sich und murmelte beruhigende Worte. Im Schritt lenkte sie ihn über den Platz am Dorfbrunnen die Strandstraße entlang. Mittlerweile waren einige Fußgänger meist mit Hund unterwegs, niemand schenkte ihnen Beachtung. Kurz vor Niedrigwasser gehörten Reiter in Duhnen zum gewohnten Ortsbild. Sie waren an der ersten Reihe der Hotels direkt vor dem Deich angekommen. Sie ritt den steilen Weg auf den Damm hinauf, oben wieherte der Hengst aufgeregt und tänzelte. Dieser Blick auf die Weite des Watts vermittelte ein Gefühl von Freiheit. Wo sonst waren Reiter von einem solch gigantischen Naturraum umgeben, ohne Häuser, Beton und Autos. Die Wattfläche lag vor ihnen, erste Sonnenstrahlen glitzerten auf dem schon beinahe trockenen Meeresboden.

Vermutlich konnte der Hengst weiter in diese traumhafte Landschaft hinaussehen als sie selbst. Sein Wiehern hatte freudig geklungen.

»Alles wird gut, mein Schöner«, murmelte sie mit sanfter Stimme und strich ihm über den Hals. »Auf geht's, Dino«, forderte sie den Hengst auf, der gleichzeitig mit ihren Gedanken loslief. Der Vollblüter war zum Glück am Ende seiner Rehazeit täglich über den trockenen Meeresboden gelaufen und kannte die Strecke. Sie hatte jetzt genug Zeit, um die Tour in langsamer Gangart zu schaffen, bevor das Wasser wieder auflief.

Sein Schritt beschleunigte sich, sie spürte seine Energie, die Freude, endlich zu laufen. Und doch richtete er ein Ohr nach hinten, um mit ihr zu kommunizieren. Was für ein liebenswerter Bursche er war.

»Erst müssen wir durch den Priel, Dino. Hab Geduld«, bat sie ihn, und er ging weiter im Schritt. Ein wenig traben durfte er, doch eine zu starke Belastung würde die Regeneration seiner verletzten Sehne im rechten Vorderbein gefährden. Die Hufe patschten gleichmäßig ins Wasser und wirbelten den Schlamm nach oben. Noch waren sie alleine auf dem Weg, hinterließen ihre Spuren in der wellenförmig geformten Sandfläche. Deutlich erkannte sie die Umrisse der Insel Neuwerk vor ihnen. Die Sonne war mittlerweile aufgegangen und verwandelte das umliegende Watt in einen funkelnden Silberspiegel, außer ihren Schritten war nur das Plätschern der unzähligen Wattwürmer und das hohe Piepsen der Austernfischer zu vernehmen.

Endlich waren sie über die steinige Wegführung am Priel hinweggelaufen, eine trockene freie Strecke lag vor ihnen.

Kaum hatte sie an eine schnellere Gangart gedacht, als das Pferd seine Schritte beschleunigte und sich in einem gleichmäßigen Trab bewegte.

Sie hielt sich im Jockeysitz auf seinem Rücken. Gelernt war gelernt, sie genoss die Harmonie der gemeinsamen Bewegung. Nach ein paar Minuten in der Gangart gab sie einen Pfiff von sich, der in einer tieferen Tonlage endete – das Signal, wieder langsamer zu werden. Er reagierte so schnell, als könne er Gedanken lesen. Sie lobte Dino mit sanfter Stimme.

Niemand außer ihnen war im Watt unterwegs. Die Wattwagenfahrer vom Festland pausierten wegen des Rennens. Sie war erleichtert, dass ihr keiner in die Quere gekommen war, denn Pferdemenschen hätten sofort erkannt, wen sie vor sich hatten.

Endlich sah sie das schwache Licht des Leuchtturms direkt vor ihnen, sie hatten es fast geschafft. Jetzt nichts riskieren, sie stieg ab und führte das Pferd bis zum Ufer, dann den befestigten Weg über den Deich. Sie entschied sich gegen den Mittelweg auf der Insel, dort bestand am ehesten das Risiko, entdeckt zu werden, denn die Wattwagen oder der Versorgungstraktor der Neuwerker nutzten diese Verbindung.

Stattdessen ritt sie den Weg hinter dem Deich entlang, bis sie zum Stall kam, den sie für den Zweck vorbereitet hatte. Sie spülte die Beine des Pferdes ab und legte ihm eine Abschwitzdecke auf. Sie untersuchte ihn gründlich durch Abtasten und atmete auf. Alles war in bester Ordnung.

»Hier, mein Schatz, das magst du doch?«, sie stellte ihm eine Schüssel Pferdemüsli hin, das Dino mit einem erfreuten Brubbeln registrierte und restlos verspeiste. Als sein Fell unter der Decke getrocknet war, führte sie ihn in seine Box, hängte einen Heusack hinein und befüllte seinen Futtereimer mit einer Handvoll Möhren. »Danke, du Hübscher«, flüsterte sie ihm ins Ohr.

Der Stallbesitzer Kai-Uwe König, unterzog sich einer Hüft-Operation, und sie vertrat ihn während ihrer Semesterferien. Für die groben Arbeiten standen ihr noch zwei Stallhelfer zur Seite, der Geschäftsführer, ein entfernter Verwandter des Chefs, hielt den Pensionsbetrieb am Laufen. Sie hatte vor ein paar Tagen angekündigt, dass sie ihr Pferd auf die Insel kommen lassen wollte.

Dann ging sie ins Haus. »Warst du im Watt?«, fragte ihre Zimmernachbarin Katrin, mit der sie die Wohnung teilte. Die junge Frau lauerte stets auf ihr Kommen und Gehen. Sie war im Service und in der Küche tätig und offensichtlich unzufrieden mit ihrem Job, bei ihren Gesprächen spürte sie immer eine Prise Neid auf ihr selbstbestimmtes Tun im Pferdestall. Katrin ließ den Blick über ihre verschlammte Kleidung schweifen. Sie nickte: »Herrlich, so eine Tour in der aufgehenden Sonne.« Sie hoffte, dass die andere keinen Verdacht geschöpft hatte.

*

Facebook Gruppe Cuxhaven touristenfrei

Tourihasser
Morgen ist es soweit. Wir werden den Invasoren die Laune vermiesen. Das wird das letzte blöde Wattrennen sein :) :) :) Kein Besucher wird sich den Mist mehr anschauen. Denen wird das Lachen so gründlich vergehen. Wir haben eine wunderbare Überraschung geplant. Ich könnte mir einen Ast lachen, wenn nicht alles so traurig wäre. Der Ausverkauf unseres geliebten Cuxhaven darf nicht weitergehen. Alles Geld fließt nach Duhnen, weil da die meisten Touris hinkommen. Die kriegen jeden Wasserhahn vergoldet. Allein die Kosten für den Sand, der Strand muss ja aussehen wie auf der Postkarte. Und für die Einheimischen bleibt nichts übrig. Bis auf die Duhner. Wir wissen ja, wer dort wohnt und das Sagen hat! Diese ganzen Nasen aus der Provinzpolitik hocken da in ihren Villen. Schaut mal, wie unsere Straßen vergammeln. Kein Geld für den Schulneubau. Und Wahrzeichen der Stadt. Habt ihr das Schiff *Hermine* gesehen, wie es vor sich hin rottet?
120 Likes
4 Kommentare

Cuxhavenherz
Ein Skandal, wie du sagst. Die werden wir morgen richtig aufmischen. Wir haben genug von den Massen. Immer Stau, alle Läden voll. Und von wegen Arbeitsplätze. Das sind Sklavenverhältnisse für Billiglöhner. Nur zum Kotzen dieses blöde Rennen. Was das kostet. Aber das werden wir denen vermiesen, wie wir

besprochen haben. Wir sind dabei. Für unsere Stadt, Cuxhaven tourifrei. Ich freue mich auf die Mädels.

PetraCux
Unglaublich, was das alles kostet. Für die Sicherheit, da gehen Tausende Euro drauf. Und die Stadt verfällt. Ich habe mir neulich die *Hermine* angesehen, total verrottet. Statt dieses traumhaft schöne Schiff zu sanieren, wurde einfach der Mast entfernt. Wie eine Amputation. Der Schiffsrumpf rottet weiter, irgendwann kommt auch der weg. Dafür gibt es kein Geld. Oder den letzten Hafenkran am Steubenhöft, der liegt auf dem Schrott. Für die blöden Touris sitzen die Millionen locker! Denen zeigen es die Mädels mal!

Hein BLD
Bin dabei, schade, dass keine mit dem Trekker kommen. Aber die Nackerten sind gut! Endlich was tun, nicht nur labern.

Tourihasser
@Hein BLD. Genau, jetzt schlagen wir Cuxhavener zurück. Wir lassen uns nicht länger in die Enge treiben. Bis morgen. Treffpunkt per PM, man weiß nie, Feind hört mit.

KAPITEL 2

Unruhig hatte sich Friederike von Menkendorf in ihrer ersten Nacht in der Cuxhavener Wohnung hin und her gewälzt. »Was du an einem neuen Ort träumst, wird wahr«, hatte ihre Großmutter immer gesagt. Letztlich hatte sie gar nicht geschlafen, ihre Gedanken ließen sie nicht zur Ruhe kommen. War es die richtige Entscheidung, in diese Stadt zu ziehen? Es war kurz nach 4 Uhr, zwar fühlte sie sich gerädert, doch der Schlaf wollte nicht kommen. Eine gute Dosis Koffein würde helfen. Sie sprang aus dem Bett und begann, die Kaffeemaschine in den Kartons zu suchen. Eine Kiste wäre ihr beinah auf den Fuß gefallen, warum hatte sie nicht mehr ausgemistet? Zwar waren die Boxen mit dem Inhalt beschriftet, doch die Küchenutensilien verbargen sich ihren Blicken.

Sie verschob das Unterfangen und rief ihren Vierbeiner Prinz, um mit ihm einen Spaziergang zu machen. Im Juli ging die Sonne schon gegen 5 Uhr auf, das war ihre bevorzugte Tageszeit. Um diese Uhrzeit waren Straßen und Strände mitten in der Hochsaison menschenleer. Sie lief mit ihrem Hund zur *Alten Liebe*, bewunderte den roten Feuerball, der sich am Horizont hinter der fast glatten Wasseroberfläche erhob. Sie liebte diesen Geruch nach Holz, Teer und Meer und atmete einen Moment tief ein, betrachtete das Naturschauspiel. Prinz wurde ungeduldig, sie setzten ihren Weg hinter dem Radarturm fort, ein paar Mal warf sie sein Krokodil, doch er war mit dem Schnüffeln im Gras beschäftigt.

»Was steht in der Zeitung, Prinz?«, zog sie ihn auf, als er an einem Papierkorb verweilte und dann ein Bein hob. Er bellte und rannte weiter, sie befanden sich kurz vor dem Helgolandhafen. Sehnsüchtig sah sie auf die *MS Nordsee*, die in einigen Stunden ablegen würde. Wie gerne hätte sie Harry auf Helgoland besucht, doch er war leider auf einem Lehrgang in Heide und blieb dort über das Wochenende.

Sie hatte ohnehin ein straffes Programm, sämtliche Kartons standen unausgepackt in der Wohnung im alten Fischereihafen. Lange hatte sie nach einer Unterkunft gesucht, vergeblich. In irgendeiner gesichtslosen Mietskaserne würde sie sich nicht wohlfühlen. Schließlich hatte die Malerin Margo Valeska, mit der sie telefoniert hatte, ihr den Kontakt zu einer Nachbarin vermittelt, die ihre Wohn- und Arbeitsräume im Nebenhaus des Künstlerlofts hatte und für einige Monate nach Rom gehen wollte. Das Angebot hatte Rike gerne angenommen, das gab ihr die Gelegenheit, anzukommen und etwas Eigenes zu suchen. Sofort hatte sie sich in den Räumlichkeiten wohlgefühlt. Mit dunkler Holztäfelung und Lampen mit orangefarbenen Schirmen wirkten die Räume, als wäre die Zeit stehen geblieben. »Das war das Büro des Generaldirektors der *Nordsee AG*«, hatte ihr Margo Valeska erklärt. Sogar der schwere Originalschreibtisch stand vor dem Fenster, an den Wänden hingen farbige abstrakte Gemälde. Das Beste an der Wohnung war der Ausblick direkt auf das Hafenbecken und den Kai mit den Krabbenkuttern im alten Fischereihafen. Im Nebenhaus hatte eine Künstlerin in der früheren Auszahlungsstelle für die Heuer der Seeleute ein Kulturcafé eröffnet, in dem Ausstellungen und Konzerte stattfanden. Es war ein Glücksfall, dass sie in dieser Gegend wohnen konnte.

Sie fühlte sich erfrischt, als sie nach einer Stunde wieder vor der Tür ihrer neuen Wohnung stand. Prinz rannte bellend die Treppe hinauf, sie folgte gemächlich, da sie keine große Lust auf das Auspacken der Kartons hatte. Kaum hatte sie aufgeschlossen, als sie ihr Telefon hörte, das unaufhörlich klingelte. Wer rief um diese Uhrzeit an? Normalerweise würde sie noch tief schlafen. Es war vermutlich etwas Wichtiges.

Beinah wäre sie über ein paar Reisetaschen gefallen, die den Flur verstellten, sie hörte die atemlose Stimme der Malerin Margo Valeska. »Entschuldigung, dass ich Sie störe. Bekannte von mir bräuchten dringend Ihre Hilfe. Könnten Sie nach Duhnen kommen?«

»Ich bin nicht im Dienst, tut mir leid. Da wäre es besser, die Polizei anzurufen.« Sie wollte schon auflegen, doch die Valeska ließ nicht locker. »Genau deshalb rufe ich Sie an, es geht darum, die Lage einzuschätzen, ohne den offiziellen Weg zu nehmen. Die möchten eine erste Bewertung, vielleicht ist alles nur ein dummer Scherz. Wenn nicht, dann können Sie die Leute besser überzeugen, die Polizei einzuschalten.«

Rike seufzte tief. Sie konnte nicht ablehnen, denn sie schuldete Margo Valeska mindestens einen Gefallen. Sie hatte entscheidende Hinweise für den vertrackten Fall auf Helgoland recherchiert. Zudem hatte sie Rike bei der Wohnungssuche selbstlos unterstützt. Zwar hatte sie in der Vergangenheit Valeska das Leben gerettet, doch wäre es ihr kleinlich erschienen, das alles genau aufzurechnen. Sie hatte das Gefühl, der Malerin zumindest diesen Gefallen zu schulden.

»In Ordnung, wir kommen«, sagte sie, rief ihren Hund und stieg in ihren Mercedes-Oldtimer, den sie praktischerweise vor der Tür geparkt hatte. Um diese Tageszeit waren die Straßen menschenleer, nur einzelne Spaziergänger mit Hund waren in der Stadt unterwegs. Sie fuhr zur angegebenen Adresse nach Duhnen.

Weit und breit fand sie keinen Parkplatz, deshalb bog sie direkt an dem Hof in die Einfahrt. Sie befand sich auf einem der wenigen Bauernhöfe, die dem Bauboom in der Touristenhochburg standgehalten hatten. Rechts und links wurde er von Appartementhäusern überragt. Laut Werbeschild an der Straße, fuhren von hier aus Wattwagen auf die Insel Neuwerk. Sie stand neben einem Stallgebäude auf dem gepflasterten Hof.

Margo Valeska kam aus dem Tor und winkte, als sie Rike entdeckte. »Danke, das werde ich Ihnen nicht vergessen«, sagte sie statt einer Begrüßung und bat sie, ihr in das Gebäude mit den Pferdeboxen zu folgen. Vor den Boxengassen befand sich eine Art Scheune, in der Tische und Stühle aufgestellt waren, die Wände waren mit alten Kutschelementen und Bildern von Wattausfahrten und Pferden dekoriert. An einem Tisch saßen zwei Frauen, vermutlich Mutter und Tochter. Die ältere der beiden sprach beruhigend auf das schluchzende junge Mädchen ein.

Margo ging auf den Tisch zu und stellte Rike vor. »Tina Strobel, ich bin die Hofbesitzerin, und das ist meine Tochter Vanessa. Sie betreut zum ersten Mal die Rennpferde. Wir sind so erleichtert, dass Sie da sind. So etwas ist hier auf unserem Hof noch nie geschehen«, sagte die Mutter und schüttelte Rikes Hand.

»Worum geht es denn?«, fragte Friederike von Menkendorf. Die jüngere Frau wischte sich die Tränen ab und begrüßte sie ebenfalls mit einem matten Händedruck. Das Mädchen zeigte auf eine der hinteren Boxen. »Hier stand bis gestern Diamond Moon, der Name sagt Ihnen sicher etwas.« Rike sah sie fragend an.

»Heute ist doch Duhner Wattrennen, das ist der Star der Galopper. Zweifacher Derbysieger, er ist eine Berühmtheit«, setzte sie hinzu. Rike fiel ein, dass sie schon einmal einen Bericht über den Vollblüter gelesen hatte, ein Jahrhundertstar hieß es.

»Und wie kann ich helfen?«, wollte sie wissen.

»Er ist weg. Gestern hat er abends seine Schüssel bekommen mit dem Spezialfutter, der Jockey hat danach nach ihm gesehen. Es war alles in Ordnung. Heute Morgen war er verschwunden. Bitte helfen Sie mir«, bat sie in flehendem Ton.

»Vielleicht in einer anderen Box, hat ihn jemand auf die Koppel gebracht?«, vermutete Rike, die nicht glauben konnte, dass ein Pferd einfach so verschwand. Das Mädchen und seine Mutter verneinten. »Wir haben alles durchsucht, in Kürze geht es los mit den Vorbereitungen für den Renntag. Wir haben gehofft, dass Sie das vorher aufklären.«

Margo Valeska fragte: »Vielleicht kann Prinz ja eine Spur finden, ist er im Auto?« Rike nickte zögerlich. »Er kann es versuchen, aber er ist nicht ausgebildet, erhoffen Sie sich nicht zu viel.« Für sie war das Verschwinden unwahrscheinlich, sie erwartete, dass sich der Verbleib aufklären würde. Wenn Prinz dazu beitragen konnte, umso besser.

Sie holte ihren Hund aus dem Wagen und brachte ihn zur Box, wo er ausgiebig schnüffelte. »Gibt es irgendeinen Gegenstand, der nach dem Pferd riecht?«

Das Mädchen kam mit einem Halfter und einer Pferdedecke aus der Box. »Das sind Sachen von Diamond Moon, die bestimmt nach ihm riechen.« Rike hielt ihrem Hund die Pferdesachen hin, und er beschnüffelte sie ausgiebig.

»Und jetzt such!«, bat sie ihn. Prinz hatte verstanden, was sie von ihm erwartete, und ging mit gesenkter Nase den Weg bis zur Auffahrt. Rike holte ihren Hund ein und leinte ihn an, die drei Frauen folgten. Prinz zog an der Leine, lief in Richtung Straße.

»Er hat eine Spur«, schrie das Mädchen. Prinz trabte über den Platz am Dorfbrunnen, von dort schnurstracks an der Strandstraße weiter, überquerte an der Übergangsstelle für die Wattwagen den Deich. Einen Moment blieb er stehen, und Rike ließ den Blick über den herrlichen Sandstrand mit den gelb-weiß gestreiften Strandkörben schweifen. Prinz bellte aufgeregt, dann rannte er weiter bis zum Watt, tapste zögernd ein paar Meter hinein, kam zurück. Am Ufer drehte er einen kleinen Kreis, lief am Ufer hin und her. Schließlich ließ er sich neben Rike in den Sand fallen.

»Wenn ich das richtig deute, dann hatte er eine Spur, die hier endet. Das kann heißen, dass Diamond Moon ins Watt oder ins Wasser gegangen ist. Vielleicht hat Prinz den Pferdegeruch der Wattwagen verfolgt, man kann nicht genau sagen, was sein Verhalten bedeutet, und er ist auch nicht offiziell ausgebildet. Tut mir leid«, entschuldigte sich Rike angesichts der enttäuschten Gesichter. Prinz bekam sein Leckerli, er hatte sein Bestes getan.

»Danke, dass Sie gekommen sind«, sagte Margo Valeska. Die Mutter dankte ihr und nahm ihre Tochter in den Arm. »Du kannst nichts dafür.« Das Mädchen entzog sich ihr. »Ich habe nicht auf ihn aufgepasst. Und du bist schuld. Sonst hätte ich in seiner Box geschlafen!«

Rike ging mit den Frauen zum Hof zurück. Sie entschied, sich später das Wattrennen anzusehen. Noch immer vermutete sie, dass das Pferd ohne das Wissen seiner Pflegerin auf der Weide stand oder in einem anderen Stall. Bei der

Veranstaltung würde sich zeigen, ob es wieder auftauchte. Sie würde beim Bäcker nebenan frühstücken und später das Rennen anschauen, das am Nachmittag während des folgenden Niedrigwassers stattfand. Sie pfiff vor sich hin. Das Sportereignis im Watt war für sie ein echter Lichtblick. Statt an diesem herrlichen Sommertag Kartons auszupacken, würde sie den Blick auf edle Pferde auf dem Meeresboden genießen. Ein Blick auf die Uhr verriet, dass sie genug Zeit hatte, Prinz nach Hause zu bringen. Für ihn waren solche Menschenmassen nichts.

KAPITEL 3

Wer in aller Welt störte ihn um diese Uhrzeit? Eric de Tonnac-Rusch warf einen Blick auf die schlafende Frau neben sich, zog den seidenen Morgenmantel über und schaute durch den Türspion des Wohnmobils. Das junge Mädchen, das sich um seine Champions kümmerte, und ihre Mutter klopften zum wiederholten Mal.

»Ja bitte?«, er öffnete die Tür einen Spalt, fragend sah er die Besucherinnen an. Die Kleine machte sich gut als Pflegerin seines Stars auf vier Beinen, genügend Pferdeverstand, fand er. Doch warum behelligte sie ihn in aller Früh, noch dazu mit ihrer Mutter? Tina hatte einst auch auf seiner Jagdliste gestanden, aber die hatte ihn längst durchschaut. Die blieb bei ihrem Bauern-Peter.

Wie immer, während des Wattrennens hatte er seinen Stellplatz auf dem Parkplatz der Rennteilnehmer hinter dem Deich bezogen, ein paar Schritte vom Veranstaltungsgelände entfernt. Mit seinem E-Bike war er innerhalb von fünf Minuten auf dem Hof, der den Favoriten Diamond Moon und die anderen Galopper aus dem Rennstall untergebracht hatte.

»Er ist weg«, rief die Kleine schluchzend. Sie wurde von ihrer Mutter gestützt und sah komplett verheult aus. Nur mit Mühe verstand er überhaupt, was sie ihm sagen wollte. Verständnislos sah er sie an: »Wer ist weg? Der Jockey? Der kommt schon rechtzeitig.«

Die Kleine schüttelte den Kopf. »Dino ist verschwunden, ich meine Diamond Moon.« Die Mutter nickte. »Das ist leider so, so unglaublich das klingt«, bestätigte sie und reichte ihrer Tochter ein Taschentuch.

»Das kann doch nicht sein. Ein Pferd verschwindet doch nicht einfach so!«

Er meinte, seinen Ohren nicht zu trauen. Sein Favorit konnte unmöglich aus seiner geschlossenen Box entkommen sein. Und sie befanden sich in Cuxhaven. Für ihn war das ein wenig heile Welt, ein beschauliches Städtchen. Dieses Wattrennen war eine entspannte familiäre Veranstaltung anders als die Wettbewerbe mit internationaler Konkurrenz wie in Berlin-Hoppegarten oder gar in Paris. Sein Vollblüter war nach einer Verletzungspause in Hochform, er war ein freundliches und unkompliziertes Pferd – und er schien seinen Job genau zu kennen: gewinnen. Zuverlässig ließ er sich in der ersten Hälfte des Rennens zurückhalten, im letzten Drittel ging er aufs Ganze. Er war ein Kämpfer und galoppierte so schnell wie kein anderer. Auf dem Derby hatte er um eine Pferdelänge die zwei Mit-Favoriten geschlagen – und dann die Krönung beim wichtigsten europäischen Wettbewerb am Arc de Triomphe in Paris. Was für ein unglaubliches Pferd. Er hatte noch große Pläne mit ihm.

Das Millionengebot, das ihm der Scheich von Dubai gemacht hatte, würde er nicht ausschlagen. Mit dieser Summe konnte er seinen Kaffeeunternehmen Schwung geben, ansonsten sahen sie dem sicheren Niedergang entgegen. Sein Kreditgeber setzte ihm täglich zu, mischte sich in seine Geschäfte ein.

Das Blut rauschte in seinen Adern. Das musste ein Irrtum sein, ein blöder Scherz. »Wie genau ist das denn passiert?«, wollte er wissen.

Das Mädchen zuckte mit den Schultern. »Gestern war er gesund und munter in seiner Box, er hat sein Müsli bekommen, und ich habe den Stall frisch gemacht. Und heute, als ich mit dem Frühstück kam, war er weg.«

»Wann war das?«, wollte er wissen. »So gegen 7 Uhr.«

Er bedeutete ihr, dass er sofort nachsehen wollte. Er rüttelte die Frau neben ihm wach, zog sich die erstbesten Kleidungsstücke über. »Ich muss leider los und den Wagen abschließen.« Schimpfend erhob sich die Dame und kleidete sich an, die würde er nach dem nicht charmanten Abschied eher nicht wieder sehen. Aber das war jetzt sein kleineres Problem. Er nahm das E-Bike aus seiner integrierten Garage im Fonds des Fahrzeugs und raste auf den Hof, ging zur Box. Tatsächlich war diese leer. Er sah sich den kompletten Stall an, jedes Abteil war besetzt, die Pferde mümmelten friedlich Heu. Nur sein Star war nicht auffindbar.

Er stürmte zum Haupthaus der Anlage und rannte in die Küche ohne anzuklopfen. »Wir suchen Diamond Moon. Wo habt ihr den hingestellt?«

Der Mann der Chefin sprang überrascht auf. »Was meinen Sie, Herr Graf?«

»Er ist nicht in seiner Box, steht er auf einer Weide oder in einem anderen Stall?« Der Mann der Stallbesitzerin bekam hektische rote Flecke im Gesicht, rannte mit de Tonnac in den Pferdestall, um ebenfalls nachzusehen. Dann brüllte er im Hof das Personal zusammen. »Alle sofort herkommen, es gibt einen Notfall.« Die Mitarbeiter und Helfer für das Wattrennen hatten sich versammelt, verschreckt standen sie vor dem Stallgebäude und sahen ihn fragend an. »Ihr kennt alle den Hengst Diamond Moon. Er ist verschwunden. Hat irgendjemand ihn woanders hingebracht? Oder habt ihr etwas beobachtet?«, fragte er in die Runde.

»Gestern war alles in bester Ordnung. Heute früh sollte die Kleine ihn füttern. Dem Kerl ging es gut, er hat sich bei uns wohlgefühlt. Keine Ahnung, was da passiert ist«, sagte der Stallhelfer. Gemurmel setzte ein.

»Hat irgendjemand ihn gesehen oder in einen anderen Stall gestellt?«, wollte nun Tina Strobel wissen. Niemand meldete sich mehr zu Wort.

Eine junge Frau, die sich um die Ferienwohnungen kümmerte, kam zu ihnen und fuchtelte mit irgendetwas herum. Eric erkannte seine Handyhülle mit dem Familiensiegel. »Das haben Sie auf dem Küchentisch liegen lassen, es hat geklingelt.«

Eric de Tonnac-Rusch sah auf den Bildschirm und wurde blass. Die Nachricht enthielt ein Foto des Rennstars und den folgenden Text: »Diamond Moon ist in Sicherheit. Ihm wird nichts passieren, wenn Sie eine Ablöse von 15 Bitcoin bezahlen. Bitte schalten Sie keine Polizei ein.«

Er starrte ungläubig auf den Bildschirm. Was für ein Albtraum. Das musste er verdauen.

»Vielen Dank, Sie können die Leute wegschicken, jemand hat meinen Dino in seiner Gewalt.«

Die Hofchefin kam mit zwei Frauen auf ihn zugelaufen. »Falls Sie Unterstützung brauchen, das sind Friederike von Menkendorf, Kriminalhauptkommissarin, und Margo Valeska«, stellte sie die beiden vor.

Die blonde schlanke Frau war die Polizistin, was ihn beunruhigte, denn er war nicht bereit, die Polizei einzuschalten. »Ich bin privat hier, Margo Valeska hat mich benachrichtigt. Sie hat ebenfalls Erfahrung in Kriminalfällen«, erläuterte diese und deutete auf eine dunkelhaarige Frau neben sich. Diese nickte ihm einen Gruß zu.

Er schüttelte den beiden die Hände. »Ich möchte vorerst auf keinen Fall offiziell die Polizei einschalten«, erklärte er. Doch die blonde Frau beruhigte ihn erneut. »Ich bin privat hier, meine Bekannte hat mich gebeten, eine Einschätzung abzugeben. Falls sich das nicht irgendwie als Scherz erweist, sollten Sie unbedingt die Polizei hinzuziehen.«

»Dem Hund der Kommissarin ist es gelungen, der Spur des Pferdes zu folgen«, ergänzte Margo Valeska und deutete auf den Vierbeiner neben der Polizistin.

Diese nickte. »Wir haben ihn an seinen Sachen den Geruch aufnehmen lassen. Die Spur führt in Richtung Nordsee. Entweder ist er ins Wasser oder auf das Watt gelaufen. Ein offizielles Ergebnis ist das allerdings nicht, mein Prinz ist kein Polizeihund.« Panisch hörte er ihr zu, noch immer hatte er den Eindruck, in einem Albtraum zu stecken. Statt das Rennen zu gewinnen und den Scheich zu beeindrucken, war sein Favorit von irgendwelchen Verbrechern gekidnappt worden oder gar in der Nordsee ertrunken.

»Ich habe das hier bekommen, deshalb möchte ich keine Polizei hinzuziehen.« Er zeigte den Frauen sein Mobiltelefon. »Ich rechne auf Ihre Diskretion«, bat er.

Besorgt lasen diese die Nachricht mit dem Bild des Vollblüters.

»Haben Sie einen Verdacht, wer das gewesen sein könnte?«, wollte die Polizistin wissen. Er schüttelte den Kopf, sah jedoch nachdenklich aus. »Erfolg macht Neider, aber deshalb ein Pferd entführen?«

»Sie sollten eine Liste der Personen erstellen, die davon einen Vorteil haben«, riet die Kommissarin. »Mein dringender Rat ist es, die Polizei einzuschalten. Es werden erfahrene Kollegen eingesetzt, die schon solche Fälle gelöst haben«, empfahl sie und sah ihn eindringlich an. Er nickte. »Danke für den Ratschlag.«

Er verstummte, als er den Präsidenten des Rennvereins auf sie zulaufen sah. Der hochgewachsene blonde Mann im grauen Anzug hatte hektische rote Flecke im Gesicht. »Stimmt das, was ich gehört habe? Was ist passiert? Wird Diamond heute antreten?«

Wie aus einem Maschinengewehr schossen die Fragen heraus.

Die Antworten hätte er selbst gerne gekannt, er musste den Mann abwimmeln. »Ich weiß leider noch nichts und muss mich erst mit meinem Tierarzt beraten«, wimmelte er ihn ab.

»Ich melde mich nach der Untersuchung.«

Er musste nachdenken. Was sollte er tun? Würden die Verbrecher sein Pferd vor dem Rennen freilassen oder erst danach? Doch woher das Lösegeld nehmen? Das würde seinem kriselnden Kaffeeunternehmen den Todesstoß versetzen, ebenso ein weiterer Kredit zu Wucherzinsen. Seit der Scheidung vor einigen Jahren hangelte er sich von einem Tief zum nächsten.

KAPITEL 4

Margo hatte ursprünglich geplant, paar Skizzen von Rennpferden im Watt anzufertigen. Noch nie zuvor war sie bei einem Pferderennen gewesen. Zeitungsbilder der edlen Vollblüter mit der Insel Neuwerk und Ozeanriesen im Hintergrund hatten sie gereizt, diese Motive künstlerisch zu verarbeiten. Das Verschwinden des berühmten Rennstars hatte sie zu einer Planänderung veranlasst. Sie würde nachforschen, was dahinterstecken konnte. Bei ihrer Malschülerin Tina Strobel hatte sie sich nach einem strategisch günstigen Punkt erkundigt, um undercover in das Pferdemilieu einzutauchen. Diese hatte ihr einen Kontakt vermittelt.

Margo schlenderte an der Strandpromenade entlang, wo für das Großereignis mobile Verkaufsstände für Getränke, Essen oder verschiedene Souvenirs aufgebaut waren. Sie würde beim Getränkestand direkt neben dem Führring für die Pferde aushelfen, wo die Rennteilnehmer zusammenkamen. Daneben verwies ein Schild an einem weiteren Häuschen auf die Wiegestation. Tina hatte erklärt, dass dort die Jockeys vor und nach dem Rennen ihr Gewicht überprüfen ließen, ebenso kamen Trainer und Besitzer zu der abgezäunten Wiese davor, wenn die Galopprennpferde vor dem Wettkampf für die Zuschauer im Kreis vorgeführt wurden. Ihre Tochter Vanessa sollte dort helfen, die Pferde aus dem Stall Tonnac zu satteln und ebenso beim Führen vor den Zuschauern mit anfassen.

»Da wird am ehesten geredet, manchmal kommen Wetter und holen sich Tipps ab«, hatte Tina erklärt. Sie kannte den Betreiber des Ausschanks und hatte ihn gefragt, ob er Margo als Verstärkung einplanen könnte.

»Da wird jede Hand dringend gebraucht«, gab sie grünes Licht. Als Margo an dem Holzhäuschen eintraf, räumte der Gastronom gerade die Getränke ein, sie stellte sich vor. »Danke, das hätte ich mir nicht zu träumen gewagt, wir suchen seit Wochen Arbeitskräfte«, erklärte der stattliche Mann, der einen imposanten Schnauzbart trug.

Sie half, die Getränkekästen mit einer Karre aus dem Lieferwagen in den rückwärtigen Bereich zu befördern. Als der Vorrat eingeräumt war, sah sie sich an ihrem Arbeitsplatz um. Direkten Meerblick hatten sie von der Promenade aus nicht, hingegen sah sie den Führplatz und die Häuschen, wo die Reiter gewogen wurden, und den Raum für die Kontrolle der Dokumente. Gegenüber verlief der asphaltierte Weg über den Deich, diesen mussten die Galopper queren, um zu ihrer Rennbahn zu gelangen. Auf vier Bildschirmen, die im angrenzenden Verpflegungszelt hingen, konnte sie die Flächen vor dem Deich überblicken. »Da werden die Wettkämpfe mit Start und Einlauf aus allen Perspektiven übertragen, du überblickst das komplette Gelände vor dem Deich«, hatte ihr Tina erklärt. Einen Moment blieb sie stehen und sah sich die Strecke im Watt auf dem Bildschirm an. Noch liefen dort die Vorbereitungen. Traktoren mit Anhängern waren unterwegs, um den Boden zu präparieren. Sie sah Absperrgitter und Markierungen, die den Rundkurs für das Rennen abgrenzten. Eine erstaunliche Idee, während der Ebbe hier Pferde laufen zu lassen. Wie Margo erfahren hatte, hatte die Veranstaltung eine lange Tradition. Neben ihrem Imbiss an der Promenade befanden sich weitere Stände mit Speisen aus aller Herren Länder, Besucher konnten an mehreren Stellen auf den Ausgang der Rennen wetten, zudem waren Souvenirs und Modeartikel im Angebot. Noch waren wenige Menschen auf dem Gelände unterwegs.

Als sich Margo neben dem Stand eine Zigarette drehte, telefonierte ein Mann im Anzug lautstark. »Wie stellen Sie sich das vor, das Rennen absagen? Die Karawane rollt«, schnaubte dieser. »Fast alle Teilnehmer sind da, ich kann die doch nicht für nichts Hunderte Kilometer mit ihren Pferden bis in die Pampa reisen lassen und dann direkt annullieren. Oder all den Besuchern, die erreiche ich nicht mehr. Da ist eine ganze Kleinstadt in Bewegung!«

Einen Moment schwieg er und hörte seinem Gesprächspartner offenbar zu. »Sicherheitsgründe? Das können wir doch gar nicht einschätzen, ob dem Pferd etwas passiert ist. Ich habe gehört, dass Diamond Moon verschwunden ist. Vermutlich war es ein blöder Streich, und er kehrt sogar rechtzeitig zurück«, erklärte er. Dann schüttelte er entschieden den Kopf. »Herr Bürgermeister, das können Sie selber absagen, ich werde es nicht tun. Die Maschinerie läuft, ob mit oder ohne Diamond Moon. Wenn ich dieses Riesenereignis abblase, ist diese Veranstaltung tot.« Wie ein Tiger im Käfig lief er auf der Promenade hin und her, während er seinem Gesprächspartner zuhörte.

Dann schrie er in den Hörer: »Da machen wir uns lächerlich. Der Galoppsport kämpft ums Überleben. Sagen Sie doch selber ab, wenn Sie Ihre Stadt blamieren wollen. Das gibt bundesweite Schlagzeilen, aber nicht die besten!«

Er ging weiter, und Margo hörte nicht, ob der Mann, der vermutlich die Organisation leitete, nachgegeben hatte. Die Gläser mussten ausgepackt werden, und Margo half mit, um keinen Verdacht über den Zweck ihrer Anwesenheit zu wecken. Es war ungewöhnlich warm an diesem Junitag. Auf der Rennbahn hatten die Traktoren ihre Vorarbeiten beendet, Kontrolleure mit gelben Schutzwesten schritten die Strecke ab.

»Hey, ich bin Jana und hier eingeteilt worden«, eine junge Frau mit dunklen langen Haaren schüttelte ihr mit festem Druck die Hand, »bist du neu, ich habe dich hier noch nie gesehen?«

Margo nickte: »Ja, bin zum ersten Mal dabei.«

Pferdetransporter rollten in einiger Entfernung auf die Wiese hinter dem Deich zu den Aufstellflächen. Sie hatte bei ihrem kurzen Rundgang gesehen, dass sie dort ihre Pferde ausluden und in kleine provisorisch gebaute Umzäunungen entließen. »Jetzt kommen die ersten Jockeys.« Jana zeigte auf drei Männer in bunten Funktionsshirts, die mit dünnen Sätteln unter dem Arm zur Wiegestation gingen. »Die müssen vor dem Rennen alle auf die Waage und am Ende noch mal«, erklärte sie, als sie Margos Blick aufgefangen hatte.

Zwei der Reiter gestikulierten heftig, als sie näherkamen, hörte Margo mehrmals den Namen »Diamond Moon«. Da schon einige Personen mitbekommen hatten, dass der Star der Veranstaltung verschwunden war, zirkulierten vermutlich auch die ersten Gerüchte.

»Was soll der Schwachsinn, natürlich reite ich Diamond Moon!« Die Jockeys, die farbgleiche gelb-grün gestreifte Oberteile trugen, waren an den Stand getreten. »Ein Wasser«, bestellte der eine, der die Nachricht über das Verschwinden offenbar nicht glauben wollte. Sein Nachbar mit den gleichen Farben hatte einen fast belustigten Gesichtsausdruck.

»Ein alkoholfreies Weizen«, orderte er, bevor er sich wieder seinem Kollegen zuwandte. »Das wird nichts. Der Goldschatz ist verschwunden, den wirst du heute nicht zum Sieg prügeln. Du bleibst Fußgänger, Cristobal.«

Noch immer mit einem Grinsen im Gesicht hob er sein Bier, prostete dem anderen zu und stürzte das Getränk hinunter. Dann ließ er ihn stehen. »So, mal schauen, was mein Mädchen treibt. Wenn Diamond Moon nicht antritt, ist seine Schwester ja die Favoritin.«

Grimmig sah der Reiter ohne Pferd ihm hinterher, er hatte sich an die Bar gesetzt und tippte auf seinem Mobiltelefon. Dann tätigte er einen Anruf. »Das stimmt also. Er ist tatsächlich verschwunden?«, stammelte er ungläubig. »Dann möchte ich ein Ersatzpferd. Was ist mit der Schwester von dem Goldgaul?« Wieder schwieg er und hörte seinem Gesprächspartner zu. »Muss ich erst Erwin anrufen? Der wollte unbedingt einen Sieg – und wer sonst garantiert den, hä? Kann ich gern direkt mit ihm klären«, sagte er.

Sie hörte nicht, was der Angerufene entgegnete. Doch der Jockey hatte aufgelegt und hob seine Faust siegessicher und hatte ein Grinsen im Gesicht. »Yes«, rief er beim Verlassen des Ausschanks. Margo dachte sich ihren Teil, der hatte soeben das Pferd des Kollegen für sich klargemacht.

KAPITEL 5

Rike schloss die Wohnungstür. Prinz war nach der Schnüffeltour und einem langen Spaziergang anstandslos in sein Körbchen verschwunden. Sie freute sich auf das Wattrennen am Nachmittag und ging zum Wagen. Unten am Hafenkai hatte das *Künstlercafé Nordseekantine* Tische und Stühle herausgestellt, Mitglieder einer Band waren dabei, ihre Lautsprecher und Notenständer aufzubauen. »Hey, herzlich willkommen, du musst Rike sein«, rief ihr eine junge Frau mit rotblonden Haaren zu.

Als sie nähertrat, streckte sie ihr die Hand entgegen.

»Ich bin Andrea – habe mein Atelier neben dir und ab und zu organisiere ich hier ein Konzert. Du bist herzlich willkommen.« Rike hatte von der Malerin gehört, die Musik und Kunst in den Hafen brachte, sie war mit Margo Valeska befreundet.

»Sehr gerne, wenn es der Dienst zulässt. Heute habe ich schon eine Verabredung auf dem Duhner Wattrennen«, bedauerte sie und versprach, auf einen Kaffee vorbeizuschauen. Auf dem Weg zu ihrem Wagen sah sie sich um. An den Tischen mit bunten Stühlen saß ein gemischtes Publikum verschiedener Altersgruppen. Die Stimmung wirkte einladend.

Sie stieg in den Mercedes und fuhr los. An der Klappbrücke am Schleusenpriel geriet sie in den ersten Stau. Das Bauwerk war geöffnet, da gerade eine Yacht hindurchfuhr. Während sie an der Schranke wartete, sah sie vor und hinter sich Kennzeichen aus der gesamten Republik. Die Stadt war voller Touristen, dieses Rennen war ein Publikumsmagnet. Die Schranken hoben sich. Sie nahm einen Schleichweg über kleine Straßen durch die Innenstadt. Als sie endlich in Duhnen eintraf, stellte sie den Wagen auf dem ersten öffentlichen Parkplatz ab, zu Fuß würde sie schneller sein als die im Stau dahinschleichenden Autos.

Es war ungewöhnlich heiß an diesem Junitag, mit einem Taschentuch betupfte sie sich die erhitzte Stirn und machte sich in einem Menschenstrom auf den Weg. Sie freute sich darauf, wunderschöne und durchtrainierte Rennpferde zu sehen, ein paar Fachsimpeleien aufzuschnappen – und die Geschichte um den verschwundenen Favoriten ließ sie nicht los. Vielleicht hatte sich das alles aufgeklärt, jemand hatte den Galopper in einen anderen Stall oder auf eine Koppel gestellt. Oder es war eine Art Scherz gewesen.

Ein Mann rempelte sie an und riss sie aus ihren Gedanken, sie wurde von der Menschenmasse langsam vorangeschoben. Margo Valeska hatte ihr beschrieben, wo sie im Einsatz war. Dort in der Nähe befand sich der Eingang neben dem Duhner Tourismusbüro. Sie folgte der Menge bis zu dieser Stelle, sie wollte sich von der Malerin auf den neuesten Stand bringen lassen. Eine Viertelstunde später war sie fast an ihrem Ziel angekommen, vom Eingang der Veranstaltung hörte sie lautes Geschrei wie bei einer Demonstration. Am Absperrgitter vor dem Gelände hatten sich 20 nackte junge Frauen festgemacht und blockierten den Zutritt. Sie trugen Steckenpferde und Transparente, die zum Stopp der Tierquälerei und der Abschaffung des Rennens aufriefen, selbst ihre Oberkörper hatten sie mit Parolen beschrieben. Zudem standen weitere unbekleidete Frauen mit Plakaten vor der Tür des Tourismusbüros, wo ein Wegweiser mit der Aufschrift »Pressekonferenz« hing. Journalisten hatten sich vor den Demonstrantinnen aufgebaut und ließen ihre Fotoapparate klicken, weitere Pressevertreter filmten die Aktion. Junge Männer, die gelbe Westen mit der Aufschrift Security trugen, standen ratlos vor den Nackedeis.

»Bitte den Weg freimachen«, hörte sie einen Mann aus dem Sicherheitsteam bitten. Unbeeindruckt schrien die Demonstrantinnen ihre Forderungen heraus. Auf den Körpern standen Parolen wie »Schluss mit der Tierquälerei«, »Alle Pferde in die Freiheit« oder »Rennsport ist Mord.«. Weitere Plakate von der Tierschutzorganisation *Animals Justice* waren dahinter aufgestellt, offenbar mit dem Ziel, das Wattrennen zu verhindern oder gar zu verbieten. Sie hörte Sirenen, und in dem Moment trafen ihre künftigen Kollegen von der Cuxhavener Polizei ein, gingen auf die Protestierenden zu.

»Ausweiskontrolle«, sagte einer der Kollegen, den sie noch nicht kannte. Gelächter ging durch die Reihe der Aktivistinnen.

»Sollen wir uns den vielleicht auf die Haut tätowieren?«, schrie eine Rothaarige zum Amüsement der anderen Frauen.

»Du willst doch nur Titten sehen, hier sieh dich satt«, provozierte eine hochgewachsene Blondine mit Stoppelhaar, deren Dialekt sich nach einer Berliner Herkunft anhörte. Die Chefin der Cuxhavener Kriminalpolizei, Carla Bredow, trat zu der Gruppe, Rike hörte nicht, was sie sagte. Sie sprach mit den Tierschützerinnen, die Diskussion wurde ruhiger und leiser. Der Kollege stand mit hochrotem Kopf daneben, ihm war die Situation offensichtlich peinlich. Offenbar hatte ihre künftige Vorgesetzte bei den Verhandlungen mit den jungen Frauen den richtigen Ton getroffen. Ruhig unterhielt sie sich mit den Aktivistinnen. Es war beachtlich, wie schnell sie die Konfrontation entschärft hatte.

So lang schien es noch gar nicht her zu sein, seit Carla Bredow als Praktikantin bei Rikes damaliger Dienststelle anfing. Seitdem hatte sie eine beeindruckende Karriere eingeschlagen.

Ein Mann im grauen Anzug stürmte nun auf die Polizisten und die Aktivistinnen zu. »Ich bin der Rennleiter, tun Sie endlich was. Beenden Sie dieses Theater!«, schrie er den Kollegen von der Polizei zu. Ihm folgte der Pferdebesitzer des verschwundenen Favoriten Diamond Moon, Eric de Tonnac-Rusch, den sie am Morgen kennengelernt hatte.

»Das ist eine angemeldete und genehmigte Demonstration. Damit müssen wir in der Demokratie leben. Lediglich das Blockieren der Zugänge ist nicht statthaft«, hörte sie die Worte von Carla Bredow.

»Aber das ist doch kriminell, was hier passiert. Die haben mein Pferd entführt«, echauffierte sich der Pferdebesitzer. »Davon ist mir nichts bekannt«, entgegnete Carla Bredow.

In dem Moment fiel sein Blick auf Rike, die noch immer im Publikum vor dem Eingang stand. Er zeigte auf sie. »Ihre Kollegin kann das bestätigen, ihr Hund hat sogar die Spuren bis an die Nordsee verfolgt.«

Rike wäre in dem Moment am liebsten zwischen den Menschenmassen verschwunden, sie fing Carla Bredows vernichtenden Blick auf. Schlechter hätte es für ihren Neuanfang wohl nicht kommen können. Sie ging auf die Gruppe zu, um die Lage zu erklären. »Hallo Carla, ich bin rein privat hier, ich trete ja erst nächste Woche meinen Dienst an.«

»Und so lange spielst du Privatdetektivin?«, schnitt ihre künftige Chefin ihr das Wort ab.

Im Prinzip hatte sie recht, auch wenn Rike lahm protestierte. »Ich habe nur einer Freundin einen Gefallen getan.«

»Schön, dass du schon vor Dienstantritt so motiviert bist und ganz nebenbei Diensthundeführerin geworden bist. Das sind ja ungeahnte Qualitäten«, bemerkte Carla Bredow spitz. »Da kannst du mich ja jetzt aufklären. Was genau war da los mit dem verschwundenen Pferd?«, blaffte sie.

Rike fasste die Ereignisse des Morgens kurz zusammen. »Wie gesagt, eine Bekannte hat mich privat angerufen. Ich habe nicht damit gerechnet, dass das Pferd entführt wurde. Und glauben kann ich das immer noch nicht.«

»Wir sprechen uns noch. Die Ereignisse gibst du bitte genau zum Protokoll. Das ist nicht irgendein Pferd, sondern ein Besuchermagnet.« Rike nickte höflich und biss sich lieber auf die Zunge.

Bredow wandte sich wieder dem Pferdebesitzer zu: »Warum hat man uns als zuständige Polizeidienststelle nicht informiert?«, wollte sie nun vom Pferdehalter wissen.

»Darum«, er zeigte ihr die Nachricht, die er erhalten hatte. Sie las die Forderung der mutmaßlichen Täter und schüttelte den Kopf. »Ein Pferd entführen, wer macht denn so etwas?«

Die nackten Frauen hinter ihnen protestierten nun wieder lautstark. »Tierleid beenden. Nie mehr Wattrennen! Watt, Watt, Watt! No, no, no!«, brüllten sie ununterbrochen durch ihr Megafon. Die Stimmung vor dem Eingang war aufgeheizt, Menschen strömten zum Eingang. Carla Bredow redete erneut mit den Frauen, die aber nicht weichen wollten. Sie gab ihren Leuten die Anweisung, die Zugänge frei zu machen, denn es wurde sichtlich eng. Die Polizisten drängten die Menge zurück und trug die Protestierenden vom Durchgang weg. Nachdem die Tore frei waren, kam sie zu Rike.

»Da du ja freiwillig da bist, möchte ich alles wissen, was passiert ist. Wir sollten die Lage besprechen«, sagte sie.

»Wo können wir ungestört reden?«, fragte sie den Präsidenten des Rennvereins. Der nahm die kleine Gruppe mit in das Tourismusbüro und öffnete die Tür zu einem Konferenzraum mit mehreren Stuhlreihen vor einem kleinen Podium. »Hier findet gleich die Pressekonferenz statt. Was sollen wir bloß erzählen, warum der Favorit nicht antritt?«

Carla Bredow ließ sich schildern, wann das Pferd zuletzt gesehen wurde und wer alles Zugang zum Stall hatte. »Im Prinzip hätte in der Nacht jeder von der Straße hineinkommen und das Pferd mitnehmen können? Das berühmteste Rennpferd Deutschlands – ist das korrekt?«, fasste sie zusammen. Der Pferdebesitzer, der ihnen gefolgt war, nickte. »Ja, wer rechnet denn mit so etwas, noch dazu in Cuxhaven.«

»Und wer genau hat das Fehlen festgestellt?«

»Meine Stallhilfe, ein sehr zuverlässiges junges Mädchen«, erklärte Tonnac. Rike berichtete, was sie herausgefunden hatte, und von der Spurensuche ihres Hundes. »Wenn Prinz das richtig erfasst hat, verlief die Spur vom Stall zum Strand und endete genau dort. Entweder ist das Rennpferd ins Wasser gegangen, was unwahrscheinlich ist, oder er ist ins Watt geritten worden.«

»Wo käme er denn von hier aus hin?«, überlegte Carla Bredow. »Der Reiter könnte ihn über das Watt nach Sahlenburg bringen oder auf der anderen Seite in Richtung Wurster Nordseeküste. Möglich wäre ein Ritt auf die Insel Neuwerk, aber dort würde das Rennpferd auffallen«, vermutete Rike. Es sei denn, Diamond Moon rannte in einer

Pferdeherde unauffällig mit über die Wiesen. »Ich würde dennoch mal auf der Insel nachsehen lassen, ansonsten die Ställe in Sahlenburg oder in Wurster Nordseeküste kontrollieren.« Sie überlegte einen Moment. Die typischen Reiterstandorte wie Holte-Spangen würde jemand, der ein berühmtes Rennpferd verstecken wollte, wohl eher nicht wählen. Oder setzte der Entführer darauf, dass dieses Pferd in der Masse nicht auffiel?

Carla nickte: »Ich bitte die Hamburger Kollegen um Hilfe für die Ermittlungen auf der Insel, ansonsten nehmen wir Kontakt mit den Reitställen um Cuxhaven auf.«

Es klopfte an die Tür, eine Mitarbeiterin der Rennorganisation steckte ihren Kopf hinein. »Die Presse ist versammelt. Was sage ich denen, wir sind schon über der Zeit.«

Der Rennleiter nickte, dann sah er sie ratlos an. »Was erzählen wir denn bloß den Medienleuten? Da sind sehr viele nur wegen des Favoriten gekommen, und wir wissen nicht, wo der steckt. Und wenn das alles nur ein ganz böser Scherz ist?«

»Warum nutzen Sie nicht die Macht der Öffentlichkeit? Sagen Sie die Wahrheit und lassen Bilder abdrucken. So wird er doch am wahrscheinlichsten gefunden«, schlug Carla Bredow vor.

»Der Eigentümer will ja nicht mit uns zusammenarbeiten? Wir sind ohnehin mehr als ausgelastet.« Sie verabschiedete sich und verließ den Raum, Rike folgte ihr.

In einer Nische, in der Aschenbecher standen, hielt sie an und drehte sich um. »Solche Eigenmächtigkeiten verabscheue ich«, zischte sie Rike zu. »Willst du genau da weitermachen, wo du in Hamburg aufgehört hast? Ich möchte, dass du versuchst, mit dem Team zu arbeiten, und nicht hinter meinem Rücken agierst!«

Rike schüttelte betrübt den Kopf. »Das war eine rein private Angelegenheit, die Malerin Margo Valeska hatte mich um einen Gefallen gebeten. Ich hätte nicht damit gerechnet, dass ein Fall dahintersteckt.«

Carla Bredow stellte keine weiteren Fragen, sie schien ihr das nicht abzunehmen. »Wir sehen uns dann bei deinem Dienstantritt im Präsidium«, sagte sie und verließ das Gebäude. Sie zwängte sich an den Journalisten vorbei, die schwer bepackt mit Fotoapparaten mit langen Objektiven und Kameras den Gang entlang gelaufen kamen.

Na, wenn das kein Fehlstart war, dachte Rike. Sie wartete ab, bis der Flur wieder frei war, und sah Bredow nachdenklich hinterher. Draußen vor dem Gebäude standen immer noch die nackten jungen Frauen mit ihren Protestplakaten.

Auffällig viele männliche Besucher hatten sich vor den nackten Protestierenden angesammelt und schossen Erinnerungsfotos. Rike überlegte kurz, ob sie versuchen sollte, ihre neue Chefin einzuholen, um das weitere Vorgehen zu besprechen. Doch ihre Mithilfe schien nicht gefragt zu sein. Sie beschloss, das zu tun, was sie geplant hatte, löste ein Ticket und ging in Richtung der Rennbahn.

KAPITEL 6

Die Aasgeier drängten in den Raum. Einige knipsten Eric de Tonnac-Rusch, der neben dem Rennpräsidenten auf dem Podium saß, wie wild mit ihren Kameras. Es hätte sein Tag des Triumphes werden sollen, sein Pferd sollte der Publikumsmagnet auf dem Wattrennen sein. Es war alles andere als selbstverständlich, dass ein Superstar auf dem Matschboden im Watt rannte. Allerdings hatte sein Goldschatz hier seine Rehakur gemacht und kannte diesen Boden bestens. So konnte er zwei Fliegen mit einer Klappe schlagen. Der Sieg war Diamond Moon sicher gewesen, die anderen vorderen Plätze hätte seine nicht ganz so schnelle und charakterstarke Schwester Diamond Sun abgeräumt. Zudem konnte er dem Scheich eine außerordentliche Umgebung zeigen, das hätte die Begeisterung gesteigert, und der Deal über den Verkauf des Rennpferdes wäre perfekt gewesen. Er war gespannt darauf, diesen Interessenten nach vielen Mails persönlich zu treffen.

Er sah sich die Anwesenden auf der Pressekonferenz an. In der vordersten Reihe saßen die Fotografen und ein paar Fernsehleute mit Kameras, dahinter vermutlich die schreibenden Journalisten. Drei Filmteams hatten ihre Ausrüstung auf Stativen aufgebaut. Sein Blick glitt über die Gesichter, keines davon war ihm bekannt. Wenn herauskäme, dass Dino entführt wurde, wäre dies die Sensation, die selbst das ungewöhnliche Ereignis des Wattrennens überschatten würde. Deshalb hatten sie sich darauf geeinigt, medizinische Gründe für seine Nicht-Teilnahme anzuführen.

»Ich denke, wir können anfangen«, begann der Präsident des Rennvereins und begrüßte die Anwesenden. Er zählte die einzelnen Rennen auf, die Zahlen und Fakten über die Beteiligung der Helfer, und kam dann auf die Reitställe zu sprechen sowie die berühmten Pferde.

»Eine Absage haben wir leider auch, Diamond Moon kann nicht am Rennen teilnehmen«, beendete er den Vortrag.

Ein Raunen ging durch den Raum. »Das sagen Sie so beiläufig, dass der eigentliche Star des Tages nicht teilnimmt? Wissen Sie nicht, dass viele Menschen einfach kommen, um ihn laufen zu sehen? Das ist doch eine Legende auf vier Hufen!«, schimpfte ein schmaler blonder Mann aus der dritten Reihe.

Der Rennpräsident sah hilflos zu Eric de Tonnac. »Kannst du etwas dazu sagen?«

Er legte sich im Kopf Worte zurecht und schaltete dann das Mikrofon an, das vor ihm auf dem Tisch stand. »Leider ist es aus gesundheitlichen Gründen nicht möglich. Derzeit wird er untersucht, wir denken, dass er in ein oder zwei Wochen wieder ganz der Alte ist«, erklärte er.

»Welche Art von Erkrankung hat er sich zugezogen?«, fragte eine Frau mit dunklen Locken in der Mitte des Raums.

»Er ist nicht in Form. Tut mir leid, die Untersuchungen laufen, wenn wir mehr wissen, informieren wir die Presse erneut«, antwortete er ausweichend und hoffte, dass die Angelegenheit damit erledigt war. In dem Moment sprang ein dicker rotgesichtiger Mann mit Teleobjektiv vor der Brust auf und rief: »Es gibt Gerüchte, dass Diamond Moon entführt wurde. Ist das zutreffend?«

Er war entsetzt, dass offenbar jemand das Geheimnis ausgeplaudert hatte. Wie sollte er nun reagieren, fieberhaft überlegte er. Sein Mund war trocken, sein Gehirn arbeitete auf Hochtouren, Hilfe suchend sah er zum Präsidenten, der das Wort übernahm: »Äh, Gerüchte kommentieren wir nicht.«

Geschickt war diese Aussage vermutlich nicht, ein Raunen ging durch den Raum, Pressevertreter sprangen auf und schrien durcheinander ihre Fragen. In dem Moment meldete sich der Pressesprecher des Rennvereins zu Wort, der sich bislang im Hintergrund gehalten hatte, und erklärte mit ruhigen Worten: »Meine Damen und Herren, es ist bedauerlich, dass der Favorit heute nicht antreten kann, doch das ist kein Grund, wilde Gerüchte in die Welt zu setzen. Sobald es neue Informationen über seinen Zustand gibt, informieren wir Sie hier an dieser Stelle. Damit ist die Veranstaltung beendet. Wir wünschen Ihnen ein vergnügliches und erfolgreiches Rennen.«

Eric de Tonnac war dankbar, dass der Sprecher so professionell reagiert hatte. Dieser schob ihn aus dem Raum und bugsierte ihn in ein Einzelbüro. Er atmete auf. Doch der Presseprofi warnte ihn. »Das werden wir nicht lange aufrechterhalten können. Wie stellen Sie sich das vor? Die Boulevardmedien werden jetzt anfangen, wilde Spekulationen zu schreiben! Die haben Blut geleckt und werden jeden Stein umdrehen.«

Das klang beängstigend, jetzt galt es, Zeit zu gewinnen. »Wir müssen abwarten, was der Entführer tut, ich hoffe, Diamond Moon stößt nichts zu. Vielleicht kommt er ja doch noch rechtzeitig zurück. Ich bin nicht nur Besitzer, sondern trainiere auch meine Pferde, ich habe zu tun.« Er musste sich um seine Jockeys und um den Einsatz seines zweiten erstklassigen Rennpferdes, Diamond Sun, kümmern. Zudem fragte er sich, wann der Scheich eintraf, falls er tatsächlich anreiste. Vielleicht konnte er dessen Interesse auf die Schwester seines vierbeinigen Stars lenken. »Ich melde mich«, versprach er und eilte zum Bauernhof, wo sich sein Rennteam befand. Vor der Tür des Tourismusbüros standen immer noch die militanten Tierschützerinnen. Und wenn diese seinen Hengst in ihre Gewalt gebracht hatten?

KAPITEL 7

Rike hatte die Warteschlange am Eingang passiert, auf dem Gelände herrschte Volksfeststimmung. Zwischen Trauben von Zuschauern gelangte sie zur Kurpromenade. Dort angekommen, hörte sie Blasmusik und bewegte sich mit der Masse in die Richtung der Klänge. Um einen Mann im Neptunkostüm mit Dreizack und eine Gruppe Reiter auf Haflingerpferden hatten Zuschauer einen Kreis gebildet. Der Neptun trug Reime vor, um das Rennen auf dem Meeresgrund mit seinem Dreizack zu segnen. Neben ihm erkannte sie den Bürgermeister von Cuxhaven und den Wirtschaftsminister Niedersachsens, die ebenso eine kurze Begrüßung vortrugen. Als die Musiker wieder spielten, ging sie auf die Suche nach Margo Valeska. Sie hatte ihr den Standort ihrer Bar geschickt, vielleicht hatte sie schon etwas Neues gehört.

Sie sah sich bei den Buden mit Souvenirs und Imbisswagen hinter dem Deich um. An einigen Ständen hatten sich Warteschlangen gebildet. Familien mit Kindern und Senioren flanierten entlang der Promenade. Ein Asphaltweg, der sonst die Zufahrt für die Wattwagen bildete, querte den Deich. Von oben ließ Rike den Blick über das Gelände schweifen, die Sicht war klar, die Insel Neuwerk zeichnete sich deutlich am Horizont ab. Die Nordsee hatte sich weitgehend zurückgezogen und den Meeresgrund freigegeben. Traktoren planierten die ovale Bahn, die mit leichten Zäunen eingegrenzt war. Das weiße Zelt links neben dem Zugang schien der VIP-Bereich für Vertreter aus der Politik und die Sponsoren zu sein, daneben fand laut ihrer Karte die Siegerehrung statt. Entlang der Rennbahn hatten die Organisatoren am Strand Tribünen mit Stühlen für die Gäste aufgebaut, Ordner in gelben Westen wiesen die Plätze an.

Sie sah sich den Plan an und kehrte auf die Promenade hinter dem Deich zurück, wo sie linker Hand ein Holzschild mit der Aufschrift »Führring« an einem umzäunten Wiesenstück entdeckte. Am Tresen neben dem Imbisszelt sah sie die Malerin und steuerte darauf zu.

Beinah wäre sie von einem Reiter mit einem tänzelnden Pferd über den Haufen geritten worden. Rechts und links führten zwei Personen das Tier, das nervös wirkte. In dem Moment sah sie, wie der Reiter mit einer Peitsche auf Kopf, Hals und Kruppe des Pferdes einprügelte.

»Lassen Sie das sein, oder es gibt Ärger«, fuhr Rike den Jockey an.

»Du hast doch keine Ahnung, wie man diesen Bock hier behandelt, du dumme Nuss«, brüllte der Mann sichtlich aufgebracht.

»Schon mal vom Tierschutzgesetz gehört?«, entgegnete Rike. Wenn sie etwas absolut nicht tolerierte, dann war es Tierquälerei. In Hamburg hatte sie sich einige Wettläufe auf der Rennbahn angesehen, kannte grob die Regeln für ein Galopprennen. Eine solche Prügelorgie hatte sie nie erlebt und dies in Duhnen erst recht nicht erwartet. Am Morgen hatte sie sich mit der Mutter des Pferdemädchens unterhalten und erfahren, dass die Veranstaltung im Watt eher ein familiärer Wettbewerb war, ein freundliches Treffen der Pferdesportszene im Wattenmeer.

In dem Moment trat Margo Valeska neben sie. »Mit dem

Typen hatte ich schon das Vergnügen, ein Widerling. Der sollte Diamond Moon reiten«, erklärte sie.

»Wer ist das?«, wollte Rike wissen.

»Der ist neu bei Tonnac, warum, darüber wird geklatscht und getratscht. Er heißt Cristobal Bullwin und ist berüchtigt, aber erfolgreich«, berichtete Margo Valeska.

»Dieser Schläger sollte den Star der Veranstaltung reiten?« Rike konnte es nicht fassen, dass ein so grauenhafter Rennreiter für ein so hochkarätiges Pferd ausgewählt wurde.

»Möchten Sie etwas trinken?«, fragte Margo Valeska. Die beiden Frauen gingen in Richtung des Tresens, wo Rike eine Apfelschorle bestellte und aus den Augenwinkeln weiter den Reiter beobachtete, der im Führring nach wie vor Schwierigkeiten mit dem Pferd hatte.

»Weiß er schon, dass der Hengst verschwunden ist? Was sagt er dazu?«, fragte sie. Margo nickte. »Er war mit einem Kollegen hier, die Nachricht vom Verschwinden war durchgedrungen. Das hat einen heftigen Streit gegeben, denn der Bullwin hat durchgesetzt, dass er statt des Kollegen die Nummer 2 von Tonnac reiten darf. Das ist diese schwarze Stute, mit der er kaum zurechtkommt.«

Sie schob ein Rennmagazin über den Tresen. »Das war die Planung vor dem Verschwinden, die Änderungen habe ich eingetragen.« Rike blätterte die Broschüre durch, wo die zehn Rennen des Tages aufgelistet waren, alle Jockeys und die Rennställe.

In Kürze begann das Galopprennen Nummer 1, danach folgten Wettrennen im Traben. Margo Valeska zeigte nach rechts. »Dort hinten gelangen die Tiere mit den Sulkys auf die Strecke. Hier am Führring ist der Beginn für die Galopper. Die Pferde kommen hier geputzt an, bekommen die

Sättel aufgelegt. Die Jockeys ziehen im Zelt nebenan die Trikots mit den Farben der jeweiligen Ställe über. Manche sind für verschiedene Trainer unterwegs. Die Pferde müssen ein paar Runden im Kreis laufen, während die Reiter mit dem Sattel wiegen gehen. Dann werden die Rennreiter nach oben gehoben, und es geht hinüber an den Start.« Margo Valeska zeigte auf den Weg, den sich Rike vorher angesehen hatte.

Rike entdeckte Diamond Moon im sechsten Rennen, bei dem es laut Programm 50 000 Euro zu gewinnen gab. Die Malerin hatte handschriftlich korrigiert, nun traten nur sieben der acht eingeplanten Teilnehmer an. Der Stall Tonnac schickte als weitere Starterin Diamond Sun ins Rennen, laut Plan geritten von Jockey Alexander Schwarz. Gleich zwei Mal fand sie das Pferd im Programm, der Reiter war geändert worden, nun sollte dieser Bullwin antreten.

Rike hatte ihr Getränk geleert und wollte sich den Start aus der Nähe ansehen. »Bitte lassen Sie mich offiziell aus dieser Sache heraus. Meine neue Chefin hat es gar nicht goutiert, dass ich schon vor dem Dienstantritt privat herumgeschnüffelt habe«, bat sie die Malerin.

Margo Valeska nickte und zwinkerte ihr zu. Sie hatte verstanden, dass sie dennoch gerne über die weitere Entwicklung informiert werden wollte. Vor dem Stand hatte sich eine Schlange gebildet, Margo wandte sich dem nächsten Durstigen zu.

Rike von Menkendorf stellte sich an den Rand der abgezäunten Fläche, wo mittlerweile alle vierbeinigen Rennteilnehmer im Kreis geführt wurden. Die Jockeys wurden auf die Sättel gehoben, der Reiter, der sie beinah umgeritten hatte, schaffte es mit Mühe, sein Pferd um den Ring zu reiten. Die Stute schüttelte unwillig den Kopf, sprang mit den

Hinterbeinen hoch. Sie sah, wie er mit voller Kraft an den Zügeln zerrte und nochmals mit der Gerte hinter sich schlug.

»Das ist doch das Allerletzte!«, protestierte Rike wieder, als er auf ihrer Höhe war. Zuschauer neben ihr stimmten ihr zu. Der Präsident des Rennvereins ging zum Pferd mit Jockey zu und redete auf den Mann ein. Solche Bilder waren nicht gerade eine Werbung für den Sport, sie bestätigten eher die Proteste der Nackedeis vor dem Eingang.

Tatsächlich mäßigte sich der Mann.

»Rennen Nummer 1. Die Starter bitte an die Bahn«, wurde jetzt per Lautsprecher durchgerufen, und die Jockeys lenkten ihre Pferde aus dem Paddock zur Auffahrt über den Deich. Der Mann auf der schwarzen Stute hatte Schwierigkeiten, sie sah, wie das Pferd wild den Kopf schüttelte, versuchte zu steigen. Das Mädchen, das sie am Morgen kennengelernt hatte, führte es an der einen Seite, der Besitzer an der anderen. Sie folgte ihnen und entdeckte den ausgebooteten Jockey, der eine Jacke mit seinem Namen und der Aufschrift ›Rennstall Tonnac‹ trug. Er beobachtete das Geschehen mit einem fassungslosen Ausdruck.

Die Rennpferde waren auf der Strecke angekommen, sie folgten einem Auto auf der Bahn, bis eine orangefarbene Fahne gehisst wurde, das Signal für den Start. Die Reiter nahmen Geschwindigkeit auf, von oben schien es Rike, als würden sie über der Wattfläche schweben, zunächst beschrieb die Strecke eine lange Gerade, das Feld der Starter lag dicht beieinander. Der Reiter auf der Rappstute schien Schwierigkeiten zu haben, sie bewegte sich nicht harmonisch und gleichmäßig, blieb hinter dem Feld zurück. Sie erkannte aus der Entfernung eine Armbewegung, vermutlich hatte er schon wieder zugeschlagen. Die Stute schüttelte mit dem Kopf, an der Kurve brach sie durch eine

Lücke an der seitlichen Begrenzung aus, rannte von der Bahn weg, buckelte mehrfach, der Jockey stürzte. Danach rannte Diamond Sun zurück auf die Bahn und galoppierte neben den anderen Pferden weiter, holte gar das Feld ein.

Rike hörte den zuschauenden Jockey, der in ihrer Nähe stand, fluchen. Mit besorgtem Ausdruck rannte er nach unten in Richtung Watt, sie folgte ihm. Der gestürzte Reiter war aufgestanden und kam ihnen zu Fuß entgegen, seine Augen funkelten vor Wut, doch er schien sich bei der Aktion nicht verletzt zu haben. »Wie geht es Diamond Sun?«, fragte ihn Alexander Schwarz.

»Was für ein Mistvieh, der werde ich zeigen, wer den längeren Atem hat«, fluchte der Gestürzte.

»Reicht das nicht, was du verzapft hast? Ich bin mir sicher, dass ich mit Sun den Großen Preis gewinne«, warf sein Kollege ein.

»Dafür braucht es Erfahrung, ich werde mit dem Vieh schon fertig.« Mit kaltem Blick ließ sein Kollege ihn stehen und ging weiter.

Der Jockey eilte zur Bahn, wo Diamond Sun zwischen den ins Ziel gelaufenen Pferden hin und her lief. Er pfiff kurz und rief: »Sonnschein, ruhig.« Er schaffte es, die Stute an den Zügeln zu greifen und zu beruhigen. Dann führte er sie über den Deich und die Promenade entlang zu einem kleinen Stück Wiese, das er provisorisch eingezäunt hatte. Er sattelte sie ab und massierte ihr den Rücken. Das war ein Pferdemensch nach Rikes Geschmack, ganz anders als sein Konkurrent. »Ist sie verletzt?«, fragte sie ihn.

Er war nun dabei, alle vier Beine abzutasten.

»Ich hoffe nicht, sie läuft zumindest normal. Sie muss untersucht werden nach so einer abenteuerlichen Aktion. Dieser Umgang macht jahrelange Arbeit und das Vertrauen zunichte.« Das Pferd schnaubte aufgebracht, ließ ihn aber gewähren. Er strich ihr beruhigend über den Hals und ging mit dem Pferd zum Ausgang des Paddocks.

»Ich weiß genau, was Sie meinen. So etwas sollte verboten werden«, stimmte Rike ihm zu.

»Wenn das nur alle so sehen würden«, sagte er bitter. Ruhig sprach er die Stute an und nahm sie wieder ans Halfter. »Wir gehen für alle Fälle zum Tierarzt«, sagte er. Rike begleitete die beiden noch in Richtung des rückwärtigen Bereichs, wo der diensthabende Veterinärmediziner seinen Wagen stehen hatte. Sie liefen zwischen den Pferdetransportern der Rennteilnehmer entlang. Auf der Aufstellfläche kamen die Pferdebesitzer mit den Tieren an, bauten kleine Paddocks für die Vierbeiner auf und bereiteten diese auf die Rennen vor.

Am Übergang zum Zuschauerbereich befand sich auch ein Holzhäuschen mit der Aufschrift »Wettbüro«. Sie entdeckte drei ältere Männer mit wettergegerbten Zügen, die aufgeregt diskutierten. »Das war doch eine sichere Bank, Diamond Sun ist den anderen Startern haushoch überlegen.« Er trug Arbeitskleidung mit der Aufschrift eines Rennstalls, sein Gesicht war gerötet, er zerfetzte einen Schein. Sie vermutete, dass es ein Wettschein war.

»Ein abgekartetes Spiel. Ich habe die Dreierwette gewagt, für die Katz. Warum hat er Alex Schwarz ausgemustert, ich habe den doch gesehen? Dieser Bullwin hat schon öfter so 'nen Mist verzapft. Der kann doch mit dieser Stute gar nicht umgehen.« Er machte eine wegwerfende Handbewegung.

»Und wo ist Diamond Moon überhaupt?«, fragte der andere, der die Statur eines Jockeys hatte. Der dritte Mann, ein dicklicher Typ, zuckte mit den Schultern: »Der hatte eine lange Verletzungspause, war erst seit einem Monat antrainiert. Ich habe gehört, dass sein Tierarzt strengstens von einem Rennen zu dem Zeitpunkt abgeraten hat, der Tonnac muss es mal wieder sehr nötig haben.« Er rieb den Daumen und den Zeigefinger.

Der wütende Mann hörte ihm aufmerksam zu: »Du hast ja nach wie vor deine Kanäle. Aber wo verdammt steckt der Hengst? Der war ja riesengroß angekündigt.«

Der Ex-Jockey schüttelte den Kopf. »Keine Ahnung, vielleicht hat er sich im Training mit dem Brutalo verletzt.«

Rike ging zu der Gruppe und sprach die drei Männer an. »Ich bin Wettneuling, ich brauche einen Tipp.«

Der dritte Mann deutete auf die Wettzeitschrift. »Da drin steht doch alles, sogar die Favoriten.«

Sie schlug die Seite des sechsten Rennes auf. »Da stimmt ja nichts. Ich habe gehört, dass Pferd Nummer 1 nicht kommt, und die Jockeys stimmen nicht. Im ersten Rennen war es auch anders als im Programm, mein Geld ist weg.«

Der Mann mit der Gestütsjacke nickte verständnisvoll. »Das passiert sogar den Profis. Pferde sind halt keine Maschinen, aber diese Stute ist gut, wenn der Depp sie nicht wieder prügelt, hat sie im Rennen Nummer 6 allerbeste Chancen. Sie hat ja einen Stammjockey. Da muss man am Führring genau hinsehen und nachfragen. Wenn der Schwarz das Pferd reitet, ein klarer Tipp.«

Sein Kollege murmelte ihm etwas zu, und er verabschiedete sich schnell. »Ich muss dann mal, jetzt sind die Traber an der Reihe«, die drei Männer eilten in Richtung Pferdeparkplatz. Einige Gespanne mit Sulkys rasten den Durchgang hinauf, komplett mit Schlamm bespritzt. Zwischen den Rennen fuhren die Teilnehmer mit ihren Pferden ins Watt, um sie aufzuwärmen.

KAPITEL 8

Es war ein Wunder, dass niemand ihn bislang entdeckt hatte. Sie hatte Dino in den Stalltrakt mit den Rehapferden gestellt, noch immer war der Chef nicht zurück auf der Insel, der Cousin, der ihn vertrat, war kein großer Pferdekenner. Ihre Mitbewohnerin Katrin dagegen war neugierig wie immer und stellte laufend blöde Fragen. Gerade hatte sie wohl eine Pause.

»Was ist das für eine Pferderasse?«, wollte ihre Zimmernachbarin wissen. Sie schlenderte durch die Boxengasse und sah sich Dino aufmerksam an.

»Irgendeine Wald- und Wiesenmischung, meine Eltern haben ihn bei einem Händler gefunden.« Innerlich grinste sie. Sie wusste, dass Katrin keine Ahnung von Pferden hatte. Der wäre nicht aufgefallen, wenn er ein Bein weniger hätte. Leider blieb sie weiter vor der Box stehen. Ahnte sie doch etwas, oder hatte sie sich verraten?

»Naja, ein bissl mager sieht das Pferd aus, da ist an den Watties deutlich mehr dran.«

Amkea musste sich beherrschen, um nicht loszulachen. Diese Nudel verglich die dicken Kaltblutpferde, die Wattwagen zogen, mit einem Topsportler, der die edelsten Linien der Vollblutzucht in sich trug.

»Hm, das stimmt«, murmelte sie unter größter Anstrengung ganz ernst. Den ersten Stresstest hatte sie bereits hinter sich. Da hatte so ein Bulle aus Hamburg herumgeschnüffelt, er war auf der Suche nach Diamond Moon. Ihr

Herz raste, als Katrin das erzählte. Zum Glück hatte der Polizist sich nicht die Mühe gemacht, in den Stall zu kommen. Stattdessen saß er im Garten des Cafés herum und hatte mehrere Korn gekippt, wie sie erleichtert zur Kenntnis nahm. Als aktuelle Vertretung hatte der Geschäftsführer sie rufen lassen, damit der Herr sie befragen konnte. Der Mann saß in einem Strandkorb zwischen den blühenden Rosen vor einem Stück Torte, er hatte eine gewaltige Alkoholfahne. Er stellte sich als Polizeioberkommissar Galinowski vor und bot ihr einen Stuhl an, sie blieb aber lieber stehen.

»Moin, haben Sie den schon mal gesehen?« Er zeigte ein unscharfes Bild von Diamond Moon, nach einem seiner Siege mit einer Schleife geschmückt.

Sie sah es sich an und nickte. »Das Pferd ist in der Pferdewelt bekannt«, antwortete sie ausweichend. Er kippte ein Glas herunter, das Katrin vor ihm abgestellt hatte. Natürlich musste die Frau wieder ihre Nase in fremde Angelegenheiten stecken und lungerte am Tisch herum. Er hatte mittlerweile Mühe, Worte korrekt zu formen.

»Ich meine, ob Sie den heute hier auf der Insel gesehen haben? Ich muss alle Ställe durchsuchen, Order von oben. Ist natürlich Unfug, der kann ja nicht rüber schwimmen«, lallte er und lachte dröhnend über seinen eigenen Witz.

Sie schüttelte den Kopf und fragte dann: »Ich müsste jetzt dem Hufpfleger helfen. Kann ich gehen?«

Er nickte und lallte etwas von einer Schnapsidee. Eine halbe Stunde später hörte sie, wie der Polizeihubschrauber wieder abhob. Erleichtert war sie in den Stall entschwunden. Nun hoffte sie, dass ihrer Mitbewohnerin nichts aufgefallen war. Sie stand vor den Boxen und schaute sich neugierig Dino an. Endlich erklärte sie, dass sie einen Kaffee trinken gehen wollte, und fragte Amkea, ob sie dabei wäre. Das schien ihr eine hervorragende Gelegenheit, die junge Frau aus dem Stall zu lotsen. »Was habt ihr denn für Kuchen?«

Als ihre Nachbarin ein gewaltiges Stück Rhabarber-Baiser-Torte vor Amkea hinstellte, bemühte sie sich um ein Lächeln. Sie mochte keinen Kuchen, Rhabarber verabscheute sie sogar. Tapfer stocherte sie mit der Kuchengabel im Gebäck herum.

»Leider zu mächtig«, stöhnte sie nach ein paar Bissen, »aber so lecker.« Katrin hatte ihren Teller schon geleert und verspeiste ihr Stück zusätzlich und schenkte ihr einen kritischen Blick. »Mädel, du musst echt mal was auf die Rippen kriegen, dich weht doch ein Windstoß weg. Das sieht nach einer Essstörung aus.«

Amkea lag eine Erwiderung auf der Zunge, doch sie wollte ihre Mitstreiterin nicht zusätzlich auf die Palme bringen. Sie ging nicht auf die überzähligen Pfunde ihrer Nachbarin ein, bedankte sich und eilte mit entschuldigenden Worten in Richtung Stall. Dino war ein anspruchsvolles Pferd, zudem musste sie genau überlegen, wohin sie mit ihm reiten oder laufen konnte. In jedem Fall brauchte der Junge Bewegung, auch wenn das riskant war. Er war eines der bekanntesten Pferde in Deutschland, eine Berühmtheit. Sie würde ihm eine Ausreitdecke überwerfen, darunter vermutete niemand einen edlen Vollblüter, und den Kopf mit einer Fliegenmaske verhüllen. Das kannte er zum Glück von seiner Zeit auf der Weide und würde nicht durchdrehen. Sie sattelte den braven Traber von ihrem Chef und nahm Dino an einer Leine als Handpferd. Sie ritt hinter dem Deich entlang bis zur Auffahrt für die Pferdekutschen und dort ins Watt, allerdings mied sie die offizielle Route der Wattwagen nach Sahlenburg. Sie orientierte sich an den Gebäuden auf dem Festland und wechselte Abschnitte im Trab mit Schritt ab. Etwa eine Stunde waren sie unterwegs, die Tiere hatten zufrieden geschnaubt, und sie kehrte mit ihnen in den Stall zurück. Mit den anderen beiden Pferden unternahm sie einen Spaziergang über die Insel, zwei weitere Patienten mit Lungenproblemen führte sie in die Solekammer. Sie suchte sich einen Platz, wohin ihr diese Katrin mit Sicherheit nicht folgen würde. Sie nahm ihr Smartphone und las erneut die Nachricht durch.

Ein Galopper-Portal mit Insidernachrichten berichtete von Plänen Tonnacs, den Hengst Diamond Moon einem Scheich aus den Vereinigten Arabischen Emiraten zu verkaufen. Beim Wattrennen sollte der Deal angeblich abgeschlossen werden, danach hatte er geplant, Dino auszufliegen.

»Hast du das mit dem Scheich gehört?«, schrieb sie ihrem Kontakt.

»Ja, das habe ich mitbekommen, er will auch die Schwester weggeben. Er hat Ausreden gebracht, warum Dino heute nicht läuft. Offiziell wurden medizinische Gründe angeführt«, so die Nachricht. Tonnac hatte keinen Verdacht, er wusste nicht, wo sein Pferd stecken könnte. Doch Amkea ahnte, dass dies nur eine Frage der Zeit war. Sie musste über ihre weitere Strategie nachdenken. Das Ganze schien hohe Wellen zu schlagen, es wäre schwierig, ihn nach dem Rennen zurückzustellen.

*

Facebook Gruppe Cuxhaven touristenfrei

Tourihasser
Moin, Ihr Lieben. Na wenn das mal kein voller Erfolg war. Ich wette, morgen werden mehr Bilder von den Mädels zu sehen sein als von diesem dämlichen Rennen! Aber Ihr wisst das Beste noch nicht …
75 Likes
4 Kommentare

Hein BLD
Die Mädels waren der Knaller. Und recht haben sie, den Mist sollte man verbieten!

Cuxhavenherz
Schon irre, wie hast du das hinbekommen? Wie das Beste? Kommt da noch mehr?

Tourihasser
Ja, es gibt eine Sache, die das Ganze toppt. Die haben ja vorher so ein Toprennpferd – das schnellste Pferd Europas – angepriesen. Diamond Moon, habt ihr schon mal von dem gehört? Aber der kam nicht. Der Gaul ist entführt worden!

PetraCux
What, dein Ernst? Wie hast du das denn geschafft?

Tourihasser
Ist nicht auf meinem Mist gewachsen … Am besten, ihr wisst so wenig wie möglich. Aber es wird vertuscht. Ich kam beruflich an die Info und werde das

jetzt mal durch die Gegend schicken. Das wird die so richtig aufmischen :) :) :)

Hein BLD
@Tourihasser Du bist ein Genie, ich feiere dich gerade so richtig und sauf mir einen auf die Neuigkeit!

KAPITEL 9

Rike stand noch an der Wettbude und ließ sich erklären, welche verschiedenen Kombinationen es gab, als ihr Handy klingelte. Margo war am Apparat und bat sie vorbeizukommen. Über Lautsprecher wurde die Siegerehrung kommentiert, sie verstand nur schwer, was die Malerin sagen wollte. Also ging sie zurück zum Führring, um direkt nachzufragen.

Auf dem Gelände waren mittlerweile noch mehr Menschen unterwegs, an der Promenade war kaum ein Durchkommen, sie lief über den Deich, um voranzukommen. Dort hatten viele Zuschauer eigene Stühle aufgebaut und verfolgten das Geschehen mit Feldstechern. Sie war am Holzzaun des Areals angekommen, wo die Pferde kontrolliert und vorgeführt wurden. Vor der Wiegestation für die Jockeys, direkt neben Margos Holzbude, erkannte sie den Rennstallchef Eric de Tonnac, der dort hin- und herschritt, bis er Rike entdeckte.

»Da sind Sie ja«, er fuchtelte aufgeregt mit seinem Smartphone und hielt es ihr unter die Nase, als sie ankam.

»Hier, die Nachricht geht rum. Jemand mit dem Namen *Tourihasser* schreibt auf sämtlichen Cuxhaven-Gruppen auf *Facebook* und anderen Netzen von der Entführung von Diamond Moon. Das Telefon klingelt dauernd. Was soll ich tun?«

»Das wäre der Moment, um mit einer Suchaktion an die Öffentlichkeit zu gehen. Ein Vollblüter ist ja kein Meerschweinchen, das man in der Jackentasche verschwinden lässt. Irgendjemand muss etwas mitbekommen, wenn da plötzlich ein solches Pferd auftaucht.« Sie biss sich auf die

Zunge, wahrscheinlich hatte sie sich schon zu weit aus dem Fenster gelehnt. »Bitte gehen Sie den offiziellen Weg und kontaktieren die Kripochefin Carla Bredow«, bat sie.

In dem Moment klingelte sein Handy erneut. »Wie soll ich das denn machen? Ich habe keine Ahnung von Bitcoins!«, protestierte er. Was sein Gesprächspartner sagte, verstand sie nicht. Vermutlich handelte es sich um die Entführer, sie bekam nur ein Knarzen mit.

»Hallo, hallo, wie soll das gehen? Wo ist mein Pferd?«, schrie er. Der Entführer hatte das Gespräch offenbar beendet. »Keine Polizei, darauf besteht er«, wiederholte er. »Ich dachte deshalb, dass Sie mir helfen könnten.« Rike war fest entschlossen, dieses Mal den offiziellen Weg zu gehen.

»Meine künftige Chefin muss darüber informiert werden und zustimmen«, bat sie sich aus. »Rufen Sie Carla Bredow an.«

Er bestellte sich bei Margo einen Korn und kippte diesen herunter. Hektisch sah er sich um. »Wer weiß, wer das ist und ob die uns beobachten. Ich tippe auf diesen dubiosen Tierschutzverein.«

»Das kann ich mir nicht vorstellen. Das sind doch harmlose Teenager, die ein bisschen Action machen, die werden kein Pferd entführen«, widersprach Margo Valeska und stellte dem Mann noch einen Schnaps auf den Tresen, den er ebenfalls auf Ex hinunterkippte. Dann sah er zu den beiden und erklärte mit gedämpfter Stimme: »Der macht Druck, er will schnellstmöglich Bitcoins, 15 Stück, das ist wohl über eine Million Euro. Woher soll ich denn an so was kommen?«

»Bitte melden Sie sich bei Carla Bredow, sonst bin ich raus.« Rike blieb formell. Der Rennleiter kam schnellen Schrittes in ihre Richtung. »Haben Sie das gesehen?« Er tippte auf den Bildschirm seines Smartphones. »Diamond

Moon – wenn ein berühmtes Rennpferd verschwindet«, stand da in dicken Buchstaben einer Boulevardzeitung.

»Das läuft auf allen Kanälen, die *Bildzeitung* hat das Gerücht aufgegriffen. Wir müssen eine Pressemitteilung dazu abgeben«, schlussfolgerte der Präsident des Rennvereins.

Tonnac sah ihn zweifelnd an. »Ich will mein Pferd zurück und keine Erklärungen in die Welt setzen, ich verstehe es einfach nicht, wer so etwas tut.« Wütend ließ er seine Hand auf den Tresen donnern, sodass die Gläser umfielen. Er hielt es nicht für nötig, sich zu entschuldigen. In dem Moment betrat Carla Bredow die Bar. »Sie haben von den Meldungen auf den sozialen Netzwerken gehört«, sprach sie Tonnac an. Erst jetzt bemerkte sie Rike und warf ihr einen missbilligenden Blick zu.

Der Pferdebesitzer nickte. »Ja – und mir sitzt der Entführer im Nacken. Ich muss bis heute Abend 15 Bitcoins besorgen, und seine Bedingung lautet, dass ich nicht die Polizei einschalte.«

»Da können wir behilflich sein und das diskret handhaben, aber wenn Sie das lieber alleine hinbekommen, gerne«, entgegnete sie.

»Und was ist mit der Pressekonferenz?«, wollte der Rennpräsident wissen. »Wir können nicht einfach so tun, als wäre nichts passiert, Eric. Das wird noch mehr wilde Spekulationen wecken.«

Dieser nickte ohne Begeisterung. »Meinetwegen, dann aber kurz und schmerzlos.«

»Das macht Sinn«, bestätigte die Kripochefin. »Am besten, Sie bereiten Bilder von dem vermissten Tier vor, es muss Zeugen geben.« Zögernd nickte der Pferdebesitzer. Die Konferenz sollte wieder im Haus der Kurverwaltung stattfinden, wo sich die Einsatzzentrale des Rennens befand.

KAPITEL 10

Rike war am Tresen stehen geblieben, sie dachte über die Entführung nach. »Was meinen Sie, wer könnte so ein Pferd entführt haben und warum?«

Margo schmiss die Scherben in den Mülleimer und verstaute die Kehrschaufel und den Besen unter dem Tresen. Dann trank sie einen Schluck aus ihrer Wasserflasche und dachte nach. »Wenn ich mir diese besonderen Pferde so ansehe, ist das kompliziert, diese zu betreuen. Jemand wie ich ohne jegliche Erfahrung würde es nicht hinbekommen, Sie als Reiterin schon eher. Der Entführer muss die Abläufe genau kennen, über ein geeignetes Fahrzeug und eine Unterbringungsmöglichkeit verfügen«, schlussfolgerte sie. Rike ließ sich die Bedingungen durch den Kopf gehen und nickte. »Und er muss einen Grund haben, genau das zu tun«, sagte sie.

»Wie ich gehört habe, geht es um Bitcoins, auch wenn ich davon keinerlei Ahnung habe«, so die Malerin. Rike dachte nach. »Gäbe es nicht einen einfacheren Weg, um Bitcoins zu erhalten? Einen Menschen vorübergehend verschwinden zu lassen, wäre weniger aufwendig.«

Auf der Internetpräsenz des Wattrennens war nun eine Meldung über die Entführung erschienen. Die Rennen liefen unverändert weiter, und Rike hörte, dass in Kürze die Pferde und Reiter, für das sechste Rennen, den Großen Preis von Cuxhaven antreten sollten. Das war der wichtigste Wettkampf mit dem höchsten Preisgeld, und sie hatte sogar einen Gewinntipp, wobei dieser von der Wahl des Reiters abhing.

»Wer reitet denn jetzt die Favoritin Diamond Sun? Haben Sie mitbekommen, wer sich durchgesetzt hat? Dieser Bullwin kommt mit ihr doch gar nicht zurecht.«

Margo schüttelte den Kopf. »Nach diesem Fehlschlag hoffentlich der andere Jockey, das kann man ja nicht mit ansehen.« Das dachte Rike auch, dennoch würde sie keine Wette abschließen. Sie sah, dass die ersten Teilnehmer des sechsten Rennens im Führring erschienen. Sie stellte sich in eine Lücke an den Holzzaun vor der Fläche, von wo aus sie eine gute Sicht auf das Geschehen hatte. Mittlerweile waren die ersten Pferde im Ring, zahlreiche Zuschauer sammelten sich vor dem Platz. Die Vollblüter waren für Rike eine der schönsten Pferderassen, edle Köpfe und große ausdrucksvolle Augen, schlanke Körper und ebensolche Gliedmaßen, glänzendes kurzes Fell und Minimähnen, die meist geflochten waren. Einige der Tiere trugen eine Art Schutzbrille, vermutlich gegen aufwirbelnden Wattschlamm oder den ungewohnten Nordseewind. Auf den Satteldecken waren die Startnummern angebracht.

Neben ihr diskutierten zwei Männer mit Wettscheinen in der Hand über die Siegchancen der Pferde. »Schau mal, der ist kaum zu halten, der zieht schon jetzt wie verrückt. Ob das ein Außenseiter ist, der gewinnt?«, fragte der eine.

»Viel zu klein, der kommt bestimmt nicht mit. Sieh dir mal den Ausdruck der Stute an. Die will laufen und gewinnen«, befand der andere.

Rike bezweifelte, dass jemand nach ein paar geführten Runden die Leistung einschätzen konnte.

Sieben Wettbewerber standen im Programm, da Diamond Moon ausfiel, blieben sechs Rennpferde, die um den

Sieg laufen sollten. Fünf Vollblüter waren im Kreis unterwegs, endlich erschien Diamond Sun, die Startnummer 2 trug. Zu ihrer Überraschung wurde erneut der Jockey Cristobal Bullwin in den Sattel gehoben, obwohl er beim ersten Ritt unfreiwillig abgestiegen war und das Pferd gewalttätig behandelt hatte.

Sie konnte sehen, wie die Rappstute sich verspannte und das Führmädchen und der Besitzer sich nach Kräften bemühten, das Pferd in die Bahn zu lenken. Der Jockey nahm seine Gerte und hieb sie der Stute mit voller Wucht auf die Kruppe, Diamond Sun zuckte. Tonnac drehte sich nach dem Reiter um. »Lass das!«

Rike empörte sich über diesen Umgang mit den höchst sensiblen Wesen: »Sie Brutalo, was soll das!«, rief sie dem Reiter zu. Endlich kam der Rennpräsident und wechselte ein paar laute Worte mit dem Rennreiter und Tonnac. In dem Moment kam der ausgebootete Jockey Alexander Schwarz im Laufschritt in den Führring, übernahm die Position von dem Mädchen. »Ich möchte nicht, dass ihr etwas passiert«, sagte er zu Tonnac und sprach das Mädchen an. »Du löst den Chef ab, wenn wir rausgehen.« Nachdem er die Führzügel übernommen hatte, beruhigte sich das Pferd ein wenig.

Rike wunderte sich, dass der Trainer den Prügeljockey überhaupt noch mal eingesetzt hatte. Einer der drei alten Herren, mit dem sie vorhin am Wettstand gesprochen hatte, stand neben ihr und schüttelte den Kopf. »So wird das nichts. Ich verstehe nicht, warum er den Bullen wieder einsetzt. Den Spitznamen hat er wegen seines unmöglichen Reitstils. Wenn der überhaupt ankommt, gewinnen wird der nicht.«

Die Teilnehmer des sechsten Rennens wurden über den Lautsprecher an den Start gerufen. Nacheinander verließen die Reiter den Führring, ritten mit Helfern an ihrer Seite die

Wattwagenauffahrt entlang über den Deich und dann hinunter ins Watt. Dort blieben die Begleiter stehen, und die Jockeys dirigierten die Pferde von oben zur Strecke. Diamond Sun kehrte um und rannte zum Ufer zurück, wo Alexander Schwarz und das Pferdemädchen erneut in die Zügel griffen und Bullwin unterstützten. Dieser hatte Probleme, das Pferd in die richtige Richtung zu leiten. Diamond Sun tänzelte auf den Hinterbeinen, riss ihren Kopf hin und her, versuchte, seitlich auszubrechen. Mit Mühe und Not konnten Schwarz und die junge Frau sie unter Kontrolle bringen. Mehrfach führten sie das Tier eine Runde im Kreis, liefen Zickzack, der Jockey kam ins Rutschen, hing seitlich am Pferd. Sein Kollege fing ihn auf und schob Bullwin zurück in die richtige Position in den Sattel. Kaum hatten beide Helfer die Zügel losgelassen, als die Stute in Richtung der Bahn stürmte, sich den anderen Pferden anschloss. Mit diesen trabte sie zum Start, auch wenn sie sich durch heftige Kopfbewegungen zu wehren schien. Der Wagen startete, die orange Fahne wurde erhoben – Zeichen für den Beginn. In einem Pulk galoppierten die Vollblüter los, nur Diamond Sun lag weit dahinter. Rike konnte sehen, wie Bullwin auf die Rappstute einhieb, die ärgerlich den Kopf schüttelte. Es ging in die Kurve, der Jockey hing auf einmal an der Seite des Sattels. Sie stand zu weit entfernt, um zu erkennen, wie er in diese Position gekommen war. In dieser Geschwindigkeit schien es unmöglich, sich seitlich auf dem Pferd zu halten. Sie bedauerte, dass sie kein Fernglas dabei hatte, und kniff die Augen zu, um besser einschätzen zu können, was dort vor sich ging. Einen Moment später stürzte der Reiter, wurde ein Stück mitgezogen, bevor er im Watt liegen blieb. Das Pferd lief weiter mit dem Pulk, überholte die anderen und kam als Nummer eins ins Ziel.

»Das wird ohne Reiter leider nicht gewertet, dass sie ihn losgeworden ist, wundert mich nicht«, sagte der Ex-Jockey von der Wettbude, der neben Rike stand. Sie sah nach dem Gestürzten, der immer noch an der gleichen Stelle lag. Zwei Sanitäter liefen zu ihm, um ihn zu versorgen. Kurze Zeit später spannten Helfer ein Tuch vor den Verletzten. Der Veranstalter kündigte eine Verschiebung der nächsten Rennen an, vermutlich wegen des Unfalls. Krankenwagen und Notarzt waren bis ans Ufer über den Asphaltweg vorgefahren, weitere Männer in roten Sanitäter-Anzügen begaben sich zügig in Richtung des Verletzten. Einer war nach der Aufschrift auf der Kleidung der Notarzt. Es dauerte ein paar Momente, dann wurde der Jockey auf einer Trage zum Rettungswagen gebracht und dort fixiert. Reanimiert wurde er nicht, so wie Rike sehen konnte. Die beiden Sanitäter waren vorne eingestiegen. Daher war er vermutlich nicht so schwer verletzt, vermutete sie.

»Wenn die Jungs nicht von alleine aufstehen, ist das kein gutes Zeichen. Ich habe 50 Jahre auf der Rennbahn gearbeitet. Das war ein komischer Abgang«, orakelte der ältere Herr neben Rike.

»Wie meinen Sie das?«, wollte sie wissen.

»Der hat gar nicht mehr reagiert, das ist nicht normal, dass ein Reiter zur Seite kippt«, sagte er.

»Warum kann das passieren?«, wollte Rike wissen.

»Möglicherweise hatte er ein Aneurysma oder einen Infarkt?«, spekulierte der Ex-Jockey.

Der Moderator sagte die Namen der Gewinner an und dass die nächsten Rennen auf unbestimmte Zeit verschoben würden. Doch Rike hatte genug gesehen und wollte Prinz noch einmal ausführen. Zum Verschwinden des Star-Pferdes hatte sie nichts Näheres herausgefunden. Sie ging zu

Margo Valeska, um sich zu verabschieden. In dem Moment klingelte ihr Telefon.

»Wo steckst du?«, fragte ihre künftige Chefin, Carla Bredow.

»Ich bin noch immer auf dem Pferderennen in Duhnen – rein privat. Gibt es etwas Neues zu dem Verschwundenen?« Den Namen sprach sie in der Öffentlichkeit lieber nicht laut aus.

»Das nicht, aber wir haben einen Auftrag. Kommst du bitte zum Eingang des Tourismusbüros«, bat Carla Bredow. Rike war überrascht, dass sie nun doch vor ihrem offiziellen Arbeitsbeginn ermitteln sollte. Hatte sich Tonnac entschieden, die Polizei einzubeziehen? Oder ging es um einen Fall für die Mordkommission?

KAPITEL 11

Die Stute Diamond Sun rannte weiter reiterlos auf der Bahn entlang. Stammjockey Alexander Schwarz war zur Strecke geeilt und hatte sich auf ihrem Laufweg positioniert. Er schnappte die Zügel und konnte die Ausreißerin stoppen. Ihre Nüstern waren gebläht, die Augen weit aufgerissen vor Aufregung. Cristobal Bullwin hatte nicht nur wie in Rage mit der Gerte zugeschlagen, bisher war das in seinem Rennstall verpönt. Zudem hatte dieser Brutalo die Eigenart, seine Sitzbeinhöcker schmerzhaft hinter den Sattel plumpsen zu lassen. Das fügte dem Pferd Schmerzen zu und sollte zu schnellerem Laufen anregen. Verboten war es nicht, dennoch konnte jeder Kenner der Branche sehen, dass die Tiere gequält wurden. Langfristig würde ihre Wirbelsäule dadurch geschädigt.

Eric de Tonnac seufzte, am liebsten würde er diesem Brutalo nie wieder ein Pferd überlassen. Doch er war erpressbar. Das musste ein Ende haben, lieber machte er den Stall dicht, als mit diesem Jockey zu arbeiten. Sein Stammjockey Alexander Schwarz kam am besten mit der Stute zurecht, er führte diese in Richtung ihres Minipadocks, den sie hinter dem Deich aufgebaut hatten. Tonnac kam mit einem Futtereimer zu ihnen und stellte ihn vor dem Pferd ab. Die Stute schnüffelte am Futter, begann dann zu fressen und beruhigte sich. Er ignorierte die vorwurfsvollen Blicke seines Mitarbeiters. Der Tierarzt war schon benachrichtigt, er sollte die Stute erneut untersuchen. Tonnac nickte widerwillig. An die Kosten durfte er gar nicht denken – oder an den ausgebliebenen Gewinn. Immerhin war der *Große Preis von Cuxhaven* mit 50 000 Euro Preisgeld dotiert. Eigentlich hatte er nichts dem Zufall überlassen, indem er seine beiden besten Pferde für das Rennen gemeldet hatte.

Nachdem die Stute ihren Snack verspeist hatte, wirkte sie ruhiger. »Bringst du sie zum Doc, mit dir läuft sie ruhiger?«, fragte er Schwarz.

Der Jockey nickte, nahm sie ans Halfter und führte sie zur medizinischen Versorgung. Tonnac folgte ihm, um das Ergebnis sofort mitzubekommen. Aufmerksam studierte der Veterinär den Gang, sah sich dann die Beine näher an. »Ohne Befund. Da hat sie noch mal Glück gehabt«, sagte der Tierarzt nach der genauen Begutachtung. Er hörte noch Herz und Lunge ab, fuhr dann mit der Hand über den Rücken. Am Ende seiner Untersuchung tätschelte er Diamond Sun. Die Stute hatte Glück im Unglück gehabt.

Eric de Tonnac war erleichtert, dass Diamond Sun nicht verletzt war. Es war ihm immer klar, dass dieser Bullwin nicht die richtige Wahl war. Doch er konnte den Wunsch nicht ablehnen, ohne seine Existenz zu gefährden.

Sein Telefon klingelte, als er die Anzeige »Unbekannte Nummer« sah, ahnte er, wen er gleich in der Leitung haben würde. Und tatsächlich knarzte die Stimme verzerrt aus dem Hörer. »Heute Abend ist Zahltag. 15 Bitcoins, nähere Information folgt.«

»Ich will erst ein Foto von Diamond Moon!«, warf er ein, doch der Entführer hatte schon aufgelegt, es tutete.

Verdammt, wie sollte er das schaffen? Was, wenn dem Goldjungen etwas passierte, seinem Hengst. Dann war er ruiniert. Sein Unternehmen hatte akute Finanznot, der Verkauf des Hengstes war unumgänglich. Doch nicht einmal ein Preisgeld würden sie mit nach Hause bringen.

KAPITEL 12

Eine kühle Brise fegte Papierfetzen über die Straße, dunkelgraue Wolken hingen tief am Himmel, es sah aus, als würde es jeden Moment beginnen zu regnen. Das Wetter passte perfekt zu einem Montagmorgen. Rikes Spaziergang mit ihrem Hund war kurz ausgefallen, nach dem späten nächtlichen Einsatz hatte sie nur wenige Stunden geschlafen und fühlte sich übernächtigt. Dennoch hatte sie es pünktlich zur Polizeiinspektion geschafft. Mit Prinz, den sie mitnehmen durfte, wartete sie am Empfang.

Das »Guten Morgen« ging ihr alles andere als leicht über die Lippen. Bis spät in den Abend hatte Rike am Vortag noch Zeugen der Ereignisse auf der Rennbahn vernommen. Nach dem Rennen verschwanden die Anlagen für das Sportereignis ebenso schnell vom Meeresboden, wie sie dort aufgebaut worden waren. Es war dunkel, als sie alle Beteiligten gesprochen hatten.

Sie gab ihren Ausweis am Empfang ab und wartete dann. Der Kollege, den sie nicht kannte, wollte sie nicht alleine in die Diensträume lassen. Es wurde Zeit, dass sie die Formalien in Angriff nahm.

Flores Salazar, die sie noch von ihrem Fall auf Neuwerk kannte, kam sie abholen und führte sie direkt in einen großen Konferenzraum in der fünften Etage. Als sie eintrat, war der Raum schon gut gefüllt.

»Darf ich Prinz in deinem Büro lassen?«, fragte sie Flores.

»Den kannst du komplett bei mir abgeben, den nehme

ich sogar mit nach Hause«, scherzte diese und holte eine Schale mit Wasser für ihn.

»Der Service für Hunde ist auf Fünf-Sterne-Niveau, wenn ich einen Kaffee bekäme …« Rike erinnerte sich mit Grauen an die widerspenstige Kaffeemaschine und hoffte, dass dieses Monstrum längst den Geist aufgegeben und durch eine freundlichere Variante ersetzt worden war.

Flores lachte und zog in der Küche zwei Tassen Kaffee. Carla Bredow lief mit einem knappen »Moin« vorbei, und sie folgten ihr in den Konferenzraum in der obersten Etage des Polizeigebäudes.

Viele Kollegen hatten um einen Konferenztisch Platz genommen. Sie fanden zwei Stühle direkt neben der Rednerin an der langen Seite. Carla Bredow schaute in die Runde und begann die Sitzung.

»Viele kennen sie schon, jetzt gehört sie offiziell zu Cuxhaven. Ich möchte unsere neue Kollegin, Kriminalhauptkommissarin Friederike von Menkendorf, vorstellen.« Mit einer Handbewegung nach oben forderte sie das Publikum zum Applaus auf, ein großer Teil der Zuhörer klatschte.

Rike erhob sich und bedankte sich, sie ließ den Blick über die Gesichter schweifen, die meisten kannte sie. »Moin und vielen Dank. Ich freue mich auf eine gute Zusammenarbeit«, sagte Rike. Die Kollegen klopften auf den Konferenztisch.

Carla hatte ihren Computer hochgefahren, der mit dem Beamer verbunden war. Das Bild des verunglückten Jockeys wurde eingeblendet. »Vermutlich habt ihr das aus den Medien gehört. Das ist der Starjockey Cristobal Bullwin, der beim Wattrennen zu Tode gekommen ist. Wir können keine Aussage über eine mögliche Fremdeinwirkung treffen, aber dem Sturz ging ein merkwürdiges Ereignis voraus – und die Todesursache ist ungeklärt.«

Sie sah neben sich. »Da du zufällig vor Ort warst, kannst du das am besten vortragen.« Rike war dankbar, dass sie keine missbillige Bemerkung über eigenmächtige Ermittlungen fallen ließ.

»Habt ihr den Namen ›Diamond Moon‹ schon einmal gehört?« Fragend sah sie ihre Kollegen an, nur ein Teil der Polizisten murmelte zustimmend oder nickte.

»Er ist das wohl berühmteste Rennpferd Deutschlands, hat sehr viele hochkarätige Rennen gewonnen, sogar das *L'Arc de Triomphe* in Paris, den härtesten Wettkampf in Europa. Über die Szene hinaus ist er bekannt. Er hätte sicher auch den Preis des wichtigsten Laufes in Duhnen gewonnen, wenn er denn da gewesen wäre.«

Sie fing einige fragende Blicke auf, doch sie wollte, dass die Kollegen die Bekanntheit des Stars auf vier Beinen nachvollzogen. »Am Morgen des Rennens fand seine Pflegerin ihn nicht in der Box auf einem Bauernhof in Duhnen, wo er die Nacht verbrachte. Erst dachte sie an einen Irrtum, doch er war spurlos verschwunden.«

Es war still im Raum, bis sich ein Kollege räusperte und fragte:

»Wie meinst du – verschwunden?«

»Das wissen wir immer noch nicht genau. Der Eigentümer, das ist der Kaffeebaron Eric de Tonnac-Rusch, hat eine Lösegeldforderung erhalten – und die Aufforderung, nicht mit der Polizei zusammenzuarbeiten. Wir vermuten eine Entführung.«

Gemurmel setzte ein, ungläubige Blicke. »Wie entführt man denn ein Rennpferd?«, wunderte sich Flores.

»Das Tier aus der Box führen, in einen anderen Stall in der Nähe bringen. Man könnte es in den Pferdeanhänger laden und transportieren oder mit dem Pferd woandershin reiten«, sagte Rike. »In dem Fall gibt es Hinweise, dass der Hengst in Richtung Strand verschwunden ist.«

»Habt ihr Spuren gefunden?«, fragte ein Kollege. Rike sah kurz zu Carla Bredow, die nickte. »Das sind keine gerichtsverwertbaren Beweise, wenn ihr so wollt. Ich war privat vor Ort, und mein Hund Prinz hat die Spuren bis an den Strand verfolgt.«

»Danke, Rike«, sagte Carla Bredow. Sie hatte ein Foto des verschwundenen Rennpferdes eingeblendet.

»Das ist das mutmaßliche Entführungsopfer. Ein merkwürdiger Vorgang, aber unser eigentlicher Fall ist der Tod des Jockeys Bullwin. Der war für den gleichen Rennstall im Einsatz, er ritt ein weiteres bekanntes Pferd«, erklärte sie. »Wir müssen schnellstmöglich die Zeugen befragen und sämtliche verfügbaren Datenträger auswerten, die Überwachungskameras, Blitzeraufnahmen und Mobilfunkdaten der beteiligten Personen sichten.«

»Was ist denn mit den Ställen, wurde da schon nachgefragt?«, wollte Rike wissen.

Carla Bredow blendete eine Liste ein, auf der die Wattwagenunternehmen der Insel Neuwerk standen. »Das haben wir schon abgefragt, der Hamburger Kollege Robert Galinowski war auf Neuwerk nachsehen.«

Rike sah sie entsetzt an, ausgerechnet dieser unfähige Trottel, von dem sie gehofft hatte, ihm niemals wieder im Leben zu begegnen. »Mit dem Kollegen habe ich nicht so gute Erfahrungen gemacht, der würde Diamond Moon nicht einmal bemerken, wenn er ihm auf den Fuß tritt. Vielleicht könnten die Hamburger einen fähigeren Ermittler abordnen«, fragte Rike. Doch Carla verneinte. »Dein ehemaliger Chef Kanter hat über Personalmangel geklagt und darauf verwiesen, dass wir dich ja abgeworben hätten.

Das wird leider nichts. Aber so schwer ist das ja nicht, nach einem bekannten Pferd zu suchen. Das kann er doch nicht verfehlen«, vermutete Carla. Rike war anderer Meinung.

Eine junge Kollegin mit raspelkurz geschnittenen Haaren meldete sich. »Ich übernehme gerne den nerdigen Teil der Überprüfung.«

Bredow nickte. »Da hast du grünes Licht, Juri. Das ist genau dein Ding«, befand sie. »Juri kennst du nicht, er ist unser Nerd. Frisch von der Uni. Er hat forensische Informatik studiert und ist ein echtes Trüffelschwein für die Recherche in der virtuellen Welt«, stellte sie den Kollegen vor. Juri, den Rike irrtümlich für eine Frau gehalten hatte, sah von seinem Bildschirm auf und bemerkte ihren fragenden Blick.

»Ich sehe noch aus wie eine Frau, möchte aber bitte männlich gelesen werden. Meine Kollegen haben kein Problem damit.«

»Danke für die Erklärung, ich habe mir die Frage gestellt«, sagte Rike. »Ich wollte dir nicht zu nahe treten, Herr Kollege.«

»Wenn ich mich mal kurz in die reale Welt einmischen dürfte: Wo liegt denn der Zusammenhang zwischen den beiden Ereignissen, dem Pferdeklau und Tod des Jockeys?«

Eine gute Frage, fand Rike. »Das könnte einfach die Folge dessen sein, dass der Mann ein Pferd geritten hat, mit dem er nicht zurechtkam. Es gibt häufig tödliche Stürze. Es könnte aber Fremdverschulden sein.«

Juri hatte ihr aufmerksam zugehört: »Du meinst, ein gewaltsamer Tod?«

Rike nickte. »Dieser Sturz war nach Einschätzung eines alten Hasen zumindest ungewöhnlich, der ist wie ein nasser Sack zur Seite gekippt. Wobei ihn das Pferd vorher schon einmal abgeworfen hatte und der Ritt alles andere als ruhig verlief. Wir müssen herausfinden, wie der Mann gestorben ist. Er wird doch obduziert?«, fragte sie die Kripochefin.

Diese nickte: »Ich hatte schon gestern den Staatsanwalt am Telefon. Allein wegen der Umstände wird das angeordnet. Der Tote ist im Übrigen auf dem Weg in die Hamburger Gerichtsmedizin. Würdest du dich darum kümmern, dass wir so schnell wie möglich Ergebnisse bekommen?«

Rike nickte, das machte ihr nach all den Jahren meist nichts aus. Flores wollte sie begleiten. Davor würden sie die restlichen Zeugen befragen, die irgendetwas beobachtet haben könnten.

*

Facebook Gruppe Cuxhaven touristenfrei
Hein BLD
Moin, habt ihr das schon gelesen? Ist der Hammer. Hoffentlich der Todesstoß für das bescheuerte Rennen.
Cuxhavener Nachrichten
Das Duhner Wattrennen hatte einen tragischen Todesfall zur Folge. Vor Zehntausenden Zuschauern war der Starjockey Cristobal Bullwin beim sechsten Rennen von der Stute Diamond Sun gestürzt und ist an den Folgen des Unfalls verstorben.
»Die anwesenden Rettungskräfte und ein Notarzt vom Helios Klinikum hatten um das Leben des Verunglückten gekämpft. Leider ist er seinen Verletzun-

gen erlegen«, erklärte der Präsident des Vereins Duhner Wattrennen.
»Ich bin untröstlich über den Tod dieses bewundernswerten Sportlers. Mein Beileid geht an die Angehörigen«, fügte der Stallbetreiber Eric de Tonnac-Rusch hinzu. Warum er die Entscheidung traf, Cristobal Bullwin statt des üblichen Reiters einzusetzen, wollte er nicht kommentieren.
In der Szene war der Verunfallte nach Insiderangaben nicht unumstritten, auch vor Tausenden Zuschauern in Cuxhaven blieb er bei seinem brachialen Reitstil und reizte die Regelung, die die Zahl der Peitschenschläge während des Rennens auf sechs begrenzt, über die Maßen aus. Schon am Abreitplatz äußerten Zuschauer Unmut. »Da ist er an das falsche Pferd geraten«, munkelte ein Insider der Galoppwelt.
Warum genau der Jockey sterben musste, soll eine Obduktion klären. Allerdings ist dieser Tod auf der Rennbahn kein Einzelfall. Allein in diesem Jahr starben weltweit zwei Berufsreiter bei Galopprennen, ganz zu schweigen von den Rennpferden, die nicht freiwillig in den Wettkampf gehen. Mehrere 100 edle Vollblüter lassen jährlich auf den Rennbahnen der Welt ihr Leben.
65 Likes

Tourihasser
Danke fürs Teilen. Traurige Sache, bestätigt aber nur die Aktion der Mädels. Gut, dass sie da waren. Werbung ist das nicht. Und vor allem geht es denen ans Geld. Da werden weniger Pferdeleute kommen, und dann können die einpacken.

PetraCux
Da sieht man mal, was für ein riesengroßer Mist das ist. Was planen wir denn als Nächstes?

Tourihasser
Mal überlegen, das sollten wir noch eine ganze Weile auskosten … Ein paar Gerüchte in die Gruppen setzen. Seid ihr dabei? Mehr über *Telegram*.
98 Likes

KAPITEL 13

Am Tag nach dem Rennen war die Stadt noch voller Touristen. Rike zuckelte mit ihrem Benz den Wagen mit auswärtigen Nummernschildern hinterher. Zum Glück waren die Temperaturen gefallen, das machte die Fahrt in ihrem Oldtimer ohne Klimaanlage erträglich. Rike hatte sich bei den Hofbesitzern angemeldet, um nach deren Tour mit den Wattwagen mit ihnen zu sprechen.

Als sie ankam, standen die gelben Kutschen mit angespannten Pferden und Passagieren im Hof. Vanessa, die Tochter der Hofbesitzer, rückte am ersten Wagen die Leiter zurecht und half ihren Gästen beim Ausstieg. »Wir sind gerade von der Insel Neuwerk zurück. Falls Sie meine Mutter suchen, die macht die Abrechnung fertig.«

Rike fand das Büro der Hofchefin im Appartementgebäude neben dem Stall. Direkt vom Flur kam sie zu der geschlossenen Holztür mit einem Wattwagenfoto und der Aufschrift »Büro«. Sie hörte, dass die Hausherrin telefonierte. »Kein Kommentar«, wiederholte sie mehrere Male so laut, dass es durch die Bürotür gut hörbar war.

Rike klopfte und öffnete auf ihr »Herein« die schwere Tür. Dahinter befand sich der schmale Arbeitsraum, der Eindruck der Enge wurde noch durch die Fülle der Fotos mit Wattwagen im Sonnenuntergang, prominenten Gästen wie der Bundeskanzlerin und mehreren Künstlern verstärkt. Sie saß an einem Schreibtisch, der mit Dokumenten bedeckt war, und sah nun auf. »Ach Sie sind es, die

Polizistin.« Tina Strobel klang gestresst. »Was für eine schreckliche Geschichte, erst das Pferd, dann der Jockey. Haben Sie endlich diese Hamburger Tierschützer verhaftet?«, fragte sie.

Rike setzte sich unaufgefordert auf einen der zwei Stühle vor dem Tisch. »Warum meinen Sie, dass die Hamburger die Täter sind?«

»Das ist doch offensichtlich, die haben damit ihr Ziel erreicht. Sie haben hier ein paar kleine Mädels so richtig aufgehetzt für ihre Aktion, die dann nackt demonstriert haben. Ihr Ziel war es, die Veranstaltung zu stören. Da habe ich etwas für Sie.«

Sie öffnete eine Schublade und kramte darin, dann legte sie einen Stapel Briefe auf den Schreibtisch. Rike zog sich Handschuhe über und sah die Briefe durch, die nicht unterschrieben waren.

»Tierquälerei beenden oder wir quälen dich«, stand in einem Brief, der an die Hofbetreiber persönlich adressiert war.

»Wann haben Sie das bekommen?«

»Die ganze Zeit, ich habe nicht alles davon aufbewahrt. Das ist doch recht eindeutig.«

»Wer wusste eigentlich, dass Diamond Moon bei Ihnen untergebracht ist?«, fragte Rike.

Tina überlegte einen Moment. »Das ist kein Geheimnis. Der gesamte Rennverein, die Leute hier in Duhnen. Alle aus der Pferdeszene wissen das. Im letzten Jahr erschien eine Zeitungsreportage der *Cuxhavener Nachrichten* über die Vorbereitung für die Rennpferde auf das Ereignis.«

Rike fragte sich, ob irgendjemand am Ort nicht wusste, wo der berühmte Galopper logierte. »Praktisch jeder? Wie ist es mit Überwachungskameras im Stall?«

Sie deutete auf einen Bildschirm, der an der Wand stand, auf dem vier Felder zu sehen waren, nur eines war schwarz. »Wir haben eine fast flächendeckende Überwachung, leider ist die Kamera in diesem Stall ausgefallen. Wir haben auf die Schnelle keinen Techniker bekommen.«

»Kann ich denn mal sehen, wo die anderen Kameras platziert sind?«, wollte Rike wissen.

Tina Strobel stand auf und begleitete sie zu einem Rundgang über den Hof und zeigte ihr die überwachten Bereiche, die sich am Hauseingang befanden, an den Weiden und der Einfahrt zu den Ställen auf der anderen Seite des Grundstücks. »Wie lange zeichnen Sie das genau auf?«

»Ich glaube, drei Tage. Das liegt auf einem Server bei einem Dienstleister.«

»Das brauchen wir unbedingt, bevor es gelöscht wird«, sagte Rike. Als sie am Stalltrakt ankamen, wo der Hengst sein Quartier hatte, kam ihnen dessen Besitzer entgegen. Der sonst distinguierte Herr wirkte aufgelöst.

»Immer noch nichts«, rief er aus. »Keine Neuigkeit von Diamond Moon. Obwohl wir eine Überweisung der Summe durchgeführt haben, wie geplant. Was meinen Sie, soll ich die Polizei jetzt einschalten?«

»Wie Überweisung? Das heißt, Sie haben die geforderten Bitcoins an den Erpresser geschickt?« Er nickte stumm. »Mein IT-Mann hat das übernommen.« De Tonnac war länger als geplant in Cuxhaven geblieben, in der Hoffnung, sein Pferd wiederzubekommen. Sein Wohnmobil war auf dem Hof geparkt, er bat Rike, ihn zu begleiten. Der Innenraum war fast so geräumig wie ihr eigenes Häuschen in Hamburg. »Setzen Sie sich«, forderte er Rike auf. Dann holte er seinen Laptop und zeigte ihr eine Bildschirmaufnahme von der Zahlung. »Hier, das ist der Vorgang. Seitdem kam nichts mehr. Schweigen im Walde.«

Rike hatte keine Erfahrungen mit Kryptowährungen. Sie dachte an den Nerd-Kollegen Juri, der bestimmt helfen konnte.

»Am besten, Sie geben das bei uns in der Polizei zu Protokoll, eventuell sind Sie einem Betrüger aufgesessen«, sagte sie. »Haben Sie denn irgendeinen Verdacht, wer das gewesen sein könnte? Jemand, der Ihnen schaden will?«

Er trommelte mit der Hand auf den Tisch vor ihm und überlegte. »Natürlich gibt es mal Meinungsverschiedenheiten mit Mitarbeitern oder beim Training. Und den einen oder anderen eifersüchtigen Kerl, ich komme bei Frauen einfach gut an.« Er sah Rike provozierend an, sie wusste nicht recht, ob das eine Anmache oder Angeberei war, und sagte nichts. »Aber wer macht denn so etwas?« Er seufzte tief.

»Am besten, Sie schreiben eine Liste der Personen, mit denen es Streit gab oder die ein Interesse hätten, Ihnen zu schaden«, schlug sie vor.

Er versprach, am Tag darauf in die Polizeiinspektion zu kommen, und Rike verabschiedete sich. Sie ließ Prinz aus dem Wagen und ging in Richtung Strand. »Hier sind keine Hunde erlaubt.« Eine ältere Dame kam aus einem Strandkorb am Aufgang und stellte sich ihnen in den Weg. Das hatte Rike nicht bedacht. Sie lief mit Prinz auf dem Weg hinter dem Deich in Richtung Sahlenburg, nachdem die Bebauung geendet hatte, sah sie links eine Weide mit Galway Rindern und rechts eine unberührte wilde Landschaft des Nationalparks. Elektroradfahrer rasten an ihnen vorbei. Es war ein weiter Fußmarsch bis zur Heidelandschaft. Der Regen hatte aufgehört, der Himmel war grau und wolkenverhangen, ein kühler Wind aus Nordwest ließ sie frösteln. Prinz machte das wenig aus, der zog an der Leine. Sie nahmen einen Pfad ins Landesinnere. Eine Fläche pinkfarben blühender Heidepflanzen lang vor ihnen, einige weiße Birkenstämme bildeten selbst bei dem trüben Wetter einen farblichen Kontrast dazu. Diese Farben, dieser Geruch, das Summen der Bienen. Rike fühlte sich an ihre Heimat in Soltau erinnert. Da sie keine Menschenseele erblickte, ließ sie Prinz laufen und dachte gleichzeitig über das soeben Gehörte nach. Die Person, die den Hengst aus dem Stall entführt hatte, musste entweder Glück gehabt haben, dass die Überwachung dort nicht funktionierte, oder sie wusste darüber Bescheid. Eine bewusste Zerstörung der Kamera war auch möglich, falls ein Täter sich auskannte. Sie war wieder am Hauptweg angekommen und pfiff, um Prinz das Signal für die Rückkehr zu geben. Er kam bellend angerannt. »Wir bekommen heute Besuch, höchste Zeit.« Sie leinte ihren Hund an, lief die Strecke zum Wagen in flottem Schritt zurück und fuhr nach Hause. Ihren Bericht würde sie am Abend tippen.

KAPITEL 14

Margo beeilte sich, um rechtzeitig zum Treffpunkt mit ihrer Gruppe am Café in der Grimmershörnbucht einzutreffen. Mit Blick auf die tief hängenden grauen Wolken hatte sie eine Regenjacke übergeworfen, hoffte aber, dass sie den Kurs im Trockenen halten konnte. Im Vorfeld hatte sie lange über Sehgewohnheiten nachgedacht. Touristen lichteten besondere Orte in der Stadt hundertfach ab, für die Cuxhavener wurde die Schönheit zur Gewohnheit. Mit der Zeit sah man die Einzigartigkeit nicht mehr. Deshalb wollte sie draußen malen und sich Sehenswürdigkeiten widmen, mit einem anderen Blick. Die Auftaktstunde hatte sie in der berühmten Bucht geplant. Sie liebte diesen Küstenabschnitt mit den prächtigen historischen Gründerzeitvillen, die über dem Grünstrand mit den bunten Strandkörben thronten. Es war wie eine Oase, wo das alte Cuxhaven mit der Bäderarchitektur noch intakt war. Viele andere Orte waren der Abrissbirne zum Opfer gefallen, mehrgeschossige Betonburgen verstellten die Ufer.

Endlich war sie angekommen, zehn Minuten vor Beginn und hatte Zeit genug, sich eine Zigarette zu drehen und anzuzünden. Nach und nach trafen die acht Frauen mit ihren Staffeleien ein. »Gibt es etwas Neues?«, fragte sie Tina, die an dem Kurs teilnahm. Doch diese schüttelte nur traurig den Kopf: »Nein, Vanessa ist geschockt und traurig, dass ihr erster Renneinsatz schieflief. Die Polizei war bei uns, aber wir haben nichts Neues gehört.«

Mittlerweile war ihre Gruppe vollzählig, Margo bat die Frauen, einen Kreis um sie zu bilden, sodass der Wind ihre Worte nicht verwehte.

»Wundert ihr euch, warum wir uns ausgerechnet hier treffen?«, fragte sie in die Runde.

Mehrere von ihnen nickten.

Margo zeigte mit einer weiten Geste über den Grünstrand, den Deich und das Hinterland. »Diese Bucht ist eine Sehenswürdigkeit, die wir Hunderte Male fotografiert haben. Es geht mir darum, dass ihr eure eigene Interpretation davon umsetzt. Ein Detail, eine ungewöhnliche Betrachtungsweise oder eine neue Technik. Lasst die Fantasie fließen«, forderte sie die Hobbymalerinnen auf. Sie hoffte, dass das Wetter in den nächsten 90 Minuten halten würde. Wolken hingen über der Bucht, und es war windig.

»Ich schlage vor, ihr sucht euch heute einen Standort aus und macht Skizzen oder Fotos. Wir können einen Tisch im Café nutzen, um zu diskutieren. Beim nächsten Mal können wir eine Staffelei aufstellen und die Werke vollenden.«

Die acht Frauen schwärmten aus. Margo selbst hatte sich einen Block und Zeichenstifte mitgebracht, sie hatte Lust auf eine kubistische Spielerei mit den Strandkörben. Zwischendurch kamen die Malerinnen auf sie zu, Ideen sprudelten, sie gab Ratschläge und sah sich die Skizzen an. Die Gruppe fand sich an dem reservierten Tisch im Café wieder. »Ihr habt jetzt alle euer Motiv ausgewählt. Ich bin begeistert von dieser kreativen Energie – und ich habe einen Vorschlag.«

Margo sah in gespannte Gesichter um den Tisch: »Hättet ihr Lust, jede in einem anderen Malstil zu arbeiten? Ich könnte mir vorstellen, damit eine kleine Ausstellung im Hafen zu organisieren.«

Aufgeregt sprachen die Künstlerinnen durcheinander. Sie stellten ihre Motive einander vor, jede von ihnen suchte sich eine Stilrichtung aus. »Ich danke euch und freue mich auf nächste Woche«, beendete Margo die Zusammenkunft. Wie üblich würden sie den Kurs gemütlich ausklingen lassen.

»Ich gebe ein Gläschen aus, heute ist mein Geburtstag«, sagte Anja, die als Steuerberaterin arbeitete. Tina, die neben ihr saß, bedankte sich für die Einladung.

»Hey, sag mal, war deine Tochter gestern bei den Nackedeis dabei, ich meine, sie gesehen zu haben?«, fragte sie Anja.

Margo sah, wie diese zusammenzuckte und dann zögernd nickte. »Hätten wir gewusst, dass sie da nackt herumstehen ... Das ist so peinlich«, sie schlug beschämt die Augen nieder. »Alyssa ist eigen, und wenn es um Tiere geht, wird sie fanatisch, ein Verbot wäre schwierig«, räumte sie ein.

Tina nickte: »In dem Alter ist das eben so, die Mädchen sind dann Feuer und Flamme für ihre Hobbys. Meine Tochter ist fanatische Pferdenärrin. Ich bin froh, dass sie nicht nur auf der Spielkonsole daddelt.«

»Wollen wir dann mal anstoßen?«, fragte Margo, die ziemlich viel Konfliktpotenzial zwischen den Tierschützern und Tina befürchtete. Denn auch die Wattwagen waren vor einigen Monaten Ziel von Protesten, zumindest in den sozialen Netzwerken. Sie stießen auf Anja an und verabredeten sich für die nächste Woche in Margos Loft. Als die anderen gingen, bezahlte Anja am Tresen für die Runde. Margo wartete, bis diese fertig war, und fragte dann: »Hast du eine Idee, wie ich mit den Tierschützern in Kontakt komme?«

Anja sah überrascht aus: »Ich wusste gar nicht, dass du ein Tierfan bist.«

Margo schmunzelte: »Es geht um eine gemeinsame Aktion.« Sie gingen zum Ausgang und blieben dort stehen. »Das sind alles kleine Mädels, aber sie hatten Unterstützung aus Hamburg und Berlin. Die haben diese Aktion gesteuert. Das macht mir Sorgen, dass unsere Kids von denen in etwas reingezogen werden.«

»Darüber kann ich mit ihnen reden. Protest können sie ja in Form von Kunst ausdrücken«, sagte Margo.

Die Idee schien bei Anja gut anzukommen.

»Ja, tu das. Ich komme manchmal gar nicht mehr an Alyssa ran, vor allem, wenn ich nicht ihrer Meinung bin. Einige der Cuxhavener Tierschützerinnen treffen sich Mittwoch abends in einem Raum beim Tierheim in Altenwalde. Das ist ja heute.« Sie sah auf die Uhr. »Ich habe ein Mandantengespräch.« Nachdem sie sich verabschiedet hatte, ging Margo hinter dem Deich entlang zurück nach Hause. In dem Moment setzte ein heftiger Platzregen ein. Ihre Jacke schützte sie, doch ihr Zeichenblock steckte in einem Stoffbeutel. Sie rannte los, um sich unterzustellen.

KAPITEL 15

Rike stand auf dem Deich oberhalb des Fährhafens und schaute gen Norden. Die Fähre aus Helgoland hatte häufig Verspätung, noch war das Schiff nicht zu erkennen. Allerdings war es bewölkt, leichter Sprühregen fiel, die Sicht reichte nicht weit auf die Elbe hinaus. Die kurze Strecke zum Helgolandhafen hätten sie laufen können, doch Rike war nach dem Tag in Duhnen erschöpft, Prinz hatte keine Anstalten gemacht, noch mal aus seinem Körbchen aufzustehen. Den markanten gelben Aufbau entdeckte sie 20 Minuten später auf der Höhe der Kugelbake. Das Schiff würde eine halbe Stunde nach Plan anlegen, so wie üblich. Bei den Ermittlungen auf der Fähre hatte sie gehört, dass der moderne Motor immer wieder Probleme bereitete.

Endlich war es so weit, das Schiff hatte die Gangway ausgelegt und befestigt, die ersten Passagiere stiegen aus und gingen auf die Suche nach ihren Gepäckstücken. Ein Kran lud die Fracht aus. Sie entdeckte Harrys blonde Strubbelmähne und lief ihm entgegen. Er streckte seine Arme aus, und sie ließ sich fallen, dann gab sie ihm einen schnellen Kuss. Ihr Blick fiel auf die beiden Koffer, die er abgestellt hatte. Normalerweise war er ein Minimalist und kam wochenlang mit einer winzigen Tasche aus. »Sind das alles Geschenke?«

»Das Geschenk bin ich«, Harry grinste und nahm sein Gepäck in die Hand. »Das hoffe ich zumindest, ich muss dir etwas sagen.«

Sie grübelte, was das sein konnte. Auf jeden Fall ließ diese Gepäckmenge vermuten, dass er Urlaub bekommen hatte und länger auf dem Festland bleiben wollte. In dem Moment klingelte ihr Handy. »Rike, wir haben etwas auf dem Überwachungsvideo. Kannst du dir das bitte mal ansehen?«, fragte Carla Bredow.

Das war genau das, was man schlechtes Timing nannte. Sie hoffte, dass Harry Verständnis hatte. Sie wollte ihn dennoch zur Wohnung fahren.

»Arbeit?«, fragte er. Rike nickte. »Ja, sie wollen, dass ich etwas ansehe. Tut mir leid, ich habe mich so auf dich gefreut. Aber wir holen das nach.« Sie sah ihn prüfend von der Seite an. Begeistert sah er nicht aus.

»Rike, ich kenne den Job, du brauchst dir keine Sorgen zu machen«, beschwichtigte er sie. Sie brachte ihn in den Alten Fischereihafen und half, die beiden Koffer nach oben zu schleppen. Prinz sprang begeistert an Harry hoch, er schien sich ebenso über den Besuch zu freuen. »Ich bin bald wieder da, dann trinken wir einen Sekt und schmieden Pläne«, versprach Rike.

Sie fuhr in die Polizeiinspektion. Dort fand sie Carla und Flores Salazar vor dem riesigen Bildschirm von Juri. »Halte das bitte noch mal an. Kannst du das vergrößern und in guter Qualität ausdrucken?«, bat ihre Chefin. Juri tippte vor sich hin, sie hörte den Drucker laufen.

Erst jetzt bemerkten die Kollegen sie. »Rike, danke, dass du da bist. Schau dir das mal an. Ich hoffe, du erkennst die Person?«, sagte Carla Bredow. Sie deutete auf das Video, wo sie wacklige Aufnahmen einer Reiterin auf einem Pferd erkannte, in schwarz-weiß. Das körnige Bild ließ vermuten, dass die Mitschnitte von der Überwachungskamera im Stall stammten. Leider zeigten sie die Person nur von hinten. Sie sah auf die Zeitmarke, die in den frühen Morgenstunden lag.

»Das ist der Moment, wo Diamond Moon gestohlen wird«, stellte sie fest. »Spielst du das bitte noch mal ab?«, bat sie Juri.

Sie achtete auf die Details. Eine Person saß auf einer Art Reitpad auf dem Rücken des Pferdes und wirkte sehr ausbalanciert und sicher. Doch identifizieren konnte sie diesen Menschen von hinten nicht.

»Genau, das ist das Verschwinden. Da du vor Ort warst: Erkennst du vielleicht ein Detail oder ein Kleidungsstück? Hast du irgendeine Ahnung, wer das sein könnte?«, fragte Juri.

Er spielte die Passage, die zwei Minuten dauerte, noch mal ab. Doch die Körnung ließ sie keine Einzelheiten erkennen. »Leider nicht. Wenn ich ein Gesicht dazu hätte oder Farbaufnahmen von der Kleidung und der Ausrüstung …«

Carla Bredow zeigte ihr den Ausdruck, wo Juri mittels künstlicher Intelligenz die Qualität verbessert hatte. Das Bild war schärfer, doch von hinten konnte sie die Person nicht erkennen.

»Ich würde den Film dem Eigentümer des Pferdes sowie der Familie Strobel vom Wattwagenhof zeigen. Vielleicht fällt jemandem ein Detail auf.« So würde es später, bis sie zu Harry kam, doch es war der erste brauchbare Hinweis auf den Verbleib von Diamond Moon.

KAPITEL 16

Amkea hatte Dino ausgiebig mit einem Fellhandschuh gestriegelt, das liebte er, und sein Fell glänzte. Er sah zufrieden aus. Das Pferd genoss es, ein paar Stunden täglich auf der Hausweide zu verbringen. Sie konnte ohnehin kaum schlafen, hatte sich vor seine Box gesetzt und nachgedacht. Das nächste Niedrigwasser stand in der kommenden Nacht bevor und der Himmel war klar, der Vollmond würde scheinen. Sie würden es wagen.

»Dino, ich kann dich leider nicht ewig verstecken. Sie suchen uns mit Bildern und einem Film. Das Schlimmste ist erst mal abgewendet. Du wirst nach Dubai oder so ziehen und Stuten beglücken.« Das Pferd schnaubte. Wenn Dino nur mit ihr sprechen könnte.

Sie sah auf die Uhr. Es war Zeit für die Vorbereitungen. Das Licht wollte sie lieber nicht anmachen, um niemanden auf ihre Aktion aufmerksam zu machen. Die einzige Schwierigkeit war es, rechtzeitig wieder auf die Insel Neuwerk zu laufen. Das musste sie zu Fuß schaffen, um am Morgen die Pferde zu versorgen.

Sie bürstete das Fell auf dem Rücken glatt. Dann legte sie ihm das Strickhalfter an und das Reitpad auf. Trotz der ungewöhnlichen Uhrzeit wirkte er entspannt und folgte zum Eingang der Halle. Dort stieg sie auf einen Hocker und dann auf den Pferderücken. Im langsamen Schritt gingen sie den Mittelweg entlang, der in der Nacht vollkommen leer gefegt war. Nur aus dem Stall drang ein Wiehern zu ihnen, der Abschiedsgruß der anderen Pferde an Diamond Moon. In einem Graben schreckten Enten hoch, flatterten auf, der Hengst tänzelte einen Moment nervös, beruhigte sich schnell.

Der Himmel war sternenklar und der Mond so hell, dass die Sicht ausreichend war, um den Weg zu erkennen. Als sie auf dem Deich angekommen waren, überblickte sie das Watt. Dunkel und still lag es vor ihnen, in der Ferne sah sie die Lichter von Sahlenburg. Sie hatten genau den richtigen Moment erwischt, das Wasser war zurückgewichen. Sie konnten den Ritt zum Festland wagen. Im Schritt starteten sie, sie ließ das Pferd kurz im Trab laufen, langsam durchquerten sie die Priele. Das Ufer kam näher und damit ihre Trennung. Amkea wurde das Herz schwer, wenn sie daran dachte. An das dürre verletzte Wesen mit Magenschmerzen, das sie monatelang unter ihren Fittichen gehabt und gepflegt hatte, bevor es in den Rennstall zurück musste. Wie Diamond Moon zu früh wieder bei diesem Rennen verheizt werden sollte, des schnellen Geldes willen. Vermutlich würde herauskommen, dass sie den Hengst weggebracht hatte. Doch sie hatte ein reines Gewissen. Sie würde ihnen den Spiegel vorhalten, wenn sie sie beschuldigten. Dann würde sie über ihre zweifelhaften Praktiken sprechen.

Fast war der Weg geschafft, nur das Sahlenburger Loch lag noch vor ihnen, ein Priel, in dem das Wasser an manchen Tagen hoch stehen blieb. Sie befanden sich kurz davor, stellte sie nach einem Blick auf die Uhr fest. In dem Moment schob sich eine Wolke vor den Mond, es wurde dunkel, sie sah den Weg nicht mehr. Diamond Moon musste mitbekommen haben, wie nervös sie war. Er schnaubte aufgeregt, verspannte sich. Amkea atmete tief durch, dachte nach. Sie befanden sich kurz vor dem Ziel, eine Rückkehr war schwieriger. Sie entschied sich, vom Sattel zu springen und sich langsam zu Fuß voranzutasten. Hoffentlich verschwand diese Wolke bald. Sie führte das Pferd vom Boden aus Schritt für Schritt, sie kamen im Schneckentempo voran. An den Pricken, die den Weg markierten, orientierte sie sich, um nicht in die falsche Richtung zu gehen. Endlich gab die Wolke den Mond wieder frei, es wurde heller, sie erkannte den Weg. Auf den Rücken kam sie ohne Aufstiegshilfe nicht zurück, doch sie bewegten sich zügig voran. Nach zehn Minuten erreichten sie den Sandstrand, der Strandhafer auf den Dünen zeichnete sich dunkel darüber ab. Von einer Bank aus gelangte sie auf das Reitpad zurück in den Sattel und ritt das letzte Stück bis auf den Hof. Selbst wenn die Kamera wieder funktionierte, würde sie mit ihrer schwarzen Kleidung und der Sonnenbrille unter dem Reithelm nicht sofort zu erkennen sein, hoffte sie. Sie stieg vor dem Stalleingang ab, sah sich das Pferd an, das ein wenig vom Schlamm bespritzt, aber ansonsten in bester Form war. Sie führte ihn zur Box, aus der sie ihn entwendet hatte. Diese stand leer und sah unverändert aus. Sie stellte Diamond Moon dort ab, bürstete die Schlammflecken aus dem Fell, füllte ein Heunetz und servierte ihm eine kleine Portion Pferdemüsli. Von früher wusste sie, wo sich alles befand. »Mach's gut, Großer«, flüsterte sie, eine Träne tropfte auf sein Fell. Im schnellen Schritt ging sie aus dem Stall und nahm den gleichen Weg zurück, den sie gekommen war. Soweit der Boden hart genug war, rannte sie ein paar Meter, obwohl sie schreckliches Seitenstechen spürte. Kurz vor Neuwerk hatte sie das Gefühl, keinen einzigen Schritt mehr zu schaffen. Ihre Beine waren schwer, die Zunge klebte am Gaumen, ihre Kehle brannte vor Durst. Mit letzter Energie schaffte sie es bis auf den Deich, das Wasser füllte schon die Priele. Dort lag sie einen Moment flach auf dem Boden vor Erschöpfung und wäre beinah eingeschlafen. Doch sie gelangte mit einer weiteren Anstrengung in ihr Quartier und stürzte den Inhalt einer Wasserflasche hinunter. Dann sank sie in ihr Bett und schlief so fest, dass sie ihren Wecker um 7 Uhr nicht hörte. Erst als ihre Zimmernachbarin an die Tür wummerte und nach ihr rief, schrak Amkea hoch, ihr gesamter Körper schmerzte.

KAPITEL 17

Rike fuhr mit dem Benz durch das Alte Land, Flores würde sie vor Ort treffen. Ihre Kollegin hatte in Hamburg einen privaten Termin und war mit dem Zug gefahren. Nach eineinhalb Stunden kam sie in die Straße am Butenfeld, wo sich das Rechtsmedizinische Institut befand. Fünf lange dunkle Wagen mit der Aufschrift von Bestattungsunternehmen standen in einer Reihe vor der Einfahrt, sie rangierte, kehrte um und quetschte sich in eine Lücke auf der Straße.

»Ziemlich viel Kundschaft heute«, begrüßte die Gerichtsmedizinerin, Ayse Mutlu, Rike. Sie stand am seitlichen Ausgang und unterhielt sich mit einem Kollegen, der dort rauchte.

»Sorry, du kennst ja die Parkplatzsituation«, entschuldigte Rike sich für ihre Verspätung. Flores hatte ihr geschrieben, dass sie schon vor dem Sektionsraum wartete.

»Du bist die Arbeit auf dem Festland nicht mehr gewöhnt«, zog Mutlu sie auf. »Die Möwen haben mir da neulich solche Gerüchte zugerufen, ist etwas dran?« Sie gingen zum Fahrstuhl und fuhren dann nach unten.

Rike nickte. »Falls du meinst, dass Harry und ich gemeinsam studiert haben, das ist ein Fakt.«

Sie sah die Enttäuschung im Gesicht der Rechtsmedizinerin und verriet: »Yes, Madam, auch der Rest des Tratsches trifft zu. Wir sind ein Paar.«

»Alles Glück der Welt euch beiden«, wünschte Mutlu, und Rike spürte, dass es von Herzen kam. Sie waren jetzt im Keller angelangt, wo Flores Salazar auf einem Stuhl wartete. Sie sah blass aus und wirkte nervös. Rike begrüßte sie und versicherte ihr:

»Keine Angst, jeder hat mal angefangen. Wenn du hinausgehen möchtest, ich nehme es dir nicht übel.«

Sie folgten Ayse Mutlu in den Raum, diese stellte das Radio ab, das ihr Vorgänger angelassen hatte. Partymusik von NDR 1 wirkte mehr als unpassend in der Umgebung. »Im Fernsehen kämen jetzt Verdi-Arien, aber in der Realität konzentriere ich mich lieber.« Der Assistent brachte den Tisch mit dem toten Jockey.

Er war noch immer schlammverschmiert und trug seine Reitkleidung. Nachdem Mutlu in entkleidet hatte, nahm sie ihn äußerlich in Augenschein. »Es ist nicht überraschend, dass er untergewichtig ist und gleichzeitig eine ausgeprägte Muskulatur in den Innenschenkeln besitzt. Dagegen ist der Oberkörper eher mickrig entwickelt.« Sie betastete Arme und Beine und sah sich den kompletten Rücken, Genick, Steißbein und Hüften an, bewegte die Gelenke vorsichtig, schüttelte den Kopf. »Bei einem Reitunfall könnte man von einer Fraktur der Wirbelsäule, der oberen oder unteren Gliedmaßen ausgehen. Das kann ich so nicht erkennen. Ich werde den Herrn erst einmal röntgen und ein CT anfertigen, bevor ich weitermache.«

Sie bat die beiden, sich so lange zu gedulden. Rike nahm Flores in die Kantine mit. »Kaffee?«, fragte sie, und ihre Kollegin nickte zögerlich. Sie war ungewöhnlich still und nippte vorsichtig an ihrer Tasse.

Rike verzehrte ein Franzbrötchen zu ihrem Cappuccino, während ihre Kollegin lieber auf ein zweites Frühstück verzichtete. »Der Magen …«, sie bedankte sich für Rikes Angebot, ihr etwas zu essen mitzubringen.

»Es geht weiter«, las Friederike auf ihrem Smartphone. Sie verspeiste genussvoll den letzten Zipfel des Gebäcks. »Wollen wir?«, bat sie ihre Kollegin. Flores nickte stumm und folgte ihr in den Saal.

Die Bilder waren fertig. Ayse Mutlu hatte einen Kollegen hinzugebeten und sah die Aufnahmen auf einem großen Bildschirm konzentriert an, sie gingen systematisch die Körperteile durch. »Ich sehe nichts Dramatisches, keine Frakturen, Gelenkluxationen oder Rupturen von Sehnen. Hier einen verheilten Bruch am Oberschenkel. Aber ansonsten sind die Knochen heil.« Verwundert schüttelte sie den Kopf und fragte den Kollegen: »Oder hast du irgendetwas entdeckt?«

»Zeig mir bitte noch mal den Schädel und die Genickpartie«, bat der. Beide studierten die Bilder akribisch. »Knochentechnisch war der Bursche kerngesund, obwohl er ja in hoher Geschwindigkeit gestürzt sein muss. Gelernt ist gelernt«, vermutete er.

Rike hatte den Sturz aus der Entfernung mitbekommen und nicht den Eindruck, dass sich der Jockey abgerollt hatte. Sie stellte sich das aus der schiefen Position, die er innehatte, schwierig vor.

Sie wusste aber, dass Stürze von hohen Pferderücken oft glimpflicher ausgingen als unfreiwillige Abgänge von niedrigeren Ponys. Bei etwas mehr Abstand zum Boden konnten sich die Reiter in der Luft drehen und kamen auf den eigenen Füßen auf, wenn es gut lief.

»Dann suchen wir mal weiter«, schlug die Rechtsmedizinerin vor. Sie wusch den Körper ab, um sich ein Bild von der Haut zu machen. Links an der Seite und am Arm zeichneten sich mehrere kleine violette Stellen ab. »Das könnten Hämatome vom Sturz sein, die sind aber sehr gering ausgeprägt«, stellte sie fest. Ihr Kollege sah sich die Stellen an und nickte. »Das könnte sogar post mortem passiert sein. Das heißt, nach dem Tod gab es leichte Einblutungen.«

Rike hörte ihnen weiter zu, noch waren sie der genauen Todesursache nicht auf die Spur gekommen. Die beiden Gerichtsmediziner gingen wiederum alle Körperstellen durch, zuerst vorne, dann drehten sie den Toten.

»Das ist auffällig, eine kleine rote Stelle und ein Hämatom auf der rechten Seite.« Mutlu zeigte auf eine Stelle oberhalb des Gesäßes.

Ihr Kollege fuhr sich nachdenklich über die Kinnpartie. »Das könnte ein Einstich sein. Etwa im Bereich der Niere«, stellte er fest. »Am besten mal prüfen, ob er einen Arztbesuch hatte«, empfahl er Rike und ihrer Kollegin. »Aber das müsste noch genauer untersucht werden, falls sich das nicht als harmlos erweist«, sagte er.

Flores bedankte sich. »Manchmal sehen vier Augen mehr, ein Reitunfall ohne entsprechende Verletzung erschien mir doch unwahrscheinlich«, sagte sie.

»Bereit für die innere Leichenschau?«, warnte sie die Polizistinnen vor. Flores nickte nur stumm, während Rike gespannt wartete.

Ayse Mutlu nahm sich die Knochenschere und durchtrennte den Brustkorb mit einem V-Schnitt. »Geht es?«, fragte Rike die kreidebleiche Flores. »Alles okay«, entgegnete diese mit schwacher Stimme.

Einen Moment darauf konnte Rike ihre Kollegin gerade noch auffangen, als diese in sich zusammensackte. Sie griff sich ihren Arm und führte sie auf den Gang vor dem Saal. »Wasser?« Da Flores nicht antwortete, holte sie ihr eine Flasche aus dem Getränkeautomaten. »Wie gesagt, mach dir keine Sorgen, ich berichte dir alles.« Flores nahm die

Flasche und ließ sich in die Sitzgruppe fallen. »Danke dir, tut mir echt leid«, murmelte sie.

»Alles okay, beim ersten Mal in der Rechtsmedizin war es mir speiübel. Das ist menschlich«, beruhigte sie die Kollegin.

Sie ging wieder hinein, die Organe waren entnommen. »Auch das Herz sieht gesund aus, ich kann nicht genau sagen, wie es zu dem Herzstillstand kam«, fuhr Ayse Mutlu fort.

»Da er runtergefallen ist wie ein nasser Sack, gab es die Vermutung, es könne ein Aneurysma geplatzt sein oder dass er einen Schlaganfall hatte«, erinnerte sich Rike.

Ayse Mutlu sah nochmals die CT-Bilder durch. »Das haben wir ausgeschlossen. Ich muss dich also noch um etwas Geduld bitten, bis wir die toxikologische Untersuchung von Blut, Gewebe und weiteren Körperflüssigkeiten durchgeführt haben. Den Todeszeitpunkt kennt ihr ja«, schloss sie. Rike nickte. »Ja, der Sturz fand vor vielen 1000 Zuschauern statt. Im Nachhinein habe ich erfahren, dass er sofort tot war. Es wurde wegen des Publikums vermieden, ihn direkt in einem Leichenwagen zu transportieren.«

»Was denkst du, Ayse? Hast du eine Vermutung?«

In dem Moment bellte ihr Handy. Trotz der strafenden Blicke der Rechtsmedizinerin nahm sie ab, denn sie erkannte die Nummer des Pferdebesitzers. »Sorry, das hat mit dem Fall zu tun, ist leider dringend«, entschuldigte sie sich.

»Er ist wieder da«, rief Eric De Tonnac-Rusch aufgeregt ins Telefon.

»Meinen Sie das Pferd? Wo haben Sie ihn denn gefunden?«

»Er stand am Morgen in der Box. Als wäre nichts geschehen. Ich möchte, dass die Polizei das Geld zurückholt.« Rike überlegte, ob das Erfolgschancen hatte. Priorität würden sie den Bitcoins des Grafen nicht einräumen. Zuerst ging es darum, ein Kapitalverbrechen zu klären.

»Wir beschäftigen uns jetzt erst einmal mit dem Tod Ihres Jockeys«, beschied ihn Rike trocken.

Dann hörte sie es tuten, er hatte aufgelegt.

»Ach, geht es um das verschwundene Rennpferd?«

Rike nickte. »Total verrückte Geschichte. Es ist zurück in seinem Stall.«

Sie sah Ayse Mutlu, die Dokumente ausfüllte, über die Schulter. »Ich weiß, dass ihr überlastet seid, aber könntest du die Sache ein wenig vorziehen? Politik und Presse sitzen uns im Nacken, da das vor so viel Publikum geschehen ist«, bat sie.

»Ich werde schauen, was sich machen lässt«, versprach Mutlu zum Abschied. Flores wartete vor dem Raum auf sie, ihre Wangen hatten wieder Farbe bekommen. Auf der Fahrt berichtete Rike, was sie erfahren hatte. »Also wissen wir nichts«, schlussfolgerte Flores nach dem Bericht von der Untersuchung. »Ein Stück weiter sind wir schon«, widersprach Rike. »Wir wissen, dass der Tod nicht durch einen klassischen Reitunfall ausgelöst wurde. Ein gewaltsamer Tod mit Fremdeinwirkung ist möglich.«

KAPITEL 18

Endlich war Diamond Moon wieder zu Hause, sein Goldjunge. Eric de Tonnac fuhr mit seinem Wohnmobil direkt hinter dem Pferdetransporter her, bis dieser in den Hof des *Gestüts* bog. Er hatte sein Team schon vorher nach Hause geschickt und war selbst vor Ort geblieben. Er wollte einfach nicht ohne seinen Star auf vier Beinen abreisen.

Fast hätte er seinen Ohren nicht getraut, als die Tochter der Strobels an die Tür seines Wohnmobils klopfte. Die hätte er nicht von der Bettkante geschubst, auch wenn sie ein bisschen grün hinter den Ohren war. Auf den Ärger mit Tina hatte er jedoch keine Lust gehabt und das Mädel in Ruhe gelassen. Ohnehin hatte sie die beste Neuigkeit seit Langem für ihn.

»Er ist wieder da!« Das Mädchen strahlte. Natürlich galt sein erster Gedanke Diamond Moon, doch woher sollte der Hengst auf einmal zurückgekommen sein, ohne dass irgendjemand etwas bemerkt hatte. »Meinst du Dino?«, fragte er ungläubig. »Wo kommt der denn bloß her?«

Sie war schon vorausgerannt, und er folgte ihr. Da stand der schönste Fuchs, den er je gesehen hatte. Seelenruhig knabberte er am Heu, beschnupperte seine Hand, als er sie ihm hinhielt. Dann fraß das Pferd seelenruhig weiter, als wäre nichts geschehen.

»Mensch, Großer, wo kommst du bloß her«, seine Stimme drohte zu versagen. Auch wenn die Pferde für ihn sonst nur ein Geschäft waren, er stets Distanz zu den Viechern hielt, weil er sie sonst kaum in die unfallträchtigen Wettbewerbe schicken könnte.

Tonnac ging in die Box und schaute sich das Tier genau an. Prächtiges glänzendes Fell, er sah nicht ganz so klapperdürr aus wie manch andere Rennpferde, hervorragende Bemuskelung, auf die er Wert legte. Gesund und unversehrt wirkte er – und irgendwie recht ausgeglichen.

»Was hast du getrieben, alter Freund?«, wollte er wissen. Es war ein Rätsel. Hatte jemand ihm etwa Samen abgezapft wegen seiner guten Abstammung? Der Hengst fraß ungerührt weiter, von seiner Aufregung ließ er sich nicht stören.

Er hatte die Polizistin angerufen, danach wählte er die angegebene Kontaktnummer. »Hello his Highness. Diamond Moon is in Cuxhaven now. You can come and see him«, sprach er auf die Mailbox. Der Scheich hatte darum gebeten, persönlich benachrichtigt zu werden. Er war froh, dass er wieder nur eine Nachricht hinterlassen musste, denn ganz verhandlungssicher war sein Englisch nicht. Das Pferd war ganz unkompliziert in den Pferdetransporter gestiegen. Nun brachte er Diamond Moon erst einmal in seine übliche Box, wo er immer die Nächte verbrachte. Am nächsten Tag ging es für alle seine Rennpferde auch wieder auf die Weide.

Er würde seinen Goldschatz ab sofort bewachen lassen, bis der reiche Käufer aus den Vereinigten Arabischen Emiraten gezahlt hatte. Denn ohne diese Summe wäre er pleite.

Als er sich auf einen Stuhl vor der Box niederließ, überlegte er angestrengt. Die Frage hatte ihm schon die Polizistin gestellt. Wer war in der Lage, einen Vollblüter, der im Umgang nicht einfach war, zu entführen, ein paar Tage ungesehen unterzubringen und dann wieder zurückzustellen? Warum, das ließ sich leicht beantworten. Nämlich wegen der 15 Bitcoins, einem ordentlichen Vermögen. Dem Widerling Cristobal Bullwin traute er jede Schweinerei zu, der hatte seine Hände in allerlei schmutzigen Affären mit der Wettmafia gehabt. Vor einigen Jahre hatte der sogar vor Gericht gestanden, weil durch seinen Reitstil jemand verunglückt war. Allerdings war der Mann tot und hätte Diamond Moon nicht zurückbringen können. Möglicherweise hatte er die Tat nicht alleine begangen. Vielleicht gab es einen Komplizen, der die komplette Summe kassieren wollte?

KAPITEL 19

Als Rike die Wohnungstür aufschloss, stieg ihr ein köstlicher Duft in die Nase. Im Wohnzimmer war der Tisch mit weißem Tuch und dem Blümchenporzellan ihrer Großmutter gedeckt. Prinz lag schlafend in seinem Körbchen, vermutlich hatte Harry ihn ausgiebig am Strand entlanggeführt.

»Guten Abend, ich habe frischen Dorsch bekommen, und dazu serviert der Chefkoch mediterranes Gemüse und selbstgemachte Nudeln.« Harry kam strahlend aus der Küche auf sie zu, er hatte sich eine Schürze angelegt. Er küsste Rike und bat sie, Platz zu nehmen. Dann stellte er die Vorspeise auf den Tisch, ein Krabbensüppchen.

»Die Krabben stammen von der Bude da vorn, ich soll dich vom Käpt'n grüßen«, sagte er. Rike nickte. »Da bist du gleich an die richtige Adresse gekommen, bei ihm stammt alles frisch vom Kutter.« Sie schloss genüsslich die Augen, als sie den ersten Löffel probierte. Es schmeckte nach Krabben, eine wunderbare Schärfe kitzelte ihren Gaumen, sie konnte sich nicht erinnern, jemals eine so köstliche Suppe gegessen zu haben.

»Ich liebe das, wenn du diesen genießerischen Blick hast«, schwärmte Harry. Er saß ihr gegenüber und hatte sein Besteck abgelegt, um sie zu betrachten. Erst nach einem Moment löffelte er seinen Teller aus und räumte den Tisch ab. Kurz hatte sie in die Küche geschaut und gestaunt. Kein Schlachtfeld wie bei den Männern, von denen ihr Freundinnen erzählt hatten. Wenn diese alle Jubeljahre mal kochten, mussten sie sich wochenlang schulterklopfend brüsten. Die niederen Tätigkeiten wie das Aufräumen durften ihre Frauen bewerkstelligen.

»Wenn das so weitergeht, werde ich richtig rund«, scherzte Rike, die ihm in die Küche gefolgt war. Er nahm sie in den Arm, nachdem er alles in die Spülmaschine gestellt hatte, zwickte ihr kurz in die Taille und flachste dann: »Die Hexe von Hänsel und Gretel wäre nicht zufrieden mit der Mast.«

Rike musste lachen und zwickte ihn ebenfalls. »Ich enthalte mich eines Kommentars. Da ich nicht auf dem Grill der Hexe enden will, sollten wir wieder gemeinsam laufen.«

»Gute Idee, außer für die Hexe«, sagte Harry und ging zum Ofen, aus dem es Appetit anregend duftete. Er sah kurz hinein: »Fast ist es so weit.« In dem Moment klingelte Rikes Telefon. Sie schüttelte den Kopf, das war der schlechteste Zeitpunkt, den sie sich vorstellen konnte. Dann sah sie den Namen ihrer Chefin auf dem Display.

»Harry, das ist meine Vorgesetzte, tut mir leid.« Er sah enttäuscht aus, als sie abnahm.

»Rike, du müsstest bitte noch mal dringend in die Inspektion kommen. Wir haben einen Fall«, sagte diese. Lustlos versprach Rike, in einer Viertelstunde da zu sein.

Sie sah, wie Harrys Gesicht sich verdüsterte. Natürlich kannte er den Beruf, doch sein Alltag auf Helgoland war mit ihrer Tätigkeit in einer Mordkommission nicht zu vergleichen. »Das tut mir so leid, Harry, ich muss dringend weg.«

Er sah traurig auf die Keramikform mit dem Fisch im Ofen.

»Kannst du nicht zuerst die Hauptspeise essen? Ich kann den Dorsch nicht lange warmhalten?«, fragte er.

Doch die Ansage war unmissverständlich. Sie wollte ihm einen Kuss geben, er drehte den Kopf weg. »Ich muss dir noch etwas sagen.«

»Ich bin so schnell wie möglich zurück«, versprach sie und hoffte, dass sie dann seine Kochkünste würdigen konnte. Mit schlechtem Gewissen fuhr Rike zur Inspektion. Die Tür von Carla Bredows Büro stand offen. »Komm rein«, rief sie und wedelte mit einem Dokument. »Der toxikologische Bericht ist da. Das liest du am besten selbst.«

Rike nahm auf dem Besucherstuhl Platz und überflog das Dokument. Zuerst hatte der Drogentest positiv auf Barbiturate reagiert. Daraufhin hatte Ayse Mutlu die Körperflüssigkeiten und Organe analysiert. In Blut und Urin des toten Jockeys waren Rückstände von Pentobarbital in hoher Konzentration gefunden worden, die zum Tod geführt hatten. An der Niere haben wir eine Perforation entdeckt. »In Kombination mit der Einstichstelle deutet das auf eine Fremdeinwirkung mit Todesfolge«, schrieb Mutlu.

Sie ging noch auf den Stoff ein, der zunächst ein Einschlafmittel war, in hoher Konzentration jedoch zu einer Atemdepression bis hin zum Atemstillstand und demzufolge zu einem Herzstillstand führte. Eine gewisse Organisation in der Schweiz schickt damit Sterbewillige auf die letzte Reise, hatte die Gerichtsmedizinerin vermerkt. Eingesetzt wurde es zudem in der Veterinärmedizin.

Suizidabsichten würde Rike bei dem Verstorbenen ausschließen, auch die Stelle in der Nierengegend schien nicht dafür zu sprechen.

»Das heißt, jemand hat ihn umgebracht«, folgerte Rike. Carla nickte. »Ich werde morgen eine Sonderkommission zusammenstellen. Ich möchte, dass du die Leitung übernimmst, wollte aber vorher mit dir sprechen.«

Rike schluckte. Das war ein großer Vertrauensvorschuss, über den sie sich freute. Gleichzeitig dachte sie mit schlechtem Gewissen an Harry. Als Soko-Leiterin würde sie wenig Zeit für ihre Beziehung haben. Dabei waren ihre gemeinsamen Momente wegen der Fernbeziehung ohnehin rar, und nun kam dieser Fall ausgerechnet in seiner Urlaubszeit auf ihren Tisch. Sie fuhr zurück in die Wohnung und freute sich, den köstlichen Dorsch zu essen. Doch als sie ankam, fand sie den gebratenen Fisch im Mülleimer, auf dem Küchentisch lag ein Zettel: »Bin ein Bier trinken gegangen. Bis später.« Nicht einmal ihr Hund begrüßte sie, er hatte Prinz offenbar mit in die Kneipe genommen.

KAPITEL 20

Am Abend schien der Himmel seine Schleusen geöffnet zu haben, ununterbrochen platschten die Regentropfen herab. Nach einem kurzen Aufflackern des Sommers herrschten herbstliche Temperaturen. Margo zog ihre Kapuze über den Kopf, als sie aus dem Bus in Altenwalde ausstieg. Zum Tierheim musste sie etwa 500 Meter zu Fuß zurücklegen, was bei dem Wetter nicht gerade ein Vergnügen war. Zum Glück hatte sie ihre Regenjacke an, doch am liebsten hätte sie Handschuhe übergezogen. Hinter einer Hecke erstreckte sich das Gelände des Tierschutzvereins, direkt dahinter sah sie Hunde in Außenanlagen. Auf der rechten Seite befanden sich die Versorgungs- und Verwaltungsgebäude, sie ging auf dem Asphaltweg in der Mitte daran vorbei.

Ein gefleckter Hund im Gehege am Weg sprang gegen den Zaun und bellte empört, aus den Nachbarflächen antworteten Artgenossen ebenso laut und wütend. Sie versuchte, sich ihre Angst nicht anmerken zu lassen, und ging auf das hölzerne Stallgebäude auf der linken Seite zu. »Pferdestall« hieß es, das hatte ihr Tina berichtet, und war früher ein solcher gewesen. Heute diente das Nebengebäude als Treffpunkt der Mitglieder, insbesondere der Helfer des Vereins. Einige der jungen Mädchen waren, so wie Alyssa, zu überzeugten Tierschützern geworden. Durch die geschlossene Tür des früheren Stalls hörte Margo Stimmen, sie klopfte an die Tür und trat ein. Vier junge Mädchen, die etwa 16 bis 17 Jahre alt sein mussten, saßen um einen Computer und führten eine bewegte Diskussion um einen Text. Die Jugendlichen sahen auf, als sie eintrat. Sie vermutete, dass Alyssa direkt vor dem Bildschirm saß, da ihre Mutter ihr ein Bild von dem Mädchen mit den langen blonden Haaren gezeigt hatte.

»Hallo, ich bin Margo«, stellte sie sich vor, »Anjas Kunstlehrerin. Du musst Alyssa sein?«, wandte sie sich an die junge Frau. Diese funkelte sie sogleich wütend an: »Hat Mama Sie geschickt?«

»Nein, sie hat mir erzählt, wo ich euch finde, ich bin Künstlerin und würde gerne Kontakt mit der Tierschutzorganisation *Animals Justice* aufnehmen. Das ist für eines meiner Projekte.«

»Okay«, sagte Alyssa halbwegs besänftigt. »Die Berliner Girls sind heute nicht da, wir arbeiten nur punktuell zusammen. Aber wir können gerne von unserer gemeinsamen Aktion vor dem Wattrennen sprechen.« Dann stellte sie die anderen jungen Damen in der Gruppe vor. Sie erwähnte, dass sie etwa ein Dutzend Tierrechtler waren, die sich im Tierheim engagierten, daneben beteiligten sie sich an den Kampagnen für Tierschutz von *Animals Justice*. Margo hörte aufmerksam zu, um sich diese zu merken. Justine, die pummelige junge Frau mit pinkfarbenen Strähnen, war für Beiträge in den Medien zuständig. »Ich betreue Social Media, teile die Berichte der Zentrale von *Animals Justice* und produziere selbst Filme.« Neben ihr saßen Elli und Marie, zwei Schwestern mit kurzen blonden Haaren, die ihr zuarbeiteten und die Datenbanken pflegten.

»Die Aktion hat ja voll eingeschlagen«, warf Margo den Mädchen ein Stichwort hin, und sie stimmten begeistert zu. »Ich weiß gar nicht, auf wie vielen Fernseh-Programmen wir liefen, in Medien in Deutschland und im Ausland waren unsere Forderungen zum Stopp der Rennen zu sehen. Das war die gigantischste Kampagne, die wir je gemacht haben.« Die Schwestern nickten.

»Aber eine Überwindung, oder? Ich hätte mich das nicht getraut, schon gar nicht in eurem Alter«, sagte Margo. Und selbst als Erwachsene wäre sie nicht bereit, für einen guten Zweck in der Öffentlichkeit die Hüllen fallen zu lassen.

»Für das Wohl der Tiere tu ich alles«, antwortete Alyssa mit glänzenden Augen. Das Mädchen war voller Idealismus, das barg durchaus Gefahren, dachte Margo. Wie leicht konnte man einen Teenager instrumentalisieren. Vielleicht würde sie auch an Aktionen teilnehmen, die sie mit Gesetzen in Konflikt brachten. Sie fragte sich, welche Rolle diese Berliner Organisation dabei spielte.

Justine erklärte Margo: »Ich habe selbst eine Freundin, die sich bei den Rennpferden auskennt – sie hat bei ihrer Arbeit üble Dinge erlebt. Und vor Kurzem ist etwas Krasses passiert. Ich zeige es dir«, sagte sie. Sie tippte auf der Tastatur ihres Computers und bat Margo dann, sich den Bericht anzusehen. »Das wird dich nicht kaltlassen, und es ist nur ein Fall von vielen.«

Im Video wurden die Bilder eines schrecklich abgemagerten Pferdes gezeigt, im Gegensatz dazu Aufnahmen von Rennen, die dieses früher gewonnen hatte. Eine junge Frau sprach in die Kamera. »Ich bin sofort losgefahren, als ich diese Bilder von der Stute So Royal gesehen habe. Doch ihr Zustand war zu schlecht, ich habe sie gefüttert und ihr gut zugeredet. Ich habe so gehofft, dass sie es schafft und noch ein paar schöne Momente im Leben hat. Doch die Tierärzte konnten sie nicht mehr retten. Ausgenutzt bis in den Tod.« Die nächsten Aufnahmen zeigten die glamouröse Rennkarriere, das Pferd mit einem Kranz behängt als Derbysieger. Ein echter Superstar der Rennbahn, der immer an der Spitze lief. Weiter ging es mit niedlichen Fohlenbildern, die Stute bekam ein Fohlen nach dem anderen, die ebenso erfolgreich wurden. »Bis sie eines Tages nicht mehr konnte und entsorgt wurde«, schloss ein Kommentator den Beitrag ab. Die letzte Einblendung zeigte einen dreckigen Stall und das fast verhungerte Tier. Als der Film endete, wischte sich Alyssa Tränen aus dem Gesicht, auch die anderen waren aufgelöst. Selbst Margo, die mit Pferden nichts am Hut hatte, war diese Geschichte nahegegangen.

»Ausgenutzt bis in den Tod. Das wird die Überschrift, wir schneiden einen kurzen Ausschnitt für die Netzwerke«, schlug Alyssa vor. »Dann wiederholen wir. Schluss mit den Pferderennen. Beendet die Tierquälerei«, ergänzte Justine. »Ich mache den Text fertig, damit kannst du dann die Videosequenzen unterlegen«, sagte Alyssa. Ihre Mitstreiterin machte sich direkt an die Arbeit.

»Die Geschichte von Diamond Moon ist auch beeindruckend. Und er ist verschwunden. Wisst ihr etwas darüber?«, fragte Margo unumwunden.

»Sie wollen uns doch nicht aushorchen?« Alyssa sah sie misstrauisch an. Margo schüttelte den Kopf: »Das ist ganz klar, da waren Profis am Werk. Aber ich fand es beachtlich. Immerhin ist das ein Sieger wie diese tote Stute ...«

Justine nickte: »Sie werden ausgebeutet und dann weggeworfen. Ich weiß, dass dieses Pferd lange krank war ...« Alyssa unterbrach ihre Freundin. »Liebes, ich muss bald nach Hause, sonst macht mir Anja wieder so 'nen Stress. Bist du bald soweit?«

Justine beugte sich wieder über den Bildschirm. Nach einigen Minuten war der Film fertig, sie spielte ihn ab.

Margo war von der professionellen Qualität beeindruckt. Blitzschnell überlegte sie, was für ein künstlerisches Projekt sie mit den Mädchen umsetzen könnte. »Vielleicht könnten wir eine Ausstellung im alten Fischereihafen von euren Aktionen machen?«, schlug sie vor. »Echt, eine richtige Schau wie echte Künstler?«, fragte Justine. Die Begeisterung in ihrer Stimme war kaum zu überhören. Alyssa dachte nach. »Da fragen wir die anderen Mädels, was sie denken. Bei uns geht es noch demokratisch zu«, sagte sie. Sie verabredeten sich für ein weiteres Treffen. Margo war sich sicher, dass Justine irgendeine Verbindung zu dem Pferd hatte, sie wusste etwas über dessen Entführung.

KAPITEL 21

Rike war durch das Wohnzimmer geschlichen, wo Harry nach seiner Tour auf der Couch genächtigt hatte. Doch er hatte sie gehört. Als sie Prinz in der Küche seinen Napf servierte, war ihr Freund extra aufgestanden und zu ihr gekommen. »Moin«, knarzte er verschlafen. Er sah zerknautscht aus und wirkte gleichzeitig zerknirscht.

»Können wir das Essen eventuell heute nachholen?«, fragte er vorsichtig.

»Ich werde es versuchen, aber du weißt doch selber, dass dieser Job unberechenbar ist.« Sie dachte an das Essen im Mülleimer. Von einem Polizisten hätte sie sich Verständnis für ihre Aufgabe gewünscht. Und die Arbeitsbelastung würde in den nächsten Wochen zunehmen.

Rike berichtete ihm von der Soko und dass der Fall sich eindeutig als Tod mit Fremdeinwirkung entpuppt hatte. »Wie soll das denn gelaufen sein, bei all den Zuschauern?« Harry war skeptisch. »Das wissen wir im Moment nicht, aber werden es herausfinden. Ich sehe dich heute Abend. Wie lange bleibst du eigentlich?«, fragte sie.

»Darüber wollte ich gestern mit dir reden«, antwortete er ausweichend. Sie versprach, das am Abend nachzuholen, und hoffte, dass sie halbwegs pünktlich Feierabend machen konnte. Mit einem Küsschen auf die Wange verabschiedete sie sich. Eine frische Brise umwehte sie vor der Tür, der Himmel war fast wolkenfrei, endlich regnete es einmal nicht.

Vor der Tür waren die Krabbenfischer dabei, ihre Decks zu schrubben, Kisten für die Fänge vorzubereiten. Eine Robbe drehte eine Runde durch das Hafenbecken, Möwen kreischten über den Kuttern. Sie war froh, dass Harry die Touren mit Prinz übernehmen wollte, so konnte sie sich auf die Arbeit konzentrieren.

Als sie in das Großraumbüro kam, war eine einsame Tischlampe erleuchtet. Auf der Arbeitsplatte hatte Juri seinen Kopf abgelegt und atmete gleichmäßig, er war offenbar eingeschlafen. Rike fragte sich, ob die Lampe brannte, weil er die Nacht durchgearbeitet hatte.

»Juri?«, rief sie, und er schreckte hoch, sah sie verwirrt an, bis er begriff, wo er sich befand. »Oh Mist, ich muss eingedöst sein. Es war spät gestern.«

»Möchtest du einen Kaffee?«, fragte Rike ihn mitfühlend, und er nickte. Blieb bloß die Herausforderung der Kaffeemaschine. Sie ging in die Küche, die erste Tasse konnte sie füllen, dann schäumte sie Milch für ihren Cappuccino, jedoch kam nur noch ein winziger brauner Tropfen aus der Masschine. Dann nichts mehr. Das würde ihren Koffeinbedarf bei Weitem nicht decken. Das Display blinkte. »Bitte rufen Sie Ihren Servicetechniker an«, las sie und stieß einen Fluch aus. Vermutlich würde sie diesen um 6 Uhr morgens nicht erreichen.

Sie stellte den Kaffee vor Juri ab, er starrte auf seinen Bildschirm und tippte. Von ihrem Kaffeefiasko bekam er nichts mit.

»Auf deinem Tisch findest du, was es über den Jockey in den Datenbanken und Archiven gibt. Der war erfolgreich, aber kein unbeschriebenes Blatt.« Rike ging zu ihrem Platz und vertiefte sich in das Dossier. Ausgebildet wurde der Mann in Frankreich, dort war er lange in einem der führenden Rennställe beschäftigt. Nach einer kurzen Zeit in den Vereinigten Arabischen Emiraten fand er ein Engagement in Deutschland. Er galt als erfolgreichster Rennreiter in Deutschland, doch wurde immer wieder sein aggressiver Stil kritisiert. Mehrfach hatte er Unfälle verursacht, mehrere Artikel berichteten über eine junge Frau, eine der wenigen weiblichen Jockeys, die wegen ihm einen Unfall erlitt. Rike stutzte, der Mann hatte sie mit dem Ellenbogen so hart gerammt, dass sie aus dem Sattel gestürzt war. Zudem bekam die junge Frau die Hufe der nachfolgenden Tiere ab. Sie kam schwer verletzt in ein Krankenhaus. Kollegen hatten Ähnliches über Cristobal Bullwin zu berichten, wie im Artikel erwähnt wurde, allerdings war es dieses Mal in Großaufnahme gefilmt worden. Rike notierte sich den Vorgang. Es gab ein Gerichtsverfahren, das mit einer außergerichtlichen Einigung endete.

Ebenso wenig Rücksicht nahm der auf das Tierwohl. Er holte das letzte bisschen Energie aus den Pferden heraus, gleich drei Tiere mussten wegen seiner riskanten Manöver ihr Leben lassen. Sie überschlugen sich, kamen bei Kollisionen mit anderen zu Fall und brachen sich die Knochen, das war meist für Pferde ein Todesurteil. Dann wurde eine Methode beschrieben, wie er den Rennpferden Schmerzen hinzufügte, indem er in ihren Rücken plumpste.

Damit brachte er die Pferde ebenso zu höheren Geschwindigkeiten wie mit den Schlägen mit der Reitgerte. In einem weiteren Bericht war die Rede von Vorfällen, für die er verantwortlich war. Es ging um den Tod einer Stute mit ihm im Sattel, sie hatte sich überschlagen und musste direkt neben der Rennstrecke eingeschläfert werden.

»Immer einen Schritt Grausamkeit voraus«, war ein weiterer Artikel überschrieben. Es ging um Bemühungen, die

Rennen pferdefreundlicher zu gestalten, um wieder mehr Zuschauer zu gewinnen. Deshalb sollten die Vollblüter im Wettkampf nur sechs Mal mit der Peitsche geschlagen werden. Rike runzelte die Stirn. Was für ein absurder Unsinn, als wäre das Schlagen nicht so dramatisch, wenn eine Zahl der Taten festgelegt wurde. Es war für sie unerhört, dass Gewalt überhaupt erlaubt wurde. Allerdings hatte der tote Jockey dann seine eigene Methode entwickelt, um den Tieren Angst einzujagen und sie damit anzutreiben.

In seinem Lebenslauf gab es eine Lücke. Nach längerer Pause war er in Duhnen wieder für Tonnac angetreten. Sie würde Tonnac zu dem Punkt befragen.

Rike begann, über ihre Vorgehensweise nachzudenken. Alles am Tatort musste einer akribischen Betrachtung unterzogen werden. Im Watt würden sie nicht mehr viel ausrichten können. Kameraaufnahmen, private Bilder und Videos und mögliche Zeugen. Denn die Frage war, wie die Tat unbemerkt vor Tausenden Zuschauern stattfinden konnte. Noch wussten sie wenig über das Privatleben des Opfers. Das berufliche Umfeld bot in jedem Fall viele Ansätze, also mussten sie den Trainingsstall unter die Lupe nehmen.

Sie beschloss, nochmals ihr Glück an der Kaffeemaschine zu versuchen. Erleichtert hörte sie das fröhliche »Moin« von Flores. Sie schilderte das Problem, erstaunlicherweise konnte ihre Kollegin das Monstrum sofort bändigen. Keine zwei Minuten später reichte sie Rike ihren Cappuccino.

Im Großraumbüro rief Carla Bredow zur Konferenz. Der Inspektionsleiter hatte ihnen noch vier weitere Ermittler zur Verstärkung hinzugerufen. »Rike, kannst du bitte den Fall schildern für die neuen Kollegen und gleich den aktuellen Stand zusammenfassen?«, bat sie.

Rike begann mit der Entführung von Diamond Moon und berichtete über die Rückkehr, beides löste ungläubiges Staunen aus. Solch einen Fall hatten sie noch nie erlebt.

»Wo war dieses Pferd bloß – und wie konnte es ungesehen wieder zurückkehren«, überlegte Carla laut.

»Dazu habe ich einen Hinweis erhalten«, meldete sich Flores. »Ich habe die Mails und Anrufe ausgewertet – und da war eine Nachricht aus Neuwerk dabei. Eine junge Frau behauptet, dass sie das Pferd gesehen hat.«

»Wo hat sie es denn entdeckt?«, fragte Rike. Flores zuckte mit den Schultern. »Ich suche das gleich heraus, wusste nicht, ob ich das ernst nehmen kann«, sagte sie.

»Das müssten wir dringend prüfen, nach wie vor können die beiden Fälle zusammenhängen«, befand Carla Bredow. »Allerdings haben die Hamburger Kollegen die Insel nach dem Pferd abgesucht. Die ist ja übersichtlich, ich glaube kaum, dass sie es übersehen hätten.«

Rike biss sich auf die Zunge. Sie dachte an ihre Erfahrungen mit dem Ex-Kollegen Robert Galinowski, der sich den Alltag immer so bequem wie möglich machte, sich aber gut verkaufen konnte. »Das kann ich mir bei dem betreffenden Herrn schon vorstellen. Der versackt gerne in der ersten Kneipe hinter dem Anleger«, bemerkte sie. Ihn dorthin zu schicken, hatte sie sofort für einen Fehler gehalten. Dem Hinweis sollten sie zumindest nachgehen.

»Am Tag des Rennens gab es wegen des fehlenden Pferdes Zoff zwischen zwei Jockeys«, erinnerte sich Rike.

»Das prüfen wir schnellstmöglich. Alle Beteiligten, mit denen der Mann an dem Tag zu tun hatte, nehmen wir besonders unter die Lupe«, bestätigte Carla Bredow.

»Da wäre der Stallbesitzer, Eric de Tonnac, der gleichzeitig der Trainer ist. Um das Pferd kümmerte sich ein

Pferdemädchen, und es gibt die Familie Strobel in Duhnen, die alle untergebracht hat«, erklärte Rike. Gemeinsam mit Flores würde sie noch mal dorthin fahren und über die Details sprechen. Ein weiteres Team sollte die Helfer auf dem Wattrennen und die Rennleitung vernehmen.

Carla machte den Diaprojektor an. »Hier habe ich Informationen über die Substanz, die dem Mann injiziert wurde. Pentobarbital heißt das. Das verwenden übrigens Tierärzte zum Einschläfern von Tieren. Das muss mittels einer Spritze und Kanüle passiert sein – das müsste aufgefallen sein. Die andere Frage ist, wo er das herbekommen hat. Ich weiß aus der Vergangenheit, dass die Tierärzte diese tödlichen Mittel in einer Art Tresor einschließen. Das kann man nicht in der nächsten Apotheke kaufen.«

»So eine Spritze hätte er doch gemerkt«, sagte Flores skeptisch. Sie war aufgestanden und hielt sich demonstrativ die Nierengegend, verzog das Gesicht. Sie fand es nicht schlüssig, dass jemand dem Jockey ohne Gegenwehr eine Spritze in den unteren Rücken gerammt hatte.

»Vielleicht in einer Situation, wo er nicht wegkonnte, beispielsweise im Sattel«, vermutete Rike. Sie mussten sich im Detail ansehen, wer sich genähert hatte, und auf die Feinheiten achten.

»Juri, du wertest bitte die Kameras aus, insbesondere alle Aufnahmen, wo das Opfer zu sehen ist und wer näheren Körperkontakt zu ihm hatte«, ordnete die Chefin an.

Flores war zum Telefonieren auf den Flur gegangen, kam wieder und schüttelte den Kopf. »Da geht leider keiner ans Telefon, kein Anrufbeantworter«, bedauerte sie.

»Lass uns erst nach Duhnen fahren«, schlug Rike vor. Sie liefen zum Wagen, als Flores stehen blieb. »Ehrlich gesagt, würde ich gerne etwas essen, mein Magen knurrt so laut, dass ich meine eigenen Gedanken nicht mehr verstehe. Können wir fünf Minuten Pause einlegen?«, bat sie. Rike musste schmunzeln, auch sie hatte Hunger, dieses Gefühl bei all der Anspannung aber unterdrückt.

Nach Flores' Anweisungen fuhr sie zur Poststraße, wo sie vor einem unscheinbaren Schaufenster einen Parkplatz fanden. »Pasteleria Sul« stand an dem Geschäft. »Mein Cousin, der bäckt die besten Pastéis de Nata in Deutschland.«

Mit breitem Lächeln begrüßte der Mann Flores auf Portugiesisch und schüttelte dann Rike die Hand.

»Sie werden sehen, die schmecken so gut wie in Portugal«, sagte er, als er die Küchlein in eine Schachtel legte. Rike begann, ihr Gebäck im Fahren zu essen, was fast einen Frevel darstellte. In einem knusprigen Teig verbarg sich die cremige und leichte Füllung. Als sie in Duhnen eintrafen, wollte Rike nochmals in den Karton greifen, doch der war leer. Fragend sah sie Flores an. »Na, schmeckte voll eklig, oder? Musste weg …«, ihre Kollegin grinste. Rike konnte kaum glauben, dass sie gierig drei Natas verschlungen hatte.

Rike parkte auf dem Hof der Strobels, sie sah das Wohnmobil von Tonnac nicht mehr auf dem Parkplatz. Vermutlich war er mit seinem Pferd zurückgefahren, hatte es allerdings versäumt, ihnen Bescheid zu geben. Zudem hatte er ihnen eine Liste der Verdächtigen zugesagt. »Sag mal, der Tonnac war noch nicht bei uns in der Inspektion, oder?«

»Stimmt, er wollte uns doch eine Liste erstellen«, sagte Flores.

Im Stallgebäude war die Tochter des Hauses dabei, die Boxen zu reinigen. »Mama ist im Büro«, sagte Vanessa Strobel und schob eine Karre mit Mist in den hinteren Grundstücksteil.

Sie klopften an die Bürotür und traten nach einem lauten »Herein« in die Wattwagenzentrale. Die Hausherrin war am Telefon. »Da habe ich leider keinen Wagen mehr frei«, bedauerte Tina Strobel. Sie zählte Daten als Ersatztermin auf. »Melden Sie sich gerne.«

Als sie aufgelegt hatte, drehte sie sich ihnen mit dem Stuhl zu. »Die Polizei, ich vermute, Sie wollen keine Watttour nach Neuwerk buchen?«

»Schön wäre es, aber die Arbeit …«, sagte Rike. »Wir haben nur ein paar Fragen.«

Die Hausherrin bot ihnen einen Platz an, stand auf und nahm zwei Tassen von einem Seitenbord. »Kann ich mit einer Koffeinspritze dienen?«, fragte sie. Rike schüttelte dankend den Kopf, Flores nickte.

»Ihr Gast ist schon wieder abgereist?«, eröffnete Rike das Gespräch. Sie hoffte, dass die Hofbesitzerin unbefangen über den Gang der Ereignisse berichtete.

Diese nickte. »Wir waren vollkommen überrascht, als Diamond Moon auf einmal wieder da war. Was haben wir uns für Vorwürfe gemacht. Und da stand er nun, bei bester Gesundheit, die Entführer haben ihn sogar in seiner Box versorgt. Das glaubt man nicht!«

Das Erstaunen war der Hofchefin anzusehen. »Und der Besitzer ist dann sofort mit ihm losgefahren?«

»Das kann man ihm nicht verdenken«, sagte Tina Strobel. »Was haben wir uns für Vorwürfe gemacht, wir hätten unsere Einfahrt sichern können, jemanden zur Bewachung abstellen. Aber mit so etwas kann man doch nicht rechnen.«

Da stimmte Rike ihr zu. Selbst für sie und ihre Kollegen wirkte das wie ein schlechter Scherz.

»Haben Sie irgendeinen Verdacht?«, wollte sie wissen.

Sie bemerkte ein Zögern. Tina Strobel schien etwas auf

der Zunge zu liegen, doch sie schüttelte entschieden den Kopf. »Ich kann mir nicht einmal vorstellen, wie man so eine Idee aushecken kann. Aber natürlich ging es ums Geld. Da scheinen die Leute kreativ zu werden.«

Rike wartete, ob sie nicht doch noch ihren Gedanken mitteilte. Die Hofbesitzerin fragte: »Weiß man denn mehr über den Tod von Cristobal?«

»Kannten Sie ihn gut?«, meldete sich Flores zu Wort.

Die Hofbesitzerin stellte Flores einen Kaffee auf den Schreibtisch und schenkte sich dann nach.

»Er war viele Jahre immer wieder unser Gast. Und er konnte die meisten Siege vorweisen. Also jeder aus dieser Branche kannte ihn«, wich sie der Frage geschickt aus. »Was ist denn genau mit ihm passiert?«, fragte sie nochmals.

»Wir gehen von Fremdeinwirkung aus, bitte behandeln sie das vertraulich«, erklärte Rike förmlich und fragte:

»Haben Sie etwas beobachtet, Streitigkeiten, Unstimmigkeiten. Wer könnte Interesse an seinem Tod gehabt haben?«

Tina Strobel zwirbelte eine Haarsträhne um den Finger und zog ihre Stirn kraus. »Da war so ein Trubel mit dem Verschwinden von Diamond Moon, mir fällt da nichts Besonderes ein. Eifersüchteleien gab es in der Branche, auch weil er so oft siegte, aber das ist ja kein Grund, um jemanden zu ermorden.«

Darüber hätte Rike einen ganzen Vortrag halten können. So verschieden die Menschen waren, so viele Gründe standen hinter den Taten.

»Seine Siege hat er nicht immer ganz fair erreicht, wenn man den Berichten glauben darf«, warf sie ein.

Die Hofchefin nickte: »Da wurde einiges gemunkelt, dass der seine Großmutter verkauft hätte für einen Sieg.

Der ist auf volles Risiko geritten. Das hat ihn nicht beliebter gemacht. Dennoch kein Grund, jemanden umzubringen.«

»Irgendjemand hat es getan, aus welchem Grund auch immer«, schlussfolgerte Rike.

»Kennen Sie sein Privatleben? Wissen Sie etwas, ob er Familie hatte, eine Freundin oder einen Partner?«

»Da muss ich leider passen. So nah standen wir uns nicht.«

Nach einer Weile sagte sie: »Ich hätte ihm meine Pferde nicht anvertraut … und ich habe keinen Diamond Moon. Aber die Wattwagenpferde sind Familienmitglieder, die arbeiten mit uns, aber sie werden nicht für Geld verheizt.«

Das sagte einiges zwischen den Zeilen, fand Rike. Diplomatisch ausgedrückt, war die Hofchefin kein Fan des Erfolgsjockeys. Sie bat darum, das Zimmer zu sehen, in dem Bullwin genächtigt hatte. Strobel brachte sie zu einem Anbau und stieg die Treppe in den ersten Stock hinauf. Von einem Flur aus gingen auf jeder Seite drei Zimmertüren ab. »Die Nummer 1 ist sein Zimmer. Wir haben alles so liegen lassen«, sagte sie und öffnete die Tür.

Kurz blieb sie stehen. »Was ist denn hier passiert, da muss jemand gewesen sein.« Rike sah durch den Türrahmen. Auf dem Boden lagen Bettwäsche, ein Stuhl, Kleidungsstücke, das Wandregal war umgestürzt.

»Da war jemand und hat den Raum durchsucht«, sagte sie und bat die Hausherrin beiseitezutreten. Sie und Flores zogen Handschuhe über und traten in das Chaos.

Das Zimmer maß nur etwa drei mal vier Meter, davon nahm das Bett einen großen Teil ein. Davor hatte jemand sämtliche Habseligkeiten auf den Boden geworfen. Ein paar Kleidungsstücke hingen noch im Schrank. Im Badezimmer mussten sie aufpassen, um nicht auf die Hygieneartikel zu treten. Als Rike den Badschrank öffnete, stach ihr in der Ecke eine weiße Flasche ins Auge. »Betamethason. Wofür ist das?«, fragte sie. Flores kannte das Mittel ebenfalls nicht.

Rike steckte es in eine Plastiktüte und machte ein Foto. Sie würde Mutlu dazu fragen. Flores versiegelte die Tür, dann verabschiedeten sie sich von Tina Strobel und gingen zum Wagen. Rike setzte Flores vor dem Haus ihrer Großmutter ab. Sie wollte zu Hause noch Berichte der Kollegen studieren und Erkenntnisse über das Leben ihres Opfers zusammenfassen. Ein Team der Spurensicherung hatte sich seine Wohnung angesehen, das würde hoffentlich Hinweise auf sein Privatleben geben. Sie hoffte auf einen schönen Abend mit Harry.

KAPITEL 22

Rike hatte ihren Benz geparkt und war ausgestiegen, als das Telefon klingelte. Sie sah die Nummer ihrer Chefin. Kurz überlegte sie, ob sie das Klingeln ignorieren sollte. Doch das war nicht wirklich eine Option. »Rike, ich weiß, du hast Feierabend, aber wir haben auf dem Filmmaterial einen ernsthaften Hinweis beobachtet«, sagte die Kripochefin.

»Ich sage nur kurz Harry Bescheid, in einer Viertelstunde bin ich da«, versprach Rike.

Mit schlechtem Gewissen ging sie nach oben. Prinz kam freudig bellend zur Tür, aus der Küche roch es wieder appetitlich. Harry lächelte sie an. »Tut mir leid wegen gestern, ich habe Kabeljau im Ofen.« Sie küsste ihn und sagte dann mit Bedauern: »Liebster, ich muss noch mal weg. Gerade kam ein Anruf. Bitte warte auf mich, ich komme so schnell wie möglich wieder.«

Sein Lächeln erstarb, er sagte nichts, nickte nur langsam. »Ich verstehe schon, Arbeit geht vor.«

»Du kennst doch unseren Job, leider hat er ein paar Schattenseiten. Ich ermittle in einem Mordfall. Und ehrlich gesagt, liebe ich meinen Beruf.« Dann umarmte sie ihren Freund und flüsterte ihm ins Ohr: »Ich liebe dich, aber ich bin mit ganzer Seele Polizistin und jetzt habe ich die Chance, noch mal neu anzufangen in einem guten Team.«

Er legte seine Arme um sie. »Geh nur, es ist …« Er stockte und schien nach Worten zu suchen. »Ja, ich muss mit dir reden.«

So fingen meist recht unangenehme Geständnisse an, blitzte es Rike durch den Kopf. Sie schob den Gedanken weg, da war nichts. Harry war kommunikativ, er war niemand, der seine Partnerin betrog. Sie wollte ihm zum Abschied einen Kuss geben, doch er drehte den Kopf weg.

»Ich bin so bald wie möglich zurück.« Auch Prinz klemmte seinen Schwanz ein und verzog sich in sein Körbchen. Er hatte keine Lust auf miese Stimmung, die zwischen ihnen herrschte. Es war schade, dass Harry gerade jetzt für längere Zeit da war. Damit hatte sie nicht gerechnet, ohnehin war ihr Privatleben schwer planbar.

Sie fragte sich, wie Carla Bredow Familie und Beruf vereinte. Bedrückt ging sie wieder zum Wagen und fuhr in die Inspektion zurück.

Im Großraum brannte immer noch die Tischlampe an Juris Schreibtisch. Beim Näherkommen entdeckte sie ihn mit dem Laptop auf dem Fußboden hockend.

»Warst du immer noch nicht zu Hause?«, wunderte sich Rike.

Juri lächelte: »Schlafen wird überschätzt. Nur der Rücken hat seine Zusammenarbeit verweigert, deshalb probiere ich verschiedene Sitzpositionen. Aber keine Sorge, ich bin gleich weg, wollte dir nur diese Aufnahmen zeigen.«

Rike nahm sich einen Stuhl und setzte sich vor den enormen Bildschirm. Die Aufnahme zeigte die beiden Jockeys, das spätere Opfer Cristobal Bullwin und Alexander Schwarz. Beide Männer gestikulierten mit aggressivem Gesichtsausdruck. Schwarz schien Bullwin anzuschreien und fuchtelte mit der Faust, zog sie aber wieder zurück. »Das war nur der Anfang«, sagte Juri und zeigte ein weiteres Video. Dieses Mal saß Cristobal Bullwin auf dem Pferd, das sich sichtbar wehrte. Schwarz war in den Führring gegangen und hatte die Führzügel auf der einen Seite gegriffen, dabei war er an den Reiter herangerückt und sagte ihm etwas. »Da kam er dem Opfer sehr nah, vielleicht war das der Moment, in dem er ihm eine Substanz gespritzt hat«, sagte Juri.

Rike bat, das Video noch mal ganz langsam zu spielen. Auf der einen Seite befanden sich Tonnac, der Trainer und Reiter des Rennstalls, auf der anderen der Jockey Alex Schwarz. Davor hatte Vanessa Strobel die aufgebrachte Stute an der Seite geführt.

Carla Bredow kam aus ihrem Büro zu ihnen. »Das sieht ja nach einem heftigen Streit aus. Und der Mann kam dem Opfer so nah, dass er der Täter sein könnte. Mit dem solltet ihr dringend reden.«

»Ich habe mit ihm während des Rennens gesprochen, das ist Alexander Schwarz, der Stammjockey des Stalls«, sagte Rike. Sie versuchte, sich genau an ihre Begegnung zu erinnern. »Er war besorgt, weil Bullwin einen so brutalen Stil hatte – und mit dieser Stute überhaupt nicht zurechtkam. Bullwin hatte ihm diesen Ritt weggeschnappt«, berichtete sie.

»Damit hätte er ja ein Motiv, den Kollegen verunfallen zu lassen?«, vermutete Juri.

Rike dachte nach. »Ihm ist dadurch der sichere Sieg entgangen. Ich verstehe nicht, warum der Trainer den Jockey gewechselt hat. Mit seinem Stammjockey wäre der Sieg so gut wie sicher gewesen, meinten die alten Hasen von der Rennbahn.«

»Irgendeine Wettmanipulation?«, spekulierte Juri. »Ausschließen können wir derzeit gar nichts«, befand Carla. »Würdest du den Herrn zu uns holen?«

Juri reichte ihr ein Blatt Papier, auf dem die Adresse stand. Der Mann lebte direkt auf dem Gestüt Tonnac in Wremen im Landkreis Cuxhaven.

»Ich fahre direkt morgen früh hin, auch der Pferdebesitzer Tonnac hat sich merkwürdig verhalten, der sollte eigentlich im Laufe des Tages vorbeikommen und uns eine Liste verdächtiger Personen bringen. War er bei euch?«, fragte sie.

Juri schüttelte den Kopf. Er durchwühlte seine Dateien. »Hier ist keine Liste angekommen.«

»Dann werden wir dem Herrn Grafen ebenfalls einen Besuch abstatten«, kündigte Rike an.

Mit gemischten Gefühlen fuhr sie nach Hause, hoffentlich konnte sie sich mit Harry versöhnen. Sie fand einen Zettel auf dem Tisch, dass er noch mal mit Prinz laufen war. Er ging nicht ans Telefon, als sie anrief. Rike nahm sich notgedrungen ihre Akten vor. Sie hörte ihn nicht mehr, als er zurückkam, sie war sofort in einen tiefen Schlaf gesunken.

*

Facebook Gruppe Cuxhaven touristenfrei

Tourihasser
Moin, Freunde. Ich habe aus guter Quelle gehört, dass der Reiter neulich beim Wattrennen auf nicht natürliche Art gestorben ist. Das ganze Ding ist ein Skandal, das wollen und brauchen wir nicht bei uns.
105 Likes

Hein BLD
Was meinst du denn, @Tourihasser? Ist er am eigenen Doping verreckt oder so?
1 Like

PetraCux
Mich nervt diese Großveranstaltung sowieso, das müssen wir bezahlen, alles auf unsere Kosten. Der Mist soll hier weg!
14 Likes

Walter Wattläufer
Ja, ich habe auch etwas munkeln gehört. Ging nicht mit rechten Dingen zu … Das sollten wir mal durch die Netze jagen …
39 Likes

Tourihasser
Da hat jemand nachgeholfen beim Tod, die Polizei arbeitet daran. Die Info stammt aus guter Quelle. Ich habe da so eine Idee, ihr werdet sehen. Das entführte Pferd ist wieder da. Ich lach mich gerade weg. Was für ein Coup.
85 Likes

KAPITEL 23

Eine von Kastanien gesäumte Allee führte zum Gestüt – und Trainingsstall Tonnac, der sich bei Wremen, etwa 20 Kilometer südwestlich von Cuxhaven, befand. Ehrfürchtig rollte Rike über das betagte Kopfsteinpflaster auf den Hof, den vier altehrwürdige Backsteingebäude rechteckig einrahmten. Vor sich sah sie das zweistöckige Herrenhaus, das von einem Turm mit Glocke überragt wurde. Im linken Seitenflügel befanden sich Ställe, Pferde sahen aus den Boxen in Richtung Innenhof. Das hohe Gebäude auf der rechten Seite war laut Wegweiser eine Reithalle mit einem weiteren Boxentrakt für Pferde. Eine Scheune gegenüber dem Herrenhaus bildete den Abschluss. Vor dem Hof war sie an einer Produktionshalle vorbeigekommen, von der ein köstlicher Geruch über den Hof wehte. Das war vermutlich die bekannte Kaffeerösterei.

Einen Moment bestaunte Rike das geschmackvoll sanierte historische Ensemble, dann fragte sie einen jungen Mann, der mit einer Schubkarre Heu vorüberging, nach dem Stallbesitzer. Er führte sie zum Boxentrakt links und rief in den Gang: »Chef, Besuch für Sie.« Rike und Flores bat er, draußen zu warten.

Nach etwa zwei Minuten erschien Tonnac eilig mit hochrotem Gesicht. Eine junge blonde Frau mit Reitkleidung verabschiedete sich. Hatte der Mann gerade ein Schäferstündchen im Stall?

»Willkommen auf unserem Gestüt. Darf ich Sie zum besten Kaffee Ihres Lebens einladen?« Er hatte sie beide ausgiebig gescannt und ein schmieriges Lächeln aufgesetzt. Seit sein Goldjunge wieder da war, wirkte er deutlich entspannter.

»Danke, aber wir sind nicht zum Kaffeetrinken hier«, sagte Rike schnell, bevor Flores eventuell die Einladung annahm. »Sie wollten uns eigentlich gestern besuchen«, sagte sie.

Er sah schuldbewusst zu Boden. »Ich war überwältigt und sprachlos nachdem mein Vollblüter auf einmal wieder in der Box stand, als wäre nichts gewesen.«

Dann setzte er erneut ein Lächeln auf. »Das kann ich leider nicht akzeptieren, unsere Wurth war immer ein Zentrum der Gastlichkeit. Und hier kommt niemand heraus, ohne den Tonnac-Kaffee zu probieren«, sagte er. »Schließlich ist mein Diamond Moon wieder da, auch wenn die Polizei dazu wenig beigetragen hat«, ließ er fallen.

Sie folgten ihm ins Herrenhaus. Direkt hinter dem Eingang befand sich ein Flur mit schwarz-weißen Marmorfliesen, Antiquitäten und einem Kronleuchter. Am Ende des Raums stand ein Holztisch mit Füßen aus dunklem Holz und passenden Stühlen. Er bat sie, Platz zu nehmen, und verschwand. Kurz darauf kehrte er zurück, eine ältere Dame kam mit einem Tablett, stellte Tassen und Teller auf den Tisch. Den Kaffee goss sie aus einer silbernen Kanne ein.

Er selbst nahm einen Schluck, schien ihn wie einen Wein zu gurgeln und schloss zufrieden die Augen. »So samtig dunkel muss dieses göttliche Getränk schmecken.« Flores warf ihr einen kurzen Blick zu, es wirkte wie eine absurde Szene aus der Kaffeewerbung, nur dass die Bedienung kein Schürzchen trug. »Und?«, fragte er, als sie jeweils an ihren Tassen genippt hatten.

»Hervorragend«, bestätigte Rike seine Erwartung, und tatsächlich mundete ihr das Heißgetränk, auch wenn sie schon andere gute Kaffeesorten gekostet hatte. Flores nickte zustimmend.

»Und wie geht es Diamond Moon?«, wollte Rike wissen.

»Dem geht es allerbestens. Es ist, als wäre er einfach mal auf die Nachbarkoppel gegangen und hätte sich ein paar gute Tage gemacht. Er ist gesund, wurde versorgt und scheint sehr ausgeglichen. Ein Wunder«, stellte er fest. Er reichte jetzt die Schale mit dem Gebäck herum, doch Rike hatte nach ihrem Exzess vom Vortag keinen Appetit auf Süßes.

»Haben Sie schon eine Spur zu meinem Geld?«, wollte er nun wissen.

»Was meinen Sie?«, fragte Rike.

»Ich spreche über diese Bitcoins, die wir an den Entführer geschickt haben, sonst hätten wir Dino ja nicht wiederbekommen. Das war geliehen, wenn ich das nicht bald wieder auf dem Konto habe, sitze ich tief in der …« Das letzte Wort ließ er aus.

»Mit etwas Kooperation hätten die Chancen besser gestanden. Sie wollten uns ja noch eine Liste der Verdächtigen aufstellen«, bemerkte Rike.

Er dachte nach. »Ja, das ist das Problem. Ich hätte auf Bullwin getippt als Verdächtigen, doch er kann es aus mehreren Gründen nicht gewesen sein. Vor allem war er tot, als der Hengst zurückkam«, sagte er. Der Tod des Jockeys schien ihn wenig zu interessieren.

»Wir sind wegen ihres toten Mitarbeiters hier, dazu hätten wir gerne Ihre Einschätzung«, sagte Rike. Sie hatte ihre Tasse geleert, er schenkte sofort nach, ohne sie nach ihrer Meinung zu fragen.

»Ich habe Ihnen alles gesagt, was ich weiß. So ein Unfall ist entsetzlich.« Sein Mund formte ein umgekehrtes U, er versuchte, betroffen auszusehen. Das nahm ihm Rike jedoch nicht ab.

»Wie kam es, dass Sie den Jockey für Ihr zweites Pferd, Diamond Sun, gewechselt haben? Cristobal Bullwin war nicht unumstritten?«, wollte Rike wissen.

»Das war der erfolgreichste Profireiter, der sollte auch in der laufenden Saison wieder Jockey das Jahres werden. Ich wollte auf jeden Fall das Rennen gewinnen.«

»Und was hat Ihr Stammreiter dazu gesagt?«, wollte sie wissen. Sie erinnerte sich, dass dieser wütend und besorgt war.

»Das ist ein Profi, der hat das verstanden.«

»Der hätte doch das Pferd sicher durch das Ziel gebracht und gewonnen!« Rike wunderte sich über die Aussage, denn beim ersten Ritt war sichtbar, dass die Chemie zwischen Bullwin und der Stute nicht stimmte.

»Der war doch schon beim ersten Lauf abgeworfen worden, der Mann galt als brutaler Pferdeschläger und hat ein paar Todesfälle auf dem Gewissen. Trotzdem haben Sie ihn einen zweiten Ritt machen lassen?«

Er schüttelte finster den Kopf: »Das ist doch dummes Gerede von den Tierschützern, beim Rennsport passieren leider Unfälle. Der hatte die besten Leistungen. Und da Diamond Moon nicht da war, musste ich an die Preisgelder denken.«

Die Antwort erschien Rike nicht logisch nach dem, was sie gesehen hatte. Steckte etwas anderes dahinter? Wie hatte dieser Jockey ihn überzeugt? Warum hatte er es in Kauf genommen, seinen festen Reiter zu verprellen.

»Ich hatte den Eindruck, dass der andere Jockey überhaupt nicht zufrieden war, er hat sich um die Stute gesorgt«, bemerkte Rike.

Sein Blick wurde finsterer. »War es das? Ich habe zu tun, wir haben noch Training.«

»Welches Motiv sehen Sie denn für die Tat? Mit wem hatte Cristobal Bullwin Streit, und wer profitiert von seinem Tod?« Tonnac zuckte mit den Schultern. »Wo gehobelt wird, fallen Späne. Meinungsverschiedenheiten sind normal, aber doch nicht so, dass sie zu einem Mord führen.« Er erhob sich und begann, die Kaffeetassen einzusammeln und die Teller zu stapeln. Dann rief er in Richtung Küche: »Gerdi, kommst du?« Die ältere Dame erschien und nahm das Geschirr vom Tisch.

»Ach ja, waren Sie im Zimmer des Toten?«, wollte Rike noch wissen.

Er sah sie verständnislos an. »Was sollte ich da, wie sie vielleicht gehört haben, kann ich mit Männern nicht so viel anfangen. Es sei denn, sie arbeiten für mich.«

»Jemand hat es gründlich durchsucht. Wurde Diamond Moon gedoped?«, feuerte sie eine weitere Frage ab.

Er kniff die Augen zusammen und zeigte zur Tür. »Verlassen Sie mein Haus, das ist verschenkte Gastfreundschaft für Menschen, die das nicht zu schätzen wissen. Und wenn Sie das noch mal behaupten, bekommen Sie Post von meinem Anwalt. Das wird teuer.« Er war laut geworden und ging in Richtung Tür. Dort wartete er, bis sie das Haus verließen.

»Auf Wiedersehen, Herr Graf. Und bitte teilen Sie uns mit, falls Sie diesen schönen Ort verlassen und wo Sie sich aufhalten«, sagte Rike mit ironischem Unterton, denn seine Schimpfkanonade war überhaupt nicht vornehm gewesen. »Bis zum nächsten Mal, und danke für den Kaffee«, flötete Flores ebenso provokativ. Sein Gesicht war knallrot, er atmete schwer und hatte Mühe, sich im Zaum zu halten.

Vor der Tür flüsterte Flores. »Wollen wir jetzt echt noch zu dem Jockey?« Rike nickte. »Deshalb sind wir ja hauptsächlich hier.« Zwei Reiterinnen liefen mit ihren Pferden über den Hof, die fragte sie nach Alexander Schwarz.

»Den habe ich vorhin gesprochen, er wollte zum Training. Die Bahn befindet sich hinter den Gebäuden«, sagte die Frau mit einem riesigen schwarzen Pferd, das sie in die Reithalle führte.

Sie folgten dem beschriebenen Weg und entdeckten hinter dem Gebäude die Trainingsrennbahn. Die Strecke verlief im Oval, sie war nicht so lang wie eine echte Rennbahn wie die in Hamburg Horn, aber dennoch beeindruckend.

Die Reiter entdeckte sie auf der gegenüberliegenden Seite, über die Hecke sah sie nur ihre Köpfe, die sich in hoher Geschwindigkeit voran bewegten. Das fand sie besonders faszinierend am Galopprennsport, dass die Pferde zu schweben schienen und ohne Auf und Ab sehr schnell liefen. Die Gruppe flog an ihnen vorüber und ritt eine weitere Runde, sie hatte Schwarz erkannt. Sie nahmen auf einem Stuhl am Rand Platz und warteten, bis das Training beendet war. Die Gruppe wurde langsamer und kam im Schritt auf sie zu. Die Reiter stiegen ab und führten die Tiere durch den Ausgang zu einem Platz, wo sie die Sättel abnahmen. Rike und ihre Kollegin gingen auf Alexander Schwarz zu. Überrascht erkannte sie, dass er Diamond Moon geritten hatte. Er nahm ihm den Sattel und das Zaumzeug ab und duschte ihn ab.

»Moin«, begrüßte er sie. »Was sagen Sie zu diesem Ausreißer. Er ist wieder da.«

»Erstaunlich«, bestätigte Rike. »Wie ist es, endlich den Favoriten reiten zu dürfen?«, fragte sie ihn direkt.

»Er kommt jetzt erst mal ins Solarium, dann können wir reden«, sagte er. Er führte das Pferd in eine Box im

Gebäude hinter der Bahn und schaltete das Solarium ein. Das Pferd gähnte. »Das magst du, mein Junge. Hast uns doch vermisst?«, fragte er.

Dann wandte er sich Rike zu. »Ich reite ihn schon immer im Training, ich freue mich einfach, dass er wieder da ist«, sagte er. »Ich reite seine Schwester Diamond Sun genauso gerne, wir sind ein gutes Gespann«, ergänzte er.

Als einer der anderen Reiter vorüberging, bat er ihn, Diamond Moon nach der Sonnensitzung in seine Box zu bringen. »Das Futter steht schon bereit. Du weißt ja, der Herr ist anspruchsvoll.« Der Kollege lachte und erklärte, dass er das übernehmen würde.

»Gehen wir in den Pausenraum?«, fragte Schwarz.

Dann führte er Rike und Flores zu einem anderen Eingang des Zweckbaus hinter der Trainingsbahn. Er bat sie in einen Raum mit Tischen und Stühlen und Rennfotos an den Wänden. In der Küchenzeile befanden sich eine Kaffeemaschine, eine Mikrowelle und ein Kühlschrank. Er füllte Kaffee in die Maschine und goss Wasser ein.

»Auch einen?«, fragte er. »Danke, das hatten wir gerade im Überfluss.« Flores verdrehte die Augen.

Er grinste. »Kaffeezeremonie beim Chef, das wundert mich nicht, wenn zwei attraktive Frauen zu Besuch sind.«

»Der Abschied war weniger zeremoniell«, ließ Rike fallen. Er sah sie gespannt an.

»Sie wissen, dass Ihr Kollege eines gewaltsamen Todes gestorben ist?«

Er nickte stumm.

»Auf dem Wattrennen sollen Sie mit Bullwin einen heftigen Streit gehabt haben. Worum ging es dabei?«

Er knetete seine Hände, bevor er antwortete. »Es ging um die Pferde. Da der Favorit nicht da war, muss er Tonnac bequatscht haben, um Diamond Sun zu reiten. Ich bin der Stammreiter der Stute, ich kann sie handeln. Außerdem habe ich das Schlimmste befürchtet.« Er ballte seine Fäuste und sah nach draußen, der Mann war noch immer wütend auf seinen Kollegen.

»Was haben Sie denn erwartet?«

Er sah sie an: »Sie waren ja da und haben Cristobal Bullwin reiten sehen, er war brutal zu den Pferden und versetzte sie derartig in Angst, dass einige es nicht überlebt haben. Und ein paar Kollegen sind seinetwegen auch verunglückt.«

Der Kaffee war jetzt durchgelaufen, er goss sich eine Tasse ein, setzte sich wieder und nippte an seiner Tasse, dann starrte er auf die Tischplatte.

»Sind Unfälle in Ihrem Sport nicht normal?«, bemerkte Flores.

Er nickte. »Ja, wir sind uns immer dessen bewusst, dass Stürze, Kollisionen oder andere unvorhergesehene Ereignisse eintreten können. Aber bei Bullwin häufte sich das. Mal ist er brutal durch eine Lücke gebrettert, hat damit zwei Rennpferde samt Jockeys zu Fall gebracht. Eine Nachwuchskollegin hat er beim laufenden Rennen seitlich so geschubst, dass sie sich verletzt hat. Und sie war nicht die Einzige, aber vorher hat niemand geglaubt, dass der so etwas tun könnte.« Er hatte sich so richtig in Rage geredet. Der mochte den Toten definitiv nicht.

Rike nickte. Die Gefahr, bei einer solchen Geschwindigkeit schwer verletzt zu werden, war für Mensch und Tier sehr hoch.

»Er hat die Pferde derartig in Stress versetzt, dass diese einen Aortenabriss erlitten oder sich überschlugen. Unglücksfälle passieren, aber der Mann hat eine Spur des Grauens über die Bahnen gezogen«, führte er fort.

Für Rike konnte das durchaus ein Motiv sein, um den Mann für immer in die ewigen Renngründe zu befördern. »Meinen Sie, dass ihn jemand deshalb umgebracht hat? Wem hat er denn besonders geschadet: einem Verunglückten oder einem Pferdebesitzer?«

Schwarz war aufgestanden und lief hin und her, während er überlegte. Dann setzte er sich wieder auf den Rand des Stuhls ihr gegenüber. »Er hatte meiner Meinung nach Material gegen Tonnac in der Hand. Den hat er unter Druck gesetzt.

Sonst wäre der niemals auf Diamond Sun gekommen«, sagte er und sah sie an, ob sie die Botschaft verstanden hatte.

»Was für Material könnte das denn gewesen sein?«, wollte Rike wissen. Sie dachte an die Flasche, die sie bei Bullwin gefunden hatten. War das ein Dopingmittel?

»Ging es dabei um Doping?«, fragte sie.

Er rutschte auf seinem Stuhl herum. »Das kann ich nicht sagen, es gab da Vorfälle vor meiner Zeit, aber ich mache bei so etwas prinzipiell nicht mit. Das Teufelszeug hat Nebenwirkungen, ob sie es nun Pferden oder Menschen verabreichen.«

»Können Sie sich sonst irgendeinen Grund vorstellen?«, fragte Rike. Er verneinte. »Manches, was der Alte so treibt, will ich gar nicht wissen.«

»Sie hätten ja durchaus ein Motiv, Bullwin zu verabscheuen«, sagte Flores, nachdem sie lange nur zugehört hatte. Rike fand es ebenso wichtig, dass ihre Kollegen die Verdächtigen beobachtete, das gab oft noch weitere Eindrücke.

»Beste Freunde waren wir definitiv nicht, aber so ging es mindestens einem Dutzend Jockeys. Feinde hatte der viele. Nehmen Sie mal alles, was der bei Rennen angerichtet hat, die zahlreichen Stürze. Nicht immer kommen wir dabei glimpflich davon, Knochenbrüche sind eher die Regel.

Das bedeutet dann für die Freiberufler einen monatelangen Verdienstausfall«, sagte er.

Rike bat ihn, Namen und Fakten zu diesem Thema zu notieren. Wer die Geschädigten waren und worum es in ihrem Fall ging. »Oh je, ich habe einfach kein Namensgedächtnis, das muss ich nachreichen«, bat er.

Als sie die Kastanienallee wieder hinabfuhr, kam ihr eine Idee. Sie würde den Hof von Carla Bredows Cousinen in Cappel einen Besuch abstatten, das befand sich nur zwei Dörfer weiter. Flores brachte sie zum Zug, da diese einen Termin hatte.

Auf dem Hof der Bredows hatte Rike übernachtet, als sie im Moordörfchen Finstermoor ermittelt hatte. Wenn jemand alles über die Pferdeszene wusste, dann die beiden Hofbesitzerinnen. Sie fuhr die Landstraße entlang an tiefgrünen Weiden, wo Kühe und Pferde grasten. Mit ihren Reetdächern strahlten die alten Höfe Behaglichkeit aus. Um sich vor den Fluten zu schützen, hatten die hier lebenden Friesen ihre Häuser auf Hügeln, sogenannten Wurten gebaut. Das hatte Rike erst kürzlich gelesen. Diese Fahrt durch das üppige Grün wirkte wie eine Meditation. Nach zehn Minuten war sie an dem zweistöckigen weißen Bauernhaus angekommen. Sie parkte auf dem Hof, wie immer kamen die Hunde ungestüm auf sie zugerannt.

Sie fand Luisa, eine der beiden Schwestern beim Longieren auf dem Reitplatz. Sie wartete einen Moment und hatte Glück. Das Training war beendet, die junge Frau entdeckte sie: »Moin, Rike, das freut mich, dich zu sehen.«

»Moin, hast du Zeit für einen Pferdeschnack? Ist beruflich bedingt für meine Ermittlungen«, fragte Rike.

Luisa sah sie neugierig an. »Du weißt doch, wir lieben Polizeiarbeit. Jederzeit. Magst du mich beim Spaziergang mit dem schönen Diamantino begleiten? Da können wir reden.«

Sie nahm den Deckhengst, den sie longiert hatte, an eine lange Leine, dann gingen sie durch ein Weidetor. Dahinter befand sich ein kleiner Weg, der über einen Bach führte und von Bäumen gesäumt war. »Das ist der Oberstrich, damals der erste Deich hier im Dorf, wir haben bis zu neun Wälle hintereinander. Aber jetzt erzähl mal, worum geht es?«

»Es geht um die Ermittlungen im Todesfall Cristobal Bullwin. Kannst du mir über ihn oder den Rennstall Tonnac etwas sagen?«

»Dieser Jockey, der war verrufen. Leider erfolgreich. Niemals hätte ich dem mein Pferd anvertraut, aber ich bin ohnehin nicht im Galopprennsport aktiv«, sagte sie. Sie kamen an einem Bauernhaus vorbei, Luisa grüßte eine alte Frau, die im Garten Unkraut zupfte. »Moin, Luisa«, antwortete diese.

»Was weißt du über den Tonnac, der hat ja nicht weit von hier seine Anlage.«

Luisa nickte, während sie versuchte, dem Pferd Fliegen vom Gesicht zu wischen.

»Ja, der kam öfter zu meinem Vater. Eine alteingesessene Familie, die sind seit den Napoleonischen Kriegen hier, sein Vorfahr hatte sich damals auf die Seite der Preußen geschlagen und ist geblieben. Der Vater hat die reiche Erbin eines Kaffeehändlers geheiratet und daraus ein ganzes Kaffeeimperium aufgebaut, dem er seinen Namen gab. Das hatte früher mal gute Zeiten«, beendete sie ihren Bericht.

»Das heißt, die haben Probleme? Weißt du Genaueres?«, fragte Rike.

Luisa dachte nach. Sie waren an einer Straße angekommen und warteten, bis sie diese queren konnten. Auf dem

Fuß- und Radweg gingen sie weiter in das Dorf Spieka. Der Hengst schaute aufmerksam in die Vorgärten, schnaubte leicht nervös. »Der Gute muss ab und zu mal etwas anderes sehen, ich versuche, mich zu erinnern«, sagte Luisa.

»Da ging es um die Kaffeefirma, er hatte viele Läden aufgemacht, und die liefen nicht alle. Außerdem ist der Mann ein Schwerenöter, vor ein paar Jahren hatte die Gattin dann endgültig genug und hat ihr Geld abgezogen. Die Bank hat ihm sofort den Hahn zugedreht. Es gab in der Folge Gerüchte um illegale Substanzen und einen komischen Tierarzt, den er extra aus Belgien kommen ließ. Mein Veterinär war eine Zeit lang auch bei Tonnac, aber den hat er abserviert.«

»Du meinst, er hat Pferde gedoped, um Rennen zu gewinnen?«

Der Hengst war stehen geblieben und ließ eine Ladung Äpfel fallen. Rike hielt ihn auf Luisas Bitte, diese fegte mit einem Schäufelchen die Hinterlassenschaften auf ein Wiesenstück. »Ich möchte nicht, dass sich jemand aufregt. Früher war das als Dünger begehrt, heute gibt das nur böses Gerede, und am Ende wird die Benutzung verboten«, kommentierte sie.

Dann nahm sie Rike den Führstrick wieder ab. »Der hat auch gute Pferde. Ob gedoped oder nicht gedoped, das weiß ich nicht. In mindestens einem Fall wurde etwas nachgewiesen, das gab einen Riesenskandal. Am Ende hat sich das verlaufen. Von irgendwelchen Strafen habe ich nichts gehört.«

»Und Cristobal Bullwin war damals schon Jockey bei ihm?«, wollte Rike wissen. Sie waren eine Runde um die Dorfkirche gelaufen und hatten den Heimweg angetreten. Vor einer Kuhwiese ließ Luisa Diamantino einen Moment grasen. »Keine Ahnung, seit wann der für Tonnac reitet, das hat uns auf jeden Fall schockiert. Angestellt war der da nicht, der gehört zu den Freiberuflern«, sagte Luisa. Sie befanden sich wieder auf dem historischen Deich und kehrten nach zehn Minuten auf den Hof zurück. Sie brachten den Hengst auf eine Koppel. Ein »I-ah« ertönte, als sie wieder gehen wollten. »Das sind unsere Esel, sie sind die besten Freunde von Diamantino. Er mag sie lieber als andere Pferde«, sagte Luisa. In dem Moment kamen ein schwarzes und ein graues Langohr auf sie zu. »Sandiego und Antonio«, stellte die Dame des Hauses vor. Rike streichelte die samtweichen Ohren. »Ich muss kurz Omi Hanna füttern«, sagte Luisa und ging zu einem der nächsten Paddocks. Sie stellte dem Haflinger eine Futterschüssel hin.

»Jetzt hätte ich ein Päuschen, falls du mehr wissen möchtest«, sagte sie.

»Da wäre das Verschwinden von Diamond Moon. Hast du da irgendeine Idee?«

»Also da gab es ja endlos viele Gerüchte bis hin zur Mafia, bei der Tonnac Schulden haben soll. Was da dran ist?« Sie zuckte mit den Schultern. Rike zeigte ihr noch ein Foto von dem Medikamenten-Fläschchen. »Ist das von Tonnac?«, fragte die junge Frau.

Rike verneinte. »Von ihm nicht, aber ich kann nicht sagen, woher es stammt. Findet es im Sport Verwendung?«

Luisa Bredow bestätigte das. »Das ist eigentlich ein Entzündungshemmer, aber überdosiert führt das zu enormen Leistungssteigerungen. Dumm ist nur, dass dies sehr stark auf das Herz geht. Einige Rennpferde sollen so vollgepumpt gewesen sein, dass sie Infarkte bekamen.«

Rike bedankte sich. Den angebotenen Sekt musste sie nach einem Blick auf die Uhr ausschlagen. Sie würde im Büro vorbeischauen und dann hoffentlich etwas Zeit für Harry haben.

KAPITEL 24

Es regnete in Strömen, deshalb hatte Margo ihren Malschülerinnen vorgeschlagen, sich in ihrem Atelier zu treffen. Sie hatten ihre Entwürfe aus der Grimmershörnbucht zu Ende gebracht. Margo lief um die Staffeleien und war begeistert von den Fortschritten und der Kreativität ihrer Schülerinnen. Als sich die Damen verabschiedet hatten, bat sie Anja, einen Moment zu bleiben. »Der Besuch bei den Tierschützerinnen hat mir gefallen. Danke für den Kontakt. Wir werden eine gemeinsame Ausstellung machen«, kündigte sie an.

Anja nickte begeistert: »Alyssa hat mir von dem Treffen berichtet, die Mädchen sind aufgeregt und freuen sich sehr.«

Margo beschloss, ihrer Schülerin dennoch reinen Wein einzuschenken. »Ich finde dieses Engagement faszinierend. Mich interessiert auch diese Entführung des Pferdes Diamond Moon. Mein Eindruck ist, dass Justine irgendetwas darüber weiß. Was denkst du?«

»Die Mädels sind in unterschiedlichen Schulen, aber schau dich doch mal in den sozialen Netzwerken um. Ist das nicht diejenige, die immer die tollen Filme produziert?«

Margo bedankte sich und verabschiedete Anja. Dann ging sie in den sozialen Netzwerken auf die Suche. Die Tierschutzorganisation postete bedrückende Bilder – gequälte Tiere, Massentierhaltung, verletzte Sportpferde. Starker Tobak. Endlich stieß sie auf einen Link der Seite, eine private *Instagram*-Seite *JustCux* mit dem Profilbild des Mädchens.

Sie schrieb eine Nachricht mit der Frage, ob Justine sich melden könnte. Innerhalb von einer Minute folgte die Antwort. Die junge Frau erklärte sich bereit, Margo im Hafen zu besuchen.

Margo war dabei, Rechnungen zu schreiben, als sie draußen ein Hupen hörte. Die junge Frau war mit einem Elektro-Roller gekommen und schloss ihn am Geländer des Treppenaufgangs an, Margo ging nach unten und brachte sie ins Loft.

»Wow, was für ein tolles Atelier«, sagte die junge Frau, die sich beeindruckt umsah.

»Danke. Das ist meine Wohnung, aber ich habe einfach so viele Bilder, die hängen überall. Kaffee oder Tee?«, bot Margo an.

»'n Bier wäre prima.«

»Da muss ich leider passen.« Seit Paul nicht mehr bei ihr wohnte, hatte Margo keine Bierkästen mehr angeschleppt. Sie machte eine Kanne Tee und stellte Nüsse auf den Tisch.

»Bevor wir uns die Netzhalle ansehen, wo ich Ausstellungen organisiere, möchte ich über eure Tierschutzaktionen sprechen.«

Justine nippte an ihrer Tasse und sah sie gespannt an. »Du bist doch kein Bulle, oder?«

»Nein, auch kein Informant oder irgendein Gehaltsempfänger. Aber ich arbeite gelegentlich mit einer Polizistin zusammen. Sie hat mir schon einmal das Leben gerettet und ist eine sehr aufrechte Person mit hohem Gerechtigkeitssinn«, sagte Margo wahrheitsgemäß.

Das Mädchen hatte aufmerksam zugehört und kaute

auf der Unterlippe. »Hm, das läuft auf dasselbe raus, oder? Du gibst das an die Bullen weiter, wenn ich dir was sage?«

Margo schüttelte den Kopf: »Ich schwärze niemanden an, aber ich helfe dabei, Verbrechen aufzuklären. Du weißt etwas über das Verschwinden von Diamond Moon?«

Justine verzog den Mund. »Mag sein, aber was ist jetzt mit der Ausstellung? War das eine Lüge?«

»Nein, ganz und gar nicht. Euer Engagement finde ich sehr vorbildlich und möchte das öffentlich zeigen. Mir kam der Gedanke, dass es eine Verbindung geben könnte nachdem ich diese üblen Bilder über Rennpferde bei euch gesehen habe«, beschwichtigte sie. Margo hielt es für eine gute Idee, zuerst einmal den Ausstellungsort zu zeigen. Sie gingen die Treppe hinab und rannten durch den Regen zur Halle, in der in der Vergangenheit die Netze der Fischer genäht wurden. Die Büroräume standen für Ausstellungen zur Verfügung. Früher hatte Margo im imposanten Hauptraum dahinter ihre Malabende veranstaltet, doch dieser Gebäudeteil war wegen einer hohen Schadstoffbelastung geschlossen und harrte der Sanierung.

Justine folgte ihr und sah sich aufmerksam um. »Was möchtest du denn ausstellen?«, wollte sie dann wissen.

»Da könnt ihr Ideen entwickeln, die bereden wir. Ich hatte schon Fotoausstellungen, Gemälde oder Aktionskunst. Lasst eurer Fantasie freien Lauf.«

Justine hatte ein Lächeln auf den Lippen: »Machen wir. Hauptsache, du knickst nicht ein.«

»Möchtest du mir noch etwas sagen?«, fragte Margo, als Justine an ihrem Roller angekommen war. »Weißt du, ich kann das mit dem Pferd verstehen. Aber dazu kommt dieser Todesfall. Diejenige, die Diamond geklaut hat, könnte etwas über den Mord wissen oder darin verwickelt sein.« Sie sah das Mädchen an, ob sie die Worte verstanden hatte.

»Wenn die Person sich stellt, kann sie diesen Verdacht ausräumen«, sagte Margo eindrücklich.

Das Mädchen biss sich auf die Lippe. Sie hatte das Schloss gelöst, ein Fuß stand abfahrbereit auf der Trittfläche. Sie zögerte mit dem Anschalten des Geräts.

»Ich könnte jemanden kennen, der jemanden kennt, der das durchgezogen hat. Genaues kann ich dazu nicht sagen, höre mich aber um.« Sie sprang auf ihren E-Roller und fuhr los, zum Abschied hupte sie noch ein Mal.

KAPITEL 25

Rike war ins Büro zurückgekehrt und schrieb ihren Bericht. Kurz bevor sie fertig war, ploppte eine Nachricht von Harry auf dem Bildschirm des Mobiltelefons auf. Er hatte ihr Koordinaten geschickt, ohne ein weiteres Wort. Sie hoffte, dass es eine Einladung zum Abendessen war.

Rike beendete ihr Tagwerk und stieg in den Benz. Den Standort gab sie in ihre Navigationssoftware ein. Die Route verlief in Richtung der Grimmershörnbucht. Das Wetter war noch einmal richtig aufgeklart, die Sonne hervorgekommen. Plante Harry ein Bad im Meer oder ein Picknick am Grünstrand? Sie war gespannt, wohin er sie leitete.

In der angrenzenden Straße fand sie eine Lücke für den Benz und lief über den Deich. Einen Moment blieb sie oben stehen und ließ den Blick auf diesem Panorama ruhen, das sie in Urlaubsstimmung versetzte. Bunte Strandkörbe, Badende im Wasser und darüber Haufenwolken, die über den blauen Himmel zogen. In der Ferne glitten die Containerriesen, von der Elbe kommend, vorüber. Sie setzte den Weg in Richtung der Nordsee fort, es waren noch 50 Meter bis zu ihrem Zielpunkt. Sie betrat einen Bootssteg. Eines der Segelboote erschien ihr vertraut. Das war doch nicht … Ihr Gesichtsausdruck musste Bände sprechen, sie stand einen Moment wie versteinert.

»Rike, herzlich willkommen an Bord«, rief Harry, der sie entdeckt hatte und von der Jacht auf den Steg gesprungen war.

»Wie kommt denn dein Boot hierher?«, wunderte sie sich. Er hatte eine Flasche und zwei Weingläser in der Hand und reichte ihr statt einer Antwort einen Roséwein.

»Zuallererst zum Wohl«, er stieß sein Glas an ihres. Rike stand fragend vor dem Segelboot und kostete den Wein.

Er nippte an seinem Glas, stürzte den Rest hinunter, fast als wolle er sich Mut antrinken.

»Rike, ich habe eine Entscheidung getroffen. Denn ich habe so lange gewartet, bis du dich für mich entschieden hast. Um dir nah zu sein, ziehe ich ans Festland.« Er lächelte sie verunsichert an. »Was denkst du denn darüber? Freust du dich?«

Der Entschluss kam für Rike so überraschend, dass sie ihn entgeistert angesehen hatte. Bislang dachte sie, dass Harry seinen Urlaub bei ihr verbrachte.

»Doch«, brachte sie mühsam heraus, »das kommt nur so unerwartet. Du wolltest nie wieder aus Helgoland weggehen?« Ihr stellten sich Fragen über Fragen. »Und was ist mit deiner Stelle?«

»Der Kollege Lars ist nach seiner Genesung wieder im Amt. Er hat den Laden zum Glück gut im Griff. Im Moment habe ich eine vorübergehende Freistellung.« Er zwinkerte ihr zu. »Es gibt sozusagen eine Rückfahrkarte, falls du mich hier nicht mehr willst.«

Rike ging in sich. Dieses räumliche Annähern mit ihrem Liebsten schien ihr etwas überhastet. Sie hatte seit der tiefen Enttäuschung mit ihrem Ex-Freund keine Beziehung gehabt und zudem nie mit einem männlichen Wesen außer Prinz zusammengelebt.

»Wie hast du dir das denn genau vorgestellt? Du weißt ja, dass ich einen anspruchsvollen Job habe«, gab sie zu bedenken.

Harry nahm sie bei der Hand und führte sie auf die Jacht. Er platzierte ihr ein Kissen auf den Rand und schenkte ihr noch ein Glas Rosé ein. »Rike, bitte sieh doch nicht nur die Probleme.« Er setzte sich neben sie und legte den Arm um ihre Schultern. Mit dem anderen Arm beschrieb er einen weiten Bogen um sich. »Schau dich um, wie wunderschön es hier ist.«

Gerade ging am Horizont die Sonne unter und ließ den Himmel feurig leuchten. Er hatte ja recht, einen Moment genoss sie nur den Blick und kuschelte sich an ihn, während sie auf das Meer hinausschaute. In der Dämmerung leuchteten die Lichter auf den vorübergleitenden Schiffen fast feierlich. Er stand auf und ging in Richtung der Kajüte: »Möchtest du mal sehen, was die Kombüse heute gezaubert hat?«

Ein Lächeln erhellte Rikes Gesicht. Tatsächlich war es schon länger her, seit sie in dem portugiesischen Café war, und ihr Magen begann zu rumoren.. »Dann zeig mal, was der Smutje heute gekocht hat.«

Er kam mit einem Tablett aus dem Inneren des Schiffes zurück. Zwei Töpfe standen darauf sowie ein Laib Brot, dessen Geruch ihr das Wasser im Mund zusammenlaufen ließ. »Wie wäre es mit einem Krabbensüppchen zum Einstieg?«, fragte er. Rike streckte ihm ihren Teller hin und genoss mit geschlossenen Augen Löffel für Löffel seiner Kreation. »Das ist die beste Krabbensuppe, die ich je gegessen habe«, schwärmte sie.

»Danke für das Kompliment, und das war nur das Vorspiel«, Harry zwinkerte.

»Was macht dein Fall? Seid Ihr vorangekommen?«, wollte er wissen.

Sie schüttelte den Kopf.

»Wir sind mittendrin, untersuchen gerade das Umfeld, da gibt es mehrere Ansätze. Aber lass uns ein Mal nicht von Mord und Totschlag sprechen, ich brauche eine kleine Auszeit«, bat Rike.

»Wenn ich dir helfen kann, stehe ich gerne bereit«, bot Harry an. »Im Moment vielleicht mit einer Krönung der Vorspeise«, ging Rike auf seinen unbekümmerten Ton ein.

Er ging in die Kajüte, sie hörte ihn in der Küchenzeile werkeln, dann steckte er den Kopf nach draußen. »Bereit für den nächsten Gang aus der Sterne-Schiffsküche?«

»Absolut, ich habe fast nichts gegessen heute«, sagte Rike. Er kam zurück an Bord und trug eine Platte in der Hand. »Das habe ich mir bei einem Sternekoch abgeschaut. Auf der Haut gebratener Seeteufel auf marinierter Wassermelone«, stolz servierte er zwei Portionen.

»Mhhh, wenn Du mal nicht mehr bei der Wasserschutzpolizei bist, könntest Du glatt Profi werden«, schwärmte Rike. Der Fisch war außen knusprig und zerfiel ansonsten auf der Zunge. Während sie aßen, sahen sie die letzten Sonnenstrahlen auf dem Meer tanzen, bevor sich der rote Ball am Horizont senkte. Arm in Arm beobachteten sie das Naturspektakel, bevor sie in die Kajüte gingen.

KAPITEL 26

Rike hatte mit der Müdigkeit zu kämpfen, als sie die Berichte der Kollegen las. Da Flores für ein Familienfest einen freien Tag genommen hatte, fehlte die Koffeinzufuhr. Rike war es immerhin gelungen, eine halbe Tasse aus der feindlich gesinnten Maschine zu ziehen, bevor die Störungsmeldung erschien.

Gespannt öffnete sie das Dokument von der Spurensicherung. Die Kollegen hatten sich die Wohnung von Cristobal Bullwin im Viertel Süderwisch vorgenommen. Er hatte ein Foto von einem Mehrfamilienhaus aufgenommen und ein Fenster im dritten Stock mit einem Kreuz versehen. »Einen solchen Gestank im Hausflur habe ich auch noch nicht erlebt«, hatte der Kollege vermerkt. Wieder hatte jemand vor ihnen die Räume durchsucht, auf den Bildern war die Verwüstung des Appartements zu sehen.

»Kaum persönliche Gegenstände, nichts im Kühlschrank«, hieß es. Sie sah sich die Auflistung der Gegenstände auf, bis auf eine Lederjacke mit aufwändiger Stickerei und der Aufschrift Cuxhavener Motorradklub fand sich nichts Besonderes in den Sachen. In einem Gartenhäuschen, das vom Jockey genutzt wurde, hatte er einen Fund gemacht. Ein Karton, auf dem mit einem dunklen Stift das Wort Rattengift aufgeschrieben stand, enthielt 20 weiße Flaschen Betamethason. Das war das gleiche Mittel, dass sie in seinem Zimmer gefunden hatten – ein Tier-Medikament, das ursprünglich ein Entzündungshemmer war und oft für illegale Leistungssteigerungen verwendet wurde.

Rike überlegte, wie das mit dem Mord zusammenhängen könnte. In dem Moment kam Juri zu ihr an den Tisch.

»Na Einzelkämpferin heute?«, wollte er wissen. »Ja, ich habe mich daran gewöhnt, eine tolle Partnerin zu haben«, sagte Rike.

»Ich habe ein Video gefunden, das ganz interessant aussieht. Vielleicht zeigt es sogar den Mord«, sagte Juri.

Rike kam zu seinem großen Bildschirm, auch Carla Bredow war gerade zu ihnen gekommen. »Bereit?«, fragte Juri und spielte dann den Film ab. Zu sehen waren die Pferde auf dem Führplatz, bei genauerem Hinsehen handelte es sich um Diamond Sun, auf der das Mordopfer geritten war. Diese wurde an den Zügeln geführt, auf der einen Seite vom Trainer Eric de Tonnac, auf der anderen vom Jockey Alexander Schwarz. Tonnac half dem späteren Mordopfer mit einer Art Räuberleiter auf das Pferd, dieser stand in den Steigbügeln.

»Beide sind ja recht nah am Opfer dran. Aber siehst du diese Bewegung?«, fragte Juri. Alexander Schwarz hatte eine Hand am Zügel und führte die andere zum Sattel. »Der war doch fast an dem Kollegen dran mit seiner Hand«, sagte Juri.

»Ich mache mal eine Vergrößerung.« Wieder war die Hand zu sehen, die in Richtung des Sattels ging, sich dann dahinter bewegte, so dass der Reiter die Sicht darauf verdeckte. Die Aufnahme war grobkörnig. »Wenn er jetzt noch etwas in der Hand hielte, wäre das der Beweis«, bemerkte Rike.

»Das sieht man doch nicht so genau, vielleicht hatte er was in der Hand verborgen. Die Hand ging doch genau in die richtige Richtung«, meinte Carla Bredow.

»Eine Spritze in der Hand verbergen, das stelle ich mir schwierig vor«, Rike war skeptisch. »Geht das ein bisschen schärfer?«, fragte sie. Doch Juri bedauerte: »Das war jetzt das Maximum, das ich herausholen konnte.«

Carla blieb beharrlich: »Ich halte das für möglich, dass er etwas in der Hand verbirgt. Und zudem hatte er ein Motiv durch die bestehende Konkurrenzsituation. Diese Aufnahme ist doch ein starkes Indiz.«

Sie verschwand in ihrem Büro und wollte dort mit dem Staatsanwalt telefonieren. Nach kurzer Zeit kam sie wieder in den Großraum. »Wir haben grünes Licht für eine vorläufige Festnahme, ich habe bereits Flores kontaktiert, sie möchte dich begleiten.«

»Ich dachte, die ist bei einer Familienfeier«, wunderte sich Rike.

»Ich habe sie auch kurz angerufen, du kannst sie abholen. Juri brauche ich hier, wir haben noch enorm viel Material zu sichten«, sagte ihre Vorgesetzte. Die Adresse in der Schillerstraße kannte Rike. Sie fuhr zum Haus der Großmutter von Flores. An der Adresse befand sich ein Backsteinhäuschen im traditionellen Stil. Efeu an der Fassade und eine goldene Sonne am Giebel verliehen dem Gebäude eine gemütliche Atmosphäre. Schon von Weitem hatte sie ein Gewirr von Stimmen und Gelächter gehört, im Garten entdeckte sie zahlreiche weiß eingedeckte Tische. Es war ihr unangenehm, mitten in das Fest hineinzuplatzen. Sie überwand kurz ihr schlechtes Gewissen und klingelte. Eine ältere Dame öffnete und bat sie hinein, doch Rike schüttelte den Kopf. »Ich soll Flores abholen, es ist dringend.« Kurz darauf erschien die Kollegin in einem langen grün glänzenden Kleid und begrüßte sie.

»Flores, es tut mir leid, euer Fest zu stören.« Kaum

waren sie außer Hörweite, sagte Flores fröhlich. »Ach was, ich bin so froh, dass ich wegkann.« Ihr entfuhr ein Stoßseufzer. »Weißt du, Großmutter hält meine Arbeit für ungeeignet für eine junge Frau, sie hat den Enkel einer Freundin extra aus Portugal eingeladen …«

»Plant sie eine Art arrangierte Ehe?«, fragte Rike, als sie zum Wagen liefen, wobei Flores auf ihren Absätzen mühsam vorankam.

»Das hätte sie vielleicht gerne, aber echt kein Interesse an dem Kerl«, sagte sie. »Erzähl mir lieber noch mal alles über unseren Verdächtigen«, bat sie.

»Ich habe kurz nachgelesen«, sagte Rike. »Er ist in den 90er-Jahren aus Kasachstan eingewandert, schon dort übte er den Beruf aus. Seine Familie gehörte zu einem Nomadenvolk, er hat eine besondere Beziehung zu Pferden, er gilt als rücksichtsvoller Reiter, liegt aber bei den Erfolgen weit hinter Bullwin. Seit zehn Jahren arbeitet er für den Kaffeeunternehmer Tonnac.«

»Und weiß man bei dem mehr über seine Familie oder sind das alles einsame Cowboys?«, wollte Flores wissen.

Rike studierte ihre Zettelwirtschaft, dann fand sie einen Eintrag. »Geschieden, ein Kind. Ob der nun eine Partnerin hat, kann ich nicht sagen«, antwortete sie.

»Ja und warum holen wir den jetzt? Dass der eine riesige Wut auf den Kollegen hatte, ist ja klar. Aber das wird wohl nicht alles sein?«, sagte Flores.

Rike berichtete von dem Film.

Die Kollegin hatte aufmerksam zugehört. »Und woher soll der Jockey die Substanz bekommen haben?«, wollte sie wissen.

Rike überlegte, doch durch die Arbeit im Stall schien das nicht so unwahrscheinlich. »Eventuell von einem Tierarzt abgezweigt, vielleicht haben die das sogar selber in ihrem Stall? Das ist ein Punkt, den wir prüfen müssen.«

Sie hatten die Stadtgrenze von Cuxhaven erreicht und fuhren die Bundesstraße entlang in Richtung Bremerhaven. Schließlich kamen sie an der mit Weiden gesäumten Allee an, Rike ließ den Wagen auf den Hof rollen und stellte ihn hinter einer Scheune ab. Sie klingelte am Haupthaus, da sie nicht wusste, wo sich die Wohnung des Jockeys befand. De Tonnac öffnete und sah sie missmutig an: »Sie schon wieder!

Haben Sie eine Spur zu dem Entführer? Mein IT-Mann hat Ihnen die Adresse geschickt, wo die Bitoins hingegangen sind?«

Rike schüttelte bedauernd den Kopf. »Das ist bei Kryptowährungen nicht so einfach nachzuvollziehen, schon gar nicht ohne Kooperation. Die Ermittlungen laufen. Wir sind hier, um mit Alexander Schwarz zu sprechen. Wo genau wohnt er?«

Stumm zeigte der Hausherr auf den Nebenflügel mit der Reiterhalle und den Boxen unten, Rike hätte nicht gedacht, dass sich dort Wohnungen befanden. Praktisch war es natürlich, direkt über den Pferden zu wohnen. Der Zugang befand sich auf der Rückseite. Sie klingelten, doch nichts geschah. Rike hörte leise Stimmen aus dem Inneren.

Sie rief laut: »Herr Schwarz, hier spricht die Polizei, bitte öffnen Sie die Tür.«

Kurz darauf öffnete eine dunkelhaarige Frau und stürmte wortlos an ihnen vorbei. Das erinnerte sie an den Besuch bei seinem Chef, die Herren des Hofs schienen ein aktives Beziehungsleben zu unterhalten.

Nach einem Moment erschien Schwarz. »Was wollen Sie denn nach Feierabend? Kann das nicht bis morgen warten?«

»Leider nicht, wir müssen Sie bitten mitzukommen«, forderte ihn Rike auf.

»Bin ich jetzt verhaftet?«, fragte er.

»Wir vernehmen Sie zunächst als Zeugen, es gibt neue Erkenntnisse. Bitte packen Sie sich etwas für die Nacht ein.«

Er wollte die Tür wieder schließen, Rike war schneller und hatte den Fuß dazwischen. »Ich wollte nur etwas Intimität, keine Sorge, ich werde nicht wegrennen«, sagte er. »Wäre ein Toilettengang ohne Zeugen möglich?«

»Bitte, aber machen Sie keine Sperenzchen, das verschlimmert alles nur«, bat ihn Rike.

Folgsam ging er in den Raum, nahm später im Flur eine Tasche, in die er scheinbar wahllos seinen Rasierapparat und einige Kleidungsstücke packte. Dann lief er mit den beiden Frauen zum Streifenwagen. Als sie die hintere Tür geöffnet hatten, schmiss er Rike seine Tasche vor die Füße, rannte in Richtung der Stallgebäude und verschwand darin. Nach einer Schrecksekunde spurtete Rike los, in der Boxengasse sah sie ihn. Er verteilte Möhren an die Pferde, schmiegte sich an einen Pferdekopf. Sie sah, dass es Diamond Sun war, die Schwester des Favoriten.

Einen Moment atmete sie tief durch. »Herr Schwarz, warum reden Sie nicht mit uns? Den Abschied von den Pferden hätten wir Ihnen ermöglicht. Wenn Sie kooperativ sind, kommen Sie bald zurück.« Er ging mit ihr aus dem Stall, sah sie misstrauisch an. »Ihr sucht doch einen Dummen, dem ihr die Schuld in die Schuhe schieben könnt. Und so ein komischer Deutschrusse erfüllt alle Klischees.« Er klang verbittert.

»So einfach machen wir es uns nicht, wir ermitteln, bis wir die Sache aufgeklärt haben.« Rike schob ihn in den Wagen und fuhr los.

KAPITEL 27

Als Amkea um 10 Uhr aufstand, hatte sie gleich ein merkwürdiges Gefühl. Eine Vorahnung. Obwohl es ihr freier Tag war, den sie eigentlich genießen wollte. Sie ging in den Stall, ihren Lieblingsplatz, um sich mit dem Seniorchef zu unterhalten, der von seiner Reha zurückgekehrt war.

»Was meinst du, ist der Willy etwas für uns?, fragte er. Er führte einen braunen Kaltblüter vor, der im Wattwagenbetrieb eingesetzt werden sollte. »Ein schmucker Junge«, bestätigte sie. Ihre Gedanken waren bei ihrem Lieblingspferd. Bald würde es verkauft, musste eine weite Reise mit dem Flugzeug antreten, und sie konnte nichts dagegen tun. »Magst du eine Runde reiten?«, fragte Kai-Uwe König, der Hofeigentümer.

Sie durfte die Traberstute ins Watt bewegen, genoss die Weite, den Takt der Hufe auf dem Meeresgrund, diese Stille, in der nur Möwenschreie und ein Plätschern zu hören waren. Das Geräusch stammte von Abertausenden Wattwürmern, die den Sand filterten.

Zufrieden kehrte sie zurück zum Stall, duschte den Schlamm von den Pferdebeinen und brachte die Stute zu ihrer Herde. Es dämmerte schon, als sie zu ihrer Wohnung lief, den Blick halb auf das Display des Handys gerichtet. Die lauernde Gestalt im Schatten der Scheune bemerkte sie nicht.

Alles geschah in Sekunden, sie wurde von hinten gepackt, irgendetwas Stinkendes lag über ihrem Gesicht, nahm ihr die Luft. Sie versuchte, sich zu wehren, doch der Gegner hatte ihr einen Arm schmerzhaft auf den Rücken gedreht … und dann wurde alles schwarz.

Als sie wieder erwachte, lag sie mit Augenbinde und einem Knebel im Mund auf einem harten Untergrund, es war ein kleiner Raum. Mit ihren Füßen, die aneinander gefesselt waren, ertastete sie die Wände. Es roch nach Kühen, das schien ein Anhänger zu sein, mit dem die Weidetiere auf die Insel gebracht wurden.

Fieberhaft überlegte sie, wie sie entkommen konnte, doch ihre gefesselten Füße ließen keinen großen Radius zu. Sie hörte Schritte, dann ein Geräusch wie das Öffnen einer Klappe. Jemand näherte sich, sie versuchte zu sprechen, was ihr nicht gelang. Unartikulierte Laute entwichen ihrem zugestopften Mund.

»Fräulein, du hast doch nicht geglaubt, dass du damit durchkommst. Du gibst das Geld zurück, mit Zinsen – und wir lassen dich frei. Zuerst gehen wir mal auf Tour.«

Eine männliche Stimme hatte zu ihr gesprochen, die sie nicht erkannte. Derjenige sprach akzentfrei, norddeutsche Herkunft. Sie versuchte zu antworten, doch brachte keinen Ton hervor. Ihr Knebel wurde entfernt, sie spürte einen schmalen Gegenstand in ihrem Mund. Ein Strohhalm. »Trink, und wenn du etwas zu sagen hast, dann los.«

Sie ging das Risiko ein, irgendetwas eingeflößt zu bekommen. Sie verspürte wahnsinnigen Durst und saugte gierig. »Wo ist die Kohle? Gib sie raus, dann kannst du gehen«, sagte die Stimme.

»Welches Geld? Ich weiß von nichts«, krächzte sie mit Mühe und fragte sich, was der Entführer von ihr wollte. Natürlich ging es um Diamond Moon, da war sie sich sicher.

Brutal wurde sie zu Boden gestoßen, der Knebel wieder in ihren Mund gestopft. »Lügen, nichts als Lügen. Wir wissen doch, dass du es hast. Wer sonst hätte diesen Gaul einfach mitnehmen können?« Der Hänger wurde geräuschvoll zugemacht. Irgendwann musste sie eingeschlafen sein, sie wachte vom Geräusch der Öffnung auf, jemand entfernte ihr den Knebel. »Wasser, trink.« Da sie selbst die Flasche nicht halten konnte, schüttete ihr der Mann die Flüssigkeit in den Mund, sie hustete, bekam Panik, nässte sich ein.

»Nanana, mal ganz ruhig. Wir sind keine Unmenschen, gib die Kohle raus, und dir passiert nichts«, sagte der Mann und klopfte ihr auf den Rücken. Sie fand es beruhigend, dass er keine Foltermethoden mit dem Wasser anwendete und sogar durch das Klopfen ihren Hustenanfall beendet hatte.

»Ich habe nicht viel, das könnt ihr gerne haben«, beeilte sie sich zu sagen.«

»Überzieh das Spiel nicht, sieh ein, dass du verloren hast. Gib es raus, und du bist frei. Sonst garantiere ich für nichts. Ich bin einer der Netten von der Truppe«, sagte der Mann.

»Verdammt, wovon reden Sie?«, fragte Amkea.

»Wie wäre es mit der Million von Tonnac? Das hast du clever angestellt, das Geld gehört meinem Boss, wir wollen es wieder.«

Sie atmete durch, solange sie keinen Knebel tragen musste. Jetzt war Nervenstärke gefragt. Der schien zu glauben, dass sie eine Million hortete. Was hatte das mit Tonnac zu tun, dem Gestütsbesitzer mit dem Rennstall? Fieberhaft überlegte sie. Noch immer konnte sie durch die Augenklappe nichts sehen, ihre auf den Rücken gefesselten Arme waren taub.

»Na, was fällt dir dazu ein?«

Der Mann ließ nicht locker. »Ich bin durcheinander, bin ungünstig gefallen«, sagte sie.

In dem Moment stopfte er ihr den Knebel wieder in den Mund. »Na, dann hast du gleich Gelegenheit zu überlegen.« Der Anhänger schloss sich, sie hörte, wie ein Traktor startete. Hatte er den gestohlen oder war er mit dem Gefährt gekommen? Der Hänger setzte sich holpernd in Bewegung. Solange die glaubten, sie hätte Geld, würden sie ihr nichts tun. Es ging steil bergauf, sie rutschte nach hinten, dann wieder hinab, das Holpern wurde unerträglich. Der Geruch von außen veränderte sich, wurde frischer. Sie fuhren durch das Watt. Hoffentlich brachten die sie nicht auf diese Vogelinsel. Ihr wurde heiß, ihr Herz begann zu klopfen. Sie trampelte wie wild mit den Füßen gegen den Boden, soweit es die Fesseln zuließen, doch das war sinnlos, niemand hörte sie. Die würden sie den Möwen zum Fraß vorwerfen. Keiner würde sie vermissen, denn sie hatte geplant, nach der Rückkehr des Seniors ans Festland zu fahren. Doch weder in ihrer WG noch bei ihren Eltern hatte sie sich angekündigt. Vielleicht sollte sie das Spiel mitspielen, die einzige Chance, ihnen zu entkommen.

*

Facebook Gruppe Cuxhaven touristenfrei

Tourihasser
Moin, Freunde. Ich habe mal wieder Neuigkeiten. Wusstet ihr, dass das Pferd zurück ist? Was für ein genialer Coup. Einfach mal das Wattrennen gecrashed. Ich lache mich schlapp. Was planen wir als Nächstes? Ideen sind gefragt, Freunde.
87 Likes

PetraCux
Tolle Aktion. Ich hätte da 'ne Idee. Wie wäre es denn mit diesem dämlichen Sommerabend am Meer. Voller Touris, einfach unerträglich diese Massen.
12 Likes

Hein BLD
Klasse Idee. Nur was können wir tun?
3 Likes

Walter Wattläufer
Würde ja reichen, wenn der Strom ausfällt. Hat einer 'ne Idee, wo das Kabel liegt? Oder 'ne Stinkbombe werfen, Buttersäure kommt auch gut, da können sie so richtig abkotzen.
12 Likes

PetraCux
Das andere, was mich so richtig nervt, sind diese ganzen Touristenbuden, die überall gebaut werden. Appartementhäuser, da wohnt dann einer mal für drei Wochen. Neulich habe ich mal die Preise gesehen, eine Wohnung für eine Million. Stellt euch das mal vor. Wer soll das noch bezahlen können von normaler Arbeit. Irgendwas müssen wir dagegen tun!
27 Likes

Tourihasser
Du hast recht, Petra. Ein komplexes Thema und genau in unserem Sinne. Wenn immer mehr Touris kommen, wollen auch viele hier etwas kaufen, und das treibt die Preise hoch. Lasst uns kreativ sein, um die Tou-

ris aus der Stadt zu treiben. Wir treffen uns auf *Telegram*. Auf euch kann man sich verlassen, Freunde. Wir gehen jetzt mal in die grobe Planung.
158 Likes

KAPITEL 28

Es war ungewöhnlich windstill an diesem Tag, mit ihren Malschülerinnen hatte Margo sich an der Kugelbake verabredet. Sechs Teilnehmerinnen hatten ihre Staffeleien aufgestellt und begannen, Skizzen zu erarbeiten. Ihre Idee, touristische Orte in Cuxhaven mit anderen Augen zu betrachten, hatten die Frauen begeistert aufgenommen. Das nachgebildete historische Seezeichen war durch seine eigenartige Struktur ein reizvolles Motiv. Margo hatte das Bauwerk im kubistischen Stil skizziert, dann ging sie zu den Malerinnen, schaute ihnen gespannt über die Schulter.

In dem Moment stürzte Anjas Staffelei um, das angefangene Bild fiel mit der bemalten Seite in den Sand. »Oh nein«, rief Margo mitfühlend und eilte zu ihrer Schülerin, um alles aufzuheben. Doch dann sah sie Anjas blitzende Augen, voller Wut stürzte sie sich auf ihr Werk, trampelte mit den Füßen auf dem Bild herum, bis es zerfetzt war und sogar der Rahmen barst. »Verdammtes Scheißbild, ich bin so begabt wie eine Kuh mit Pinsel, das sagt mein Mann immer, und er hat leider recht.«

Margo wartete, bis sie sich beruhigt hatte, dann nahm sie ihr den Pinsel sanft weg, legte ihr eine Hand auf den Arm. »Anja, das darfst du nicht sagen. Erstens geht es hier nicht um Leistung, sondern darum, Freude zu haben. Das Bild des Genies in seiner Kammer ist so veraltet. Malen ist zum großen Teil Handwerk. Du hast enorme Fortschritte gemacht …«

Jetzt heulte ihre Schülerin. »Das sagst du doch nur, weil du Teilnehmer brauchst …«

Margo schüttelte den Kopf: »Wenn du keinen Spaß mehr hast, solltest du aufhören, dann finden wir eine Lösung.« In dem Moment klingelte ihr Handy, sie sah, dass es die Nummer der Tierschützerin Justine war.

Sie ging nicht an ihr Telefon. Anja hatte mittlerweile zusammengepackt und war wortlos gegangen, einige der anderen Frauen standen beieinander und tuschelten. Am besten, sie sagte ein paar Worte.

»Ihr Lieben, jeder kann mal einen schlechten Tag haben. Lasst es einfach fließen, habt Spaß, wir veranstalten hier keine Leistungsschau«, sagte sie.

Wieder klingelte es, dann poppte eine Nachricht auf. »Bitte dringend melden, ein Notfall«, schrieb Justine. Da die Frauen nach dem Ausbruch unschlüssig herumstanden, beendete sie den Kurs mit dem Versprechen auf eine Doppelstunde in der kommenden Woche.

Sie erreichte Justine nicht und rief ein Taxi, um nach Hause zu fahren. Als sie ankam, entdeckte sie den pinkfarbenen Haarschopf auf der Treppe der alten *Nordseekantine* nebenan. Das Mädchen hatte ihr Handy in der Hand und tippte etwas. Sie sprang auf, als sie Margo sah.

»Was ist denn passiert?«

Die junge Frau sah auf. »Können wir in die Wohnung gehen?«, fragte sie und sah sich um. Kaum hatte sie die Tür aufgeschlossen, sprudelten die Worte. »Ich habe dir ja gesagt, ich kenne da jemanden wegen der Aktion. Eine Freundin von mir hatte damit zu tun, sie heißt Amkea. Und nun ist sie verschwunden, diese Tierquäler haben Rache geübt.«

Margo bot dem Mädchen einen Stuhl an, doch diese ging

aufgeregt hin und her. »Moment mal, bist du sicher, dass diese Amkea damit zu tun hatte?«

»Ich habe mitbekommen, was sie mit zwei anderen Mädels besprochen hat, es ging darum, wo das Pferd im Stall steht und ob es bewacht wird.«

»Und das ist alles, was du darüber weißt?«, wollte Margo wissen. Justine setzte sich ihr gegenüber, sah sie eindrücklich an. »Das habe ich mitbekommen, aber wir haben vorher mit Amkea über Rennpferde gesprochen, sie liebte diese Tiere und sie hatte in der Szene zu tun, sie studiert Tiermedizin.« Margo nahm einen Block von ihrem Schreibtisch und machte sich Notizen.

»Und ich bin sicher, dass ihr was passiert ist. Sie wollte mit mir einen Film machen über Diamond Moon, wir waren verabredet, sie kam nicht und ist nicht mehr zu erreichen.«

Margo notierte sich das Datum der Verabredung. »Ihr kann doch etwas dazwischengekommen sein, oder sie hat es vergessen.«

Justine schüttelte den Kopf: »Nicht Amkea und nicht, wenn es um ihr Thema ging. Ich habe bei ihrem Chef angerufen, wo sie ihren Sommerjob hat, auf Neuwerk. Sie ist nicht da, auch nicht bei ihren Eltern und nicht in ihrer WG.«

Margo dachte nach. Das klang zwar alles wenig konkret. Ganz von der Hand zu weisen war der Verdacht nicht, dass jemand sich an dieser jungen Frau gerächt hatte.

»Ich spüre es, dass ihr etwas passiert ist. So komische Vorahnungen habe ich schon öfter gehabt, die Dinge sind eingetreten. Als mein Papa den Unfall hatte oder Oma urplötzlich umgefallen ist. Hilfst du mir bitte, sie zu suchen?«

Margo nickte. »Wir müssen deinem Verdacht nachgehen, aber das sollte die Polizei tun.«

Justine sprang auf. »Die Bullen, die haben uns unmöglich behandelt, da habe ich nicht die geringste Lust, mit denen zusammenzuarbeiten.«

»Ich kenne eine Polizistin, der kannst du vertrauen. Sie liegt manchmal daneben, aber sie hat die Größe, das dann zuzugeben.« Justine ging hin und her, stieß genervt die Luft aus. Margo würde in dem Punkt nicht nachgeben, das war eine Nummer zu groß. Denn wenn die junge Frau tatsächlich verschwunden war, weil sie dieses berühmte Pferd entführt hatte, konnte alles Mögliche dahinterstecken. Eine Entführung oder gar ein Mord?

KAPITEL 29

Sie hatten den Jockey ohne weitere Zwischenfälle in die Inspektion gebracht. Rike wartete auf Flores, die das Kaffeemonster bändigte und mit einem Tablett in den Konferenzraum kam.

»Was wird mir denn vorgeworfen?«, fragte Alexander Schwarz, als sie gerade das Aufnahmegerät vor ihn gestellt hatte.

»Sie waren vor Ort, als Cristobal Bullwin eines gewaltsamen Todes starb, deshalb vernehmen wir sie als Zeugen. Ein Anfangsverdacht, dass sie an der Tat beteiligt waren, könnte sich im Lauf der Ermittlungen ergeben«, erklärte Rike und wies ihn auf seine Rechte hin.

»Wie das denn? Der Bulle, so nennen wir ihn, war ein absolutes Arschloch. Aber ich bringe doch keinen um. Das weiß jeder, ich bin einer der Guten, zu Mensch und Tier«, er sprach ruhig und beherrscht.

»Möchten Sie einen Anwalt hinzuziehen?«, fragte Rike.

Er überlegte einen Moment, nippte am Kaffee. »Brauche ich denn einen?«

»Das müssen Sie einschätzen, die Entscheidung können wir Ihnen nicht abnehmen«, sagte Rike.

Er sah auf seine Hände und schien zu überlegen, dann schüttelte er entschieden den Kopf.

»Ich habe nichts Unrechtes getan, brauche also keinen Paragrafenreiter.«

Rike sah zu ihrer Kollegin, die noch nicht lange bei der

Kriminalpolizei war. Carla hatte sie gebeten, Flores in die kriminalistische Arbeit einzuführen. Sie schätzte die junge Frau seit ihrem ersten Zusammentreffen beim Massenunfall im Watt. Allerdings war Flores von Rikes Erfahrung eingeschüchtert. Jetzt ermutigte sie die Kollegin durch einen Blick, am Gespräch teilzunehmen.

»Können Sie uns den Tag des Rennens aus Ihrer Sicht schildern? Vom Frühstück an bis zum Tod Ihres Kollegen«, bat sie.

»Das habe ich Ihnen schon bei Ihrem Besuch heruntergebetet. Langsam wird es langweilig.« Vorwurfsvoll sah er zu Rike.

Doch die nickte beipflichtend, um die Kollegin zu unterstützen. »Das müssen wir fragen, es ist Formsache. Und Sie haben es noch nicht zu Protokoll gegeben«, bekräftigte sie.

Er begann zu schildern, wie sie auf das Verschwinden von Diamond Moon reagiert hatten, wie er mit den Vorbereitungen für seinen eigenen Ritt begonnen und dann erfahren hatte, dass sein Kollege das Pferd gewechselt hatte.

»Wie haben Sie sich da gefühlt?«, wollte Flores wissen.

Er schüttelte kurz den Kopf. »Ungläubig, ich dachte, das kann nicht sein. Der würde niemals mit der Prinzessin klarkommen. Ich war mir sicher, dass Diamond Sun und ich das Rennen gewinnen.«

»Da müssen Sie doch extrem wütend auf den Kollegen gewesen sein?«, bemerkte Rike.

Er nickte: »Schon, aber die Entscheidung trifft ja Tonnac, der ist der Chef des Trainingsstalls und noch Eigentümer. Auf den war ich in erster Linie wütend.«

»Ihr Kollege Bullwin war wesentlich erfolgreicher als Sie«, versuchte ihn Rike aus der Reserve zu locken.

Sein Gesicht verfinsterte sich. »Leider, wenn man die Rennergebnisse anschaut, ist er das. Allerdings nicht unbedingt im Watt, das ist mein Revier. Und seine Methoden würde ich niemals nutzen. Vollblüter sind sensible und freundliche Tiere, leider hat er mit seinen Schlägermethoden Erfolg.« Leise fluchte er. Rike verstand so etwas wie »Dreckskerl«.

Dann sah er sie direkt an: »Wussten Sie, dass Pferde keinen Schmerzlaut haben? Stellen Sie sich mal vor, dass all diese Rennpferde, die so behandelt werden, laut schreien vor Schmerz. Was meinen Sie, wer dann noch zu so einem Rennen kommt?«

Rike nickte. »Ich bin ein Pferdemädel, ich habe das in meiner zum Glück guten Ausbildung erfahren – und bei uns stand die Versorgung und das Wohlergehen der Pferde immer an erster Stelle. Bevor der Mensch sich an den Tisch setzte, musste der vierbeinige Freund sein Heu und sonstiges Futter haben.«

»Warum haben Sie den Job nicht an den Nagel gehängt, wenn das so eine Quälerei ist?«, hakte Flores ein.

»Ich dachte, es muss ein paar Gute geben, für die Vollblüter und diesen Sport. Die meisten dieser Pferde rennen gerne, mit Fingerspitzengefühl bringe ich sie nur in die richtige Position, überlege eine Taktik und sie erledigen den Rest. Kein Grund, wie wahnsinnig zu prügeln oder ihnen den Rücken durch das Plumpsen kaputt zu machen.«

»Was meinen Sie denn damit?«, Flores sah ihn verständnislos an. Rike kannte diese neue Taktik vieler Jockeys bereits.

»Das kam auf, als der Einsatz der Peitsche reduziert wurde. Der Bullwin hat das erfunden, der kann ohne Gewalt diesen Job nicht ausüben. Mit seinem knochigen Hintern knallt der auf die Wirbelsäule des Pferdes, hinter den Sattel.«

»Was soll das denn bringen, das verursacht doch Schäden?«, wunderte sich Flores.

Er stieß Luft aus. »Das tut den Pferden furchtbar weh und diese haben Angst vor Schmerz. So holen die Brutalos ein Quäntchen mehr Geschwindigkeit aus den Tieren heraus. Es gibt aber einige Vollblüter mit ausgeprägtem Charakter wie Diamond Sun, die das nicht mit sich machen lassen. Was ich gut finde.«

Sein Gesicht hatte sich zu einem Grinsen verzogen.

»Warum lässt denn ein Pferdebesitzer so was überhaupt zu, das schadet den Tieren doch, oder nicht?«, bohrte Flores weiter.

Er rieb den Zeigefinger der rechten Hand an den Daumen und lachte bitter. »Geld, das liebe Geld. Die wollen die Siegprämien einstreichen, und nur die Ersten bekommen etwas vom Kuchen. Lieber das schnelle Geld, da tritt die Gesundheit der Tiere in den Hintergrund. Und wenn sie viel gewinnen, steigt der Preis bei einem Verkauf. Sie werden nach der Sportlaufbahn als Gebärmaschinen oder Samenspender weiter ausgebeutet.«

»Ging es Tonnac um das Geld? Sie hätten doch bessere Chancen gehabt, mit der Stute zu gewinnen«, warf Rike ein. Sie hatte diese Entscheidung nicht verstanden, eine schlüssige Erklärung hatte der Stallbetreiber ihr nicht geben können oder wollen.

Er überlegte und kratzte sich am linken Ohr. »Keine Ahnung, was in dessen Kopf vorging. Wie gesagt, ich denke, der Bulle hatte etwas gegen Tonnac in der Hand.«

»Das erwähnten Sie. Aber ohne das konkreter zu benennen, wirkt es für mich nicht so recht glaubwürdig«, versuchte Rike, ihn aus der Reserve zu locken.

Er schüttelte den Kopf: »Wie gesagt, verstehe ich das

nicht. Auf jeden Fall hat der Chef es nicht so dicke, wie man meinen könnte. Kann ich mal für kleine Königstiger?«

Diese Formulierung hatte Rike lange nicht gehört. Sie bestätigte und ging auf die Suche nach einem männlichen Kollegen als Begleitung. Er hatte bereits einmal versucht zu flüchten. Sie schloss nicht aus, dass er erneut versuchen würde, sich ihren Ermittlungen zu entziehen. Ein Kollege brachte Schwarz zur Toilette, nach fünf Minuten sah Rike die beiden zurückkehren. Sie atmete auf.

»Können Sie das abstellen?«, bat er und deutete auf das Aufnahmegerät.

»Warum?«, wollte Rike wissen.

»Zu Ihrer letzten Frage, ich weiß nichts Offizielles und ich möchte nicht als Quelle genannt werden, aber ich kann Ihnen einen Hinweis geben.«

Rike nickte. »In Ordnung, ich mache das aus, und wir behandeln diesen Hinweis vertraulich.«

Mit gedämpfter Stimme berichtete er: »Ich habe vermutet, dass Cristobal Bullwin Diamond Moon entführt hat und den Tonnac erpresst. Ich habe öfter gehört, dass der Mann beste Kontakte in die Unterwelt hatte, an Drogen oder irgendwelche Medikamente herankam. Allerdings kann er nicht der Entführer sein, denn der Mann war ja tot, als das Pferd wieder zurückkam. Eventuell hatte er Mittäter.«

»Wie kommen Sie darauf?«, wollte Rike wissen.

»Der kannte das Pferd und mit dem kam er sogar halbwegs klar. Er hätte Dino wegreiten oder verladen können. Und diese Methode wirkt doch wirklich mafiös, um an Geld zu kommen. Das passt zu seinen krummen Geschäften.«

»Welche Art von Geschäften meinen Sie denn?« Rike dachte an das, was die Cousine von Carla Bredow über Tonnac gesagt hatte.

»Ach, ich habe mich an dem Tratsch nicht beteiligt, nicht weiter nachgefragt. Das war eben der Kollegenschnack, dass er mit irgendwelchen Substanzen handelte«, blieb er vage. Rike sah seinem Blick an, dass er vermutlich mehr wusste, als er sagte. Lag es daran, dass er jemanden schützen wollte, vielleicht seinen Arbeitgeber?

Auf gut Glück lancierte sie: »Tonnac soll auch dubiose Geschäfte betrieben haben, hat er dabei mit Bullwin zusammengearbeitet?«

Er schüttelte den Kopf: »Über den Chef sage ich nichts. Sein Problem ist, dass der Handel mit Kaffee nicht mehr so läuft wie früher. Und Sparen ist nun mal nicht seins. Seine reiche Ex hat auch längst das Weite gesucht, weil der feine Herr Graf hinter jedem Pferdemädel her war, das seinen Weg gekreuzt hat.«

»Ein bisschen vage, diese Geschäfte des Opfers, von denen sie sprechen. Ging es da um Dopingmittel oder Drogen? Gibt es denn irgendwelche Fakten?«, versuchte Rike es noch einmal.

Doch er schüttelte stumm den Kopf.

Das würden sie ein anderes Mal aufgreifen, doch es war nun Zeit, auf den Verdacht zu sprechen zu kommen. »Sie standen vor dem tödlichen Sturz ihres Kollegen sehr nah am späteren Opfer, und in einer Aufnahme haben wir etwas Merkwürdiges gesehen.« Sie gab Flores ein Zeichen, diese spielte die Szene auf ihrem Tablet-Computer ab und stellte ihn dem Jockey vor die Nase. Sie beobachtete ihn.

Er sah aufmerksam auf den Bildschirm, Nervosität konnte sie nicht feststellen. Nach dem Ende des Films sah er mit einem überraschten Ausdruck auf: »Eine ganz normale Szene vor dem Rennen. Ich habe da eingegriffen, weil Diamond Sun verrückt gespielt hat, also damit habe ich ihn eher vor einem Schaden bewahrt. Worauf wollen Sie denn hinaus?«

»Nun ja, die Umstände des Todes lassen vermuten, dass ihm jemand aus der Nähe eine Substanz verabreicht hat.« Rike achtete auf ihre Wortwahl, sie musste gleichzeitig präzise sein, ohne Täterwissen preiszugeben.

»Und das soll da passiert sein, im Führring vor den Zuschauern?«, fragte der Jockey.

»Bitte lassen Sie uns die Fragen stellen«, korrigierte ihn Flores.

»Was tun Sie da genau mit Ihrer Hand?«, wollte Rike wissen.

»Sie wissen schon, dass da eine Satteldecke unter dem Sattel liegt und diese ohne Falten sitzen muss. Jede Falte kann Schmerzen verursachen und das Rennen beeinflussen«, erklärte er. »Im Übrigen liefen Tonnac und Vanessa abwechselnd auf der anderen Seite, warum ist das nicht eingeblendet?«

»Sie müssen doch einen riesigen Zorn gehabt haben, dass er Ihnen das Pferd weggeschnappt hat«, setzte ihn Rike weiter unter Druck.

Er schüttelte den Kopf. »Kein Grund, jemanden umzulegen. Im Übrigen hätte ich ihn gar nicht bis in den Sattel kommen lassen.«

»Aber jetzt sind Sie der Star auf der Rangliste der besten Jockeys, Sie sind die Nummer 1«, sagte Rike. Er nickte. »Das ist wahr, aber eine Frage der Zeit, bis der nächste Brutalo kommt. Es geht leider oft nur ums Geld, das Tierwohl haben die Wenigsten im Sinn.« Er wischte sich mit der Hand eine Schweißperle von der Stirn und fragte dann: »War es das? Kann ich jetzt gehen?«

»Einen Moment bitte.« Rike ging aus dem Raum, sie wollte die Sache lieber mit Carla Bredow besprechen. Sie rief sie an und fasste die Aussagen zusammen.

Das war aus ihrer Sicht recht dünn. »Auch der Tonnac befand sich nah an Bullwin ebenso wie das Stallmädchen. Das erscheint mir einleuchtend, dass sie die Satteldecke geglättet haben und man sieht nur die eine Seite auf den Aufnahmen«, gab sie zu bedenken. Die Chefin hörte sich das an und stimmte zu, dass die Verdachtsmomente nicht ausreichten. »Aber bleibt dran, klärt genau, wertet das komplette Bildmaterial aus, so dass wir die Szene auf dem Platz von allen Seiten sehen. Bekommt heraus, welche Konflikte es mit dem Trainer gab«, bat sie. »Die Frage ist, wie der Täter an die Substanz gekommen ist. Wir durchsuchen die Räume morgen. Ich telefoniere gleich mit dem Staatsanwalt«, kündigte sie an. »Wenn einer der beiden es war, hat er das Mittel verschwinden lassen«, bemerkte Rike. Sie zweifelte daran, dass Schwarz der Täter war, obwohl er gute Gründe gehabt hätte. Auf sie wirkte er wie die einzig anständige Person in diesem Stall. Es war möglich, dass er ihnen etwas vorgespielt hatte, als Jockey konnte er vermutlich in Stresssituationen einen kühlen Kopf bewahren.

Als sie die Tür zum Konferenzraum öffnete, sprang er auf. »Was ist, kann ich endlich nach Hause, oder wollen Sie mir etwas in die Schuhe schieben?«

»Sie können gehen«, sagte Rike. Ein Streifenwagen würde ihn zurück auf das Gestüt bringen.

KAPITEL 30

Die Fesseln an ihren Unterschenkeln schmerzten, sie schnitten ihr ins Fleisch, mit den nach hinten gefesselten Armen konnte sie sich nicht festhalten und holperte auf der Fläche auf und ab. Sie waren schon lange unterwegs, unaufhörlich rüttelte der Boden des Anhängers, die Wände klapperten. Indem sie sich mit den Füßen abstieß und in eine Richtung schob, gelang es ihr, an eine Wand zu kommen und sich dort anzulehnen. Das gab ihr etwas Stabilität.

Sie hatte das Zeitgefühl verloren, aber versucht, zu denken wie dieser bescheuerte Gangster, der sie festhielt. Offenbar war Tonnac sein Boss, das schockierte sie, denn sie kannte den Pferdezüchter seit ihrer Kindheit. Er war dafür bekannt, dass er jungen Frauen nachstellte, doch niemals hätte sie ihm kriminelle Aktivitäten zugetraut.

Eine heftige Erschütterung riss sie aus ihren Überlegungen, das fühlte sich an wie ein Schlagloch. War das eine Muschelbank oder ein Priel auf dem Weg zum Festland? Das Rattern des Anhängers wurde wieder regelmäßig, etwa eine Viertelstunde später holperte es heftig, sie rutschte nach hinten, da der Traktor einen Hügel hinauffuhr. Das musste der Deich sein, sie waren am Festland. Würde er sie auf dem Wattwagenparkplatz stehen lassen, der sich in Sahlenburg direkt hinter den Dünen befand? Dann konnte sie vielleicht auf sich aufmerksam machen.

Sie lauschte, die Fahrt wurde ruhiger, keine scharfen Kurven. Sie vermutete, dass der Traktor an der Hauptstraße in Sahlenburg entlang fuhr, sie war erleichtert, dass sie nicht auf die Vogelinsel gebracht worden war. Vielleicht konnte sie sich befreien und fliehen.

Es sollte ein warmer Tag werden, schon jetzt war es heiß, sie hatte Durst. Aber vermutlich würde sie versorgt werden, solange ihr Bewacher glaubte, dass sie Geld hatte. Und dieses Spiel würde sie mitspielen, bis es irgendeine Gelegenheit gab zu entkommen oder irgendwer sie vermisste.

Plötzlich fiel sie auf die Seite, weil der Traktor irgendwohin abgebogen war. Wo würde er sie hinbringen? So lange dieser Gangster fuhr, behelligte er sie nicht. Doch sie hatte Hunger, und der Durst wurde unerträglich. Zudem musste sie auf Toilette, während des Holperns hatte sie sich eingenässt. Endlich hielt der Traktor, sie versuchte, ruhig durch die Nase zu atmen.

Sie hörte das Quietschen der Ladefläche. »Wir haben einen kleinen Ausflug unternommen, alles klar?«, fragte der Gangster ungewöhnlich freundlich.

Sie versuchte zu sprechen, was mit dem Knebel unmöglich war, endlich nahm er ihr das Ding aus dem Mund. »Ich muss auf die Toilette, dringend. Und Hunger und Durst habe ich auch. Lassen Sie mich gehen!«

»Du weißt ja, was ich suche. Hängt alles von dir ab«, sagte er.

»Erst auf die Toilette, dann sage ich dir, was du wissen willst«, verhandelte Amkea.

Seine Hand griff sie um die Taille und zog sie nach oben. »Meinetwegen, ich habe Verpflegung. Wir sind keine Unmenschen.«

Er entfernte die Beinfesseln und führte sie an den Armen zuerst durch den Anhänger, dann ging es die Ladefläche runter, draußen roch es intensiv. Sie sog die Luft ein, sie mussten in einem Wald sein, es war eine besondere Geruchsmischung und ein weicher Boden. »Machst du mir die Handfesseln ab«, bat sie.

»Damit du abhaust, hoho?«

»Nee, damit ich aufs Klo gehen kann. Das würde ich gerne ohne Hilfe tun. Danach reden wir, ich bin bereit, es dir zu sagen«, versprach sie.

Sie spannte ein paar Mal ihre Muskeln an und entspannte sie wieder, jetzt oder nie.

Er brummte etwas und nahm ihr die Handfesseln ab. »Du kannst die Sache gleich hier erledigen, ich drehe mich um«, sagte er.

Sie ließ sich nieder und erleichterte sich. Dann zog sie sich die Hosen hoch, schob ihre Augenbinde so hoch, dass sie zwar sehen konnte, aber er von hinten nicht erkannte, dass sie diese entfernt hatte. Um sie herum lag ein Wald, sie sah weder Häuser noch Autos, nur Bäume. Vermutlich befanden sie sich in der Cuxhavener Küstenheide. Jetzt oder nie, sie straffte sich und rannte los, so schnell sie konnte. Zwischen den Bäumen durch.

Einen Moment später hörte sie ihn, wie er ihr folgte, sein Schnaufen. Das Stechen an der linken Lende war kaum noch auszuhalten, sie japste nach Luft wie ein kurzatmiger Hund. Doch die Angst, wieder mit Knebel in den Anhänger gesperrt zu werden, setzte Adrenalin frei. Amkea rannte um ihr Leben, hielt auf Bäume zu, bog im letzten Moment im Slalom ab, um ihren Verfolger abzuschütteln. Hoch konzentriert spähte sie nach Ästen am Boden, wenn sie fiel, war es aus.

Er war hinter ihr und schnaufte ebenfalls, der Abstand verringerte sich nicht. Der Wald vor ihr lichtete sich, der Ort kam ihr bekannt vor, doch konnte sie nicht genau einschätzen, wo sie sich befanden. Die Cuxhavener Küstenheide umfasste ein riesiges Areal – sie waren nach ihrem Gefühl auf dem Festland nicht mehr weit gefahren, vermutlich waren sie im Wald zwischen Sahlenburg und Holte-Spangen unterwegs. Sie rannte durch die letzte Baumreihe und sah die sanft hügelige Landschaft mit ihren Erika-Pflanzen, die kurz vor der Blüte standen. Birken säumten die Heidefläche, ohne den Kerl hinter ihr würde sie den Ausblick als malerisch empfinden. Doch jetzt hieß es, diszipliniert zu sein.

Am Horizont zeichneten sich Gebäude ab, ein Offenstall für Pferde, an dem sie schon vorbeigeritten war. Sie kannte die Stallbetreiber von den Touren mit ihrem Vater, der diese als Tierarzt versorgte. Wenn sie Glück hatte, war eine der Eigentümerinnen dort, und sie konnte um Hilfe rufen. Spätestens dann wäre sie den fürchterlichen Verfolger los, der hinter ihrem Rücken schnaufte. Sie beschloss, eine Abkürzung zu den Offenställen zu laufen, denn ihre Kräfte schwanden. Lange würde sie sich nicht mehr vor ihm halten.

An einer Wiese, die sie von den Stallungen trennte, hing der Zaun durch. Sie sprang darüber, balancierte sich aus, um weiter zu rennen, in dem Moment fühlte sie einen stechenden Schmerz im rechten Unterschenkel, sie blieb hängen und stürzte mit vollem Schwung nach vorn. Der Kerl holte sie ein, drückte sie auf den Boden und fesselte ihr die Hände auf dem Rücken mit Kabelbinder. Dann riss er sie hoch, ihr Bein schmerzte furchtbar, sie hatte sich im Stacheldraht verfangen und sich die Haut tief aufgerissen.

»Schluss mit den Dummheiten. Dann kommen wir alle gut aus der Sache raus«, schnauzte er sie an. Sie dachte daran, dass sie sein Gesicht gesehen hatte. Es war rot, vermutlich von der Verfolgung, der Mann war groß, hager und durchtrainiert, und sie war sich sicher, ihn noch nie vorher getroffen zu haben.

»Mein Bein ist verletzt, ich brauche medizinische Versorgung, oder willst du, dass ich an einer Blutvergiftung sterbe?«, sagte sie.

Er lachte auf. »Das hast du dir selber zuzuschreiben, ich brauche auch einiges. Jetzt darf ich dich wieder zurückschleppen. Verdammt!«

Er hatte sie grob am Arm gepackt und schob sie vor sich her, sie hinkte, der pochende Schmerz breitete sich aus. Wenn das nicht zumindest versorgt würde, drohte eine Blutvergiftung. Sie legten den Weg zurück, den sie gerannt war. Immerhin hatte er ihr den Knebel nicht wieder in den Mund gestopft. Trotz der Schmerzen ließ sie sich führen, sie fürchtete, dass er sie sonst liegen lassen könnte. Durch die Bäume hindurch erblickte sie eine Bewegung weit vor sich, dann hörte sie Stimmen. Zwei Reiter mit ihren Pferden waren auf dem dortigen Reitweg unterwegs. Ihr Herz klopfte, sie kamen näher. »Schnauze«, knurrte ihr Entführer. »Ein Pieps, und ich muss dich und die Zeugen beseitigen.«

Sie überlegte, doch es gab keinen Zweifel, dass er es ernst meinte. Eine Waffe hatte sie nicht bemerkt, ausschließen konnte sie nicht, dass er eine Schusswaffe oder ein Messer bei sich trug. Jetzt legte er seinen Arm um sie, das sollte offenbar aussehen, als seien sie ein Paar auf Spaziergang. Die beiden ritten wenige Meter entfernt an ihnen vorbei, Amkea versuchte, sie durch Blicke auf sich aufmerksam zu machen, vergebens. Ob ihr Verschwinden überhaupt bemerkt worden war?

Krampfhaft überlegte sie, was für eine Geschichte sie ihm wegen des Geldes auftischen sollte. Irgendwann würde herauskommen, dass bei ihr nichts zu holen war. Sie entdeckte den Pferdeanhänger vor sich. Sie hatten den langen Marsch zurück endlich geschafft, noch immer waren ihre Schmerzen unerträglich. Er stopfte ihr den Knebel in den Mund, zog die Augenbinde wieder über ihre Augen und stieß sie in ihr Gefängnis. Kurze Zeit später hörte sie den Traktor starten und wegfahren. Ihr Gefängnis blieb stehen. Sie fiel in einen tiefen Schlaf.

KAPITEL 31

Leise schloss Rike die Tür auf und schlich hinein. Prinz führte einen Freudentanz um sie herum auf und bellte aufgeregt. »Da bist du ja, ich bin hier«, rief Harry. Sie folgte seiner Stimme ins Wohnzimmer, das fast dunkel war. Nur eine Kerze brannte auf dem Esstisch, ein Jazzstück auf dem Piano tönte dezent aus dem Lautsprecher. Harry hatte es sich auf dem Sofa bequem gemacht und nippte an einem Glas. Auf dem Tisch standen eine Karaffe mit dunkelrotem Inhalt und ein zweites Glas, dazu ein Teller mit kleinen Häppchen. »Magst du einen *Clos de Vougeot*? Er war als Begleitung zum Essen gedacht, doch er mundet auch so«, fragte er.

Sie gab ihm einen Kuss und ließ sich neben ihn auf das Sofa fallen. »Oh ja, bitte«, bat sie.

Er schenkte ihr ein Glas ein und stellte die Häppchen auf den kleinen Tisch neben ihr. »Na, alle Banditen der Stadt überführt?«, wollte er wissen.

Sie seufzte und berichtete knapp von den abendlichen Ereignissen. Dann stießen sie an. »Auf uns, liebste Friederike«, sagte Harry. Sie nippte und schmiegte sich an ihn. Wie schön, nach Hause zu kommen und jemanden zum Reden zu haben. Sie genoss den Moment und hielt inne. Er hatte seinen Arm um sie gelegt und ihr einen zärtlichen Kuss auf den Mund gegeben. Prinz hatte sich vor ihren Füßen gemütlich zusammengerollt und schnarchte.

Plötzlich richtete Harry sich auf. »Hast du das gehört?« Rike schrak hoch, es war die Klingel.

»Nee, wer auch immer das ist, der soll sich zum Teufel scheren«, sagte sie. Doch das Klingeln riss nicht ab, nun war Prinz in Bewacherposition übergegangen und bellte wie wild an der Tür. Widerstrebend stand Harry auf. »Ich gehe nachsehen, es kann ja die Feuerwehr sein.«

»Guten Abend«, hörte sie ihn sagen. Kurz darauf kam Margo Valeska mit einer dicklichen jungen Frau mit pinkfarbenen Haaren ins Wohnzimmer gestürmt, gefolgt von Harry. Prinz sprang an der Malerin hoch, er hatte sie mit Sicherheit wiedererkannt.

»Sie sagen, es ist dringend. Ich konnte die beiden nicht aufhalten.« Harry verdrehte die Augen.

»Es geht um Leben und Tod«, bekräftigte Margo Valeska.

»Soso«, sagte Rike und überlegte, wie sie die beiden schnellstmöglich wieder aus dem Raum bekäme. Die Erschöpfung hatte sie übermannt, mit Mühe hielt sie die Augen offen.

»Wir haben einen Vermisstenfall, und der hängt mit der Entführung dieses Rennpferdes zusammen«, erklärte Margo Valeska. Sie hatte sich Rike gegenüber auf einen Sessel gesetzt und das Mädchen ebenfalls gebeten, Platz zu nehmen.

»Schon wieder ein Pferd«, bemerkte Rike leicht genervt. Das war der zweite ungetrübte gemeinsame Moment, seit Harry auf dem Festland war. Die beiden platzten mitten hinein.

»Es geht um eine Freundin, die ist weg. Ich denke, dass sie das Pferd vor dem Rennen entführt hat. Sie heißt Amkea Antelmann«, stotterte die junge Frau aufgeregt. Sie berichtete, was sie von der möglichen Entführung wusste und von der Verabredung, die nicht eingehalten wurde.

»Diese Studentin kann doch sonst wo unterwegs sein. Sie hatte freie Tage, wenn ich das richtig verstehe«, warf

Rike ein. Sie war skeptisch, ob sich diese junge Frau nicht ein wenig in ihre Geschichte hineingesteigert hatte.

Diese hatte hektische rote Flecke im Gesicht und war aufgesprungen. »Ich bin mir sicher, dass ihr etwas passiert ist. Ich habe diese Vorahnung, und meistens stimmen die Dinge, die ich voraussehe. Die Polizei muss sie dringend suchen«, flehte sie.

Rike gähnte. »Heute schreiben wir niemanden mehr zur Fahndung aus. Und um ehrlich zu sein, bin ich komplett erschöpft. Aufgrund von Vorahnungen können wir leider nicht arbeiten. Am besten, du erscheinst morgen früh in der Direktion und gibt alle Fakten an.«, bat Rike die junge Frau. »Wenn Sie dabei sind, ist es vielleicht einfacher?«, fragte sie Margo Valeska. Danach komplimentierte Rike die beiden aus dem Zimmer. Harry hatte anfangs zugehört, war später aus dem Raum gegangen. Im Schlafzimmer hörte sie seine tiefen Atemzüge. Das war ihm nicht zu verdenken. Sie nippte noch mal an ihrem Wein, dann schüttete sie den Rest in die Spüle. Er schmeckte schal. Wann konnten sie endlich mal ein vernünftiges Gespräch führen?

KAPITEL 32

Rike hatte nur wenige Stunden geschlafen und war dann in die Inspektion gefahren. Sie las ihre Mails, als es klopfte. Flores sah in den Raum. »Da steht ein junges Mädchen für dich. Pinkfarbene Haare.«

Rike nickte und berichtete Flores kurz von dem abendlichen Gespräch.

»Wissen Sie schon, wo Amkea steckt? Ist ihr etwas passiert?«, bestürmte die junge Frau sie ohne Begrüßung.

»Guten Morgen, Justine«, sagte Rike. Dankbar nahm sie die Tasse Cappuccino von Flores entgegen und trank einen Schluck. »Kommst du dazu?«, bat sie die Kollegin.

»So schnell schießen die Preußen nicht«, sagte Rike zu der jungen Frau, der sie einen Stuhl hingeschoben hatte.

»Ich bin mir ganz sicher, dass ihr etwas geschehen ist. Ich spüre deutlich, dass sie in Not ist. Bitte retten Sie Amkea«, bat Justine.

Rike nickte. »Wir gehen das jetzt systematisch durch, dann entscheiden wir über das weitere Vorgehen. Zuerst bräuchte ich ein paar Basisdaten.« Demnach studierte die junge Frau Tiermedizin in Hannover und lebte in einer WG, derzeit übte sie auf der Insel Neuwerk einen Ferienjob aus. An dem Wochenende besuchte sie häufig ihre Eltern, die einen Hof und eine kleine Pferdeklinik in Holte-Spangen besaßen.

Sie nahm die Grunddaten auf, notierte diese und ging dann ins Großraumbüro zu Juri. »Könntest du bitte kurz in der Datenbank nachsehen und recherchieren, ob Du eine Meldung findest. Die junge Frau soll verschwunden sein. Vielleicht liegt sie ja im Krankenhaus oder ist irgendwo zu Besuch.«

Juri sah sie fragend an: »Hat das auch mit dem Fall zu tun?«

»Das Mädel könnte das Pferd entführt haben. Mehr weiß ich noch nicht.«

»Okay, alles klar, ich werde mir die sozialen Netzwerke ansehen, wenn ich mit den Krankenhäusern durch bin«, versprach er.

Rike ging wieder zurück zum Platz. Justine stand vor dem Fenster und biss sich auf die Fingernägel. »Kaffee oder etwas anderes?«

Das Mädchen kehrte an den Tisch zurück. »Ein Kaffee wäre prima. Ich habe kaum geschlafen.«

Rike graute es vor dieser Kaffeemaschine, doch sie wollte nicht schon wieder Flores fragen. Just als sie auf den Knopf fürs Zubereiten drückte, erschien auf dem Textfeld: »Wasser nachfüllen.«

Flores war ihr jedoch gefolgt. »Na, mag dich die Maschine heute mal?«, zog sie Rike auf, die den Kopf schüttelte. »Unsere Beziehung ist grundlegend schiefgelaufen.«

Flores befüllte geschickt den Tank und drückte auf den Kopf, zog zwei Tassen Kaffee aus der Maschine. »So einfach geht das«, grinste sie.

Rike stellte der jungen Frau eine Tasse hin und vor sich die andere, sie nahmen wieder Platz.

»Wie kommst du darauf, dass sie das Pferd entführt hat?«, wollte Rike wissen.

»Also ich habe mitbekommen, dass sie sich erkundigt

hat, wo er untergebracht ist. Außerdem hat sie dauernd über Rennpferde recherchiert und gesprochen. Und Diamond Moon war ihr allergrößter Liebling«, sagte Justine.

»Woher kannte sie das Pferd eigentlich?«, wollte Flores wissen.

»So genau weiß ich das nicht, aber sie hat ja als Studentin viele Praktika gemacht, ich glaube, sie war auch mal bei diesem Stall in Wremen, wo der herkommt. Sie ist sogar zu den Rennen gereist, wenn er dort lief. Als er verletzt wurde, war sie vollkommen niedergeschlagen. Ihre Begeisterung für Pferderennen hatte sich dann auch schlagartig gelegt«, erinnerte sich die junge Frau. »Wie geht es weiter, ich hoffe, die Polizei setzt alles in Bewegung, um sie zu finden?«, wollte Justine wissen.

»Wir fragen an den möglichen Stellen nach, die du uns genannt hast. Danach sehen wir weiter«, sagte Rike. Sie brachte Justine zum Ausgang und versprach, sie zu benachrichtigen.

Juri kam zu ihr. »Kein Unfall, und sie ist nicht im Krankenhaus. Aber es gibt einen Eintrag in der Polizeidatenbank. Eine Verurteilung wegen Hausfriedensbruch in einem Putenmaststall«, berichtete er.

Rike nickte. »Also gehörte sie wohl auch zur Gruppe der Tierschützer, das wundert mich nicht.«

Er legte ihr einen Ausdruck auf den Schreibtisch. »Soll ich die Flughäfen abtelefonieren?«, bot Juri an.

Rike schüttelte den Kopf: »Das glaube ich nicht. So wie ich es verstanden habe, hatte sie einen Ferienjob, und ihr droht keine Kapitalstrafe. Du könntest in ein paar Ställen nachfragen.«

»Wird gemacht«, versprach der Kollege. »Ich schaue mir an, ob sie irgendetwas gepostet hat«, sagte er.

»Juri, ich danke dir. Bitte vergiss nicht, dass du neben der Arbeit auch ein Leben hast. Also essen, schlafen und so weiter.« Der Arbeitseifer war zwar beeindruckend, machte ihr gleichzeitig Sorge.

Er lächelte. »Alles gut, ich habe einfach mein Hobby zum Beruf gemacht. Was hast du als Nächstes vor?«, erkundigte er sich.

»Wir fahren lieber persönlich zu den Eltern«, sagte Rike. »Flores, kommst du mit?«, rief sie in den Raum.

Diese sah sie fragend an. »Ich möchte mit den Eltern sprechen, ehe wir das veröffentlichen. Es gibt keine Vermisstenanzeige, vielleicht ahnen sie nicht einmal was«, erklärte Rike. Flores rief: »Ich bin dabei.«

Auf dem Weg zum Auto berichtete sie ihrer Kollegin, was sie über das Mädchen erfahren hatte. »Wir können momentan nichts ausschließen«, endete sie. Es war natürlich möglich, dass die junge Frau auch spontan einen Flug in die Sonne gebucht haben. Doch das schien ihr nicht in das Verhaltensmuster zu passen.

An der angegebenen Adresse befanden sich ein Hof mit einer weißen Villa, dahinter ein Stallgebäude und Paddocks. Auf der einen Seite des Hauses hing ein Schild »Behandlungsraum« neben einem offenen Tor. Sie klingelten und traten in die Praxis ein.

»Schatz, du kannst gleich wieder los. Kolik in Nordholz …«, rief eine weibliche Stimme, die offenbar jemand anderes erwartete.

»Wir sind von der Polizei«, antwortete Rike, um die Person nicht zu erschrecken. Eine Frau kam an die Tür und sah sie verdattert an.

»Was ist passiert? Mein Mann, hatte er einen Unfall? Ich dachte, dass er es ist.«

Rike schüttelte den Kopf. »Nein, wir sind nicht wegen eines Unfalls hier. Sie sind Frau Doktor Antelmann?«

Sie nickte. »Den Titel können Sie gerne weglassen. Aber was führt Sie her? Meine Tochter?«

Noch immer war ihr der Schock anzusehen.

Rike nickte. »Beruhigen Sie sich, es ist nichts passiert. Wir versuchen nur, Amkea zu finden. Können Sie uns sagen, wo sich Ihre Tochter aufhält?«

Die Frau begann, in den Taschen ihres weißen Kittels zu suchen, bis sie ihr Telefon in der Hand hielt. »Wir haben uns gestern noch geschrieben, oder war es vorgestern? Sie hat ihren Ferienjob auf Neuwerk. Was wollen Sie denn von ihr?«

Die Tierärztin tippte auf ihrem Handy, dann zeigte sie Rike den Bildschirm. »Hier, sie hat ein Foto von der Insel geschickt, das war vorgestern. Was ist denn mit ihr?«

»Wir suchen Ihre Tochter als Zeugin in einem Todesfall«, sagte Rike. »Können Sie uns einen Kontakt herstellen?«

Die Frau nickte. »Warten Sie, das haben wir gleich.«

Sie rief Ihre Tochter an, wartete. Schüttelte den Kopf. Sie ließ es nochmals klingeln. »Merkwürdig, aber es kann sein, dass sie auf dem Pferd sitzt, dann geht sie nicht ans Telefon. Sie trainiert ja die Rehapatienten, macht Schrittausritte und Touren mit dem Sulky ins Watt«, erklärte sie.

»Ich probiere es beim Betrieb.« Sie wählte, und eine Männerstimme war am Apparat. »Kann ich bitte Amkea sprechen? Ich bin ihre Mutter«, bat sie.

Die Antwort verstand Rike nicht. Doch die Tierärztin sah beunruhigt aus. Dann legte sie auf.

»Sie hat frei, sollte im Laufe des Tages zurückkommen. Was sie vorhatte, weiß ihr Chef nicht«, erklärte die Mutter.

Sie rief in der Wohngemeinschaft in Hannover an, doch dort befand sich die junge Frau nicht, ihr Mitbewohner konnte nichts über Pläne sagen. Er wollte die anderen Mieter fragen und sich melden. Kurz darauf piepte das Handy von Imke Antelmann.

Sie las die Nachricht und schüttelte den Kopf: »Die Hannoveraner Freunde wissen nicht, wo sie ist. Was bedeutet das nun? Was ist mit ihr?«

»Das können wir nicht sagen. Es gibt aber eine Freundin, die sich Sorgen macht und uns informiert hat. Das muss nichts bedeuten, aber wir nehmen die Aussage ernst«, erklärte Rike.

»Können Sie uns auch eine Liste aller Freunde und Bekannten hier und in Hannover erstellen«, bat Flores, die sich im Raum umgesehen hatte. An den Wänden hingen Bilder von Pferden, Eseln und einem Kamel. Vermutlich Aufnahmen von Patienten. Im Zentrum befand sich ein Behandlungstisch, im Nebenraum, der offenstand, ein Schreibtisch. Eine Glasscheibe gab den Blick in eine Pferdebox frei. Die Veterinärmedizinerin setzte sich und begann, Namen zu notieren.

»Vielleicht schreiben Sie alle auf, die Ihnen einfallen, den Rest können Sie gerne mailen«, bat Flores. Sie reichten ihr die Visitenkarten.

»Setzen Sie sich doch«, bat die Hausherrin. Sie übergab Rike den Zettel und sah sie verunsichert an.

»Vielen Dank. Eine Frage hätte ich noch: Halten Sie es für möglich, dass Amkea die Entführung von Diamond Moon durchgeführt hat oder daran beteiligt ist?«

»So etwas würde sie im Traum nicht anstellen«, kam die Antwort wie aus der Pistole geschossen. »Was stellen Sie sich vor, meine Tochter ist keine Kriminelle. Was soll das überhaupt?« Sie war aufgestanden und hatte ihre Arme verschränkt.

»Wir haben festgestellt, dass sie sich im Tierschutz engagiert. Wäre das nicht möglich, dass sie meinte, das Rennpferd retten zu müssen?«

Imke Antelmann dachte einen Moment nach. »Sie setzt sich gegen Tierquälerei ein. Aber dennoch würde sie kein Pferd entführen. Sie studiert Tiermedizin und tut alles für das Wohl der Tiere.«

Für Rike klang das nicht überzeugend, doch sie hatte den Eindruck, dass die Frau komplett dichtmachte. Sie bedankten und verabschiedeten sich.

Im Auto bemerkte Flores: »Hast du gesehen, an der Wand hing ein Bild dieses Rennpferdes Diamond Moon. Meinst du, das ist ein Zufall?«

Rike hatte das Foto nicht entdeckt. »Wenn das alles Patienten sind und Diamond Moon war einer davon, dann scheint das ein bisschen viel Zufall«, sagte sie.

»Wie gehen wir jetzt vor?«, wollte Flores wissen.

»Kannst du diese Bekannten überprüfen? Telefonisch und falls es einen Ansatz gibt, frag Juri, ob er dir helfen kann. Wir geben eine Fahndung nach ihr heraus und gehen an die Medien«, kündigte Rike an.

Das Verschwinden der jungen Frau schien mit der Pferdeentführung verbunden zu sein. Wo der Zusammenhang zum Mordfall Bullwin lag, konnten sie noch nicht erklären. Rike hatte beschlossen, nach Neuwerk zu fahren. Dort konnte sie rekonstruieren, was mit Diamond Moon geschehen war, und Spuren der jungen Frau suchen.

»Was hat die Durchsuchung des Gestüts ergeben?«, fragte sie Flores. Die Kollegin hatte die Aktion geleitet. »Da wurde das Behältnis von einem Narkosemittel gefunden. Das lassen wir analysieren.«

»Dann weist das in Richtung Gestüt, es könnte auch von Tonnac stammen«, überlegte Rike.

»Tja, der Tonnac meint, das Mittel stammt vom Einschläfern eines Pferdes. Es sei vom Tierarzt verabreicht worden. Und jetzt rate mal, wer das war.«

Rike hatte keine Zeit für Ratespielchen, doch sie unterdrückte ihre Ungeduld. »Sag's mir!«, bat sie stattdessen.

»Doktor Volker Antelmann, das ist der Vater der verschwundenen Amkea. Der war bislang Tierarzt auf dem Gestüt, wurde aber vor Kurzem abgelöst.«

Rike überlegte einen Moment. »Aus welchem Grund wurde er gekündigt?«

»Nichts Genaues weiß man nicht«, sagte Flores. »Auf meine Frage hat Tonnac nur rumgeschwurbelt. Irgendetwas von, die Leistungen stimmten nicht. Merkwürdig.«

»In dem Punkt müssen wir nachhaken und die Aussagen von Tonnac und Schwarz vergleichen. Übernimmst du das, wenn ich nach Neuwerk fahre?«, bat sie. Flores sollte Juri hinzuziehen.

*

Facebook Gruppe Cuxhaven touristenfrei

Tourihasser
Moin, Freunde. Heute mal was anderes. Ich brauche eure Hilfe. Diese junge Frau von unserer Partnerorganisation wird vermisst. Sie heißt Amkea Antelmann, bitte teilt das Foto und meine Suchanzeige fleißig in den Netzen. Sie hielt sich auf der Insel Neuwerk auf.
89 Likes

PetraCux
Geteilt, ich hoffe, man findet sie in bester Gesundheit.
7 Likes

Hein BLD
Überall geteilt.
2 Likes

KAPITEL 33

Es war typisches Nordseewetter, grauer Himmel und leichter Nieselregen. Margo war am Imbiss des Käpt'n vorbeigegangen und hatte mit dem alten Herrn einen Kaffee getrunken. »Alles gut, Mädel? Wo steckt dein Liebster?«

»In Kolumbien, dort liegt eine vor 300 Jahren gesunkene Galeone. Wir haben im Moment nicht so viel Kontakt«, sagte Margo.

Sie spürte etwas Feuchtes an ihrem Fuß und blickte auf eine zerknautschte graue Schnauze.

»Das ist Malou, ein Frenchie, der bei mir eingezogen ist. Eigentlich gehörte er den Nachbarn, aber wollte bei mir bleiben. Lag auf meiner Couch und ging nicht mehr«, sagte der alte Herr.

»Und hofft dein Paul wieder auf einen Schatz?«, wollte er wissen.

Sie nickte. »Da liegt Gold, aber darauf hat der Staat ein Auge. Ihm geht es um die Story und die Filmaufnahmen. Dort soll ein Museum aufgebaut werden – sein neues Lieblingsprojekt.«

Sie hatte nicht die Absicht, den alten Herrn mit ihrem komplizierten Beziehungsstatus zu verwirren. Denn sie hatte ihren Lebensgefährten seit Monaten nicht gesehen und nur sporadisch Kontakt. Wenn sie ganz ehrlich zu sich selbst war, konnte sie nicht einmal sagen, ob er noch ihr Liebespartner war.

»Und bist du wieder am Herumschnüffeln?«

Der alte Herr kannte sie mittlerweile, ohne ihre persönlichen Ermittlungen fehlte Margo etwas in ihrem Leben. »Auf einer heißen Spur«, bestätigte sie. »In der Rennszene.«

Der graue Hund begann, einen Passanten anzubellen, der Käpt'n leinte ihn an und sprach mit ruhigen Worten zu seinem kleinen Freund.

»Ich muss erst mal eine Runde drehen. Meinst du Pferde oder Autos?«, fragte er. »Es geht um Galopper. Du hast das bestimmt mit dem verschwundenen Rennpferd gehört?«

Er nickte. »Oh ja, da dachte ich gleich an den Beachklub im alten Deichweg. Da wurde früher fleißig gewettet, vor allem auf Pferde. Das ging nicht immer mit rechten Dingen zu. Jetzt muss ich aber.«

»Das klingt interessant, genau mein Thema«, sagte Margo.

»Ich kann mal jemanden fragen«, versprach der Käpt'n. Der kleine Hund bellte fröhlich, als der alte Herr mit ihm entlang des Kais marschierte und an jedem Mast anhielt.

Margo ging zur Netzhalle, wo sie mit den jungen Mädchen für die Planung einer Ausstellung verabredet war. Justines Haarschopf leuchtete, sie und eine zweite Radlerin fuhren am Kai des alten Fischereihafens entlang. Die beiden schlossen ihre Fahrräder am Geländer vor der Halle an.

»Ich war bei der Polizei. Keine Ahnung, ob sie Amkea suchen«, berichtete Justine atemlos.

»Ganz sicher werden sie etwas unternehmen«, sagte Margo. Auch die Begleitung kam ihr bekannt vor, jedoch nicht aus der Gruppe der Tierschützerinnen. »Wir kennen uns aus Duhnen, wir haben den Wattwagenhof.« Da fiel es Margo ein, das war Vanessa Strobel, die Tochter der Hofbesitzer und eine Freundin von Alyssa. »Ich erinnere mich«, sagte sie. »Was habt ihr denn auf dem Herzen?«

»Können wir uns ungestört unterhalten?«, bat Justine und sah sich ängstlich um. Margo nahm die Mädchen mit in ihr Loft, platzierte sie auf der Couch. Als sie ihnen Getränke anbot, schüttelten sie nur stumm mit dem Kopf.

»Sie behalten das für sich, oder? Ich bekomme riesigen Ärger zu Hause«, fragte Vanessa.

»Wenn es um Straftaten, wie das Verschwinden einer Person geht, kann ich das nicht hören und nichts tun. Ihr müsst das mit eurem Gewissen vereinbaren. Könnt ihr damit leben, dass jemand zu Tode kommt?«

Die beiden Mädchen tuschelten. Dann sagte Vanessa:

»Amkea ist eine Freundin von mir. Ich habe mich zwar mit den Mädels gestritten, weil sie auf einmal gegen das Wattwagenfahren vorgehen wollten, aber wir beide waren nach wie vor Besties. Ich bin sicher, dass sie Diamond Moon entführt hat. Sie hat mir alle möglichen Fragen gestellt, wo er untergebracht wird und so weiter.« Sie schluchzte und war kaum mehr zu verstehen. Margo ging in die Küche, nahm dort eine Packung Taschentücher und ein Glas Wasser und stellte es vor das Mädchen auf den Tisch. Ihre Freundin hatte ihr den Arm auf die Schulter gelegt.

»Hat sie mit dir über die Entführung gesprochen?«, fragte Margo.

Vanessa schüttelte schluchzend den Kopf: »Sie hat es angedeutet, als wir über die künftigen Aktionen im Tierschutz gesprochen haben. Da hat sie mal gesagt, das möchtest du lieber nicht wissen. Ich glaube, dass sie mich schützen wollte.« Wieder schluchzte sie heftig.

Irgendetwas war da noch, das spürte Margo.

»Du bist dir sicher, dass sie es war, oder?«

Vanessa hatte sich an Justine gekuschelt und schluchzte weiter. »Sie hat mich gefragt, ob der Stall offen ist und ich die Kamera ausschalte«, brachte sie mit Mühe hervor. Sie war kaum zu verstehen.

»Wann war das?«

Sie überlegte einen Moment. »Ein paar Tage vor dem Wattrennen. Sie wollte nur das Beste für ihn. Er war doch lange verletzt, und vielleicht war das zu früh für ein Rennen. Ich bin mir sicher, dass sie Dino schützen wollte.«

»Was hat sie denn mit ihm genau unternommen?«

Vanessa zuckte mit den Schultern. »Wie gesagt, sie hat mich nicht eingeweiht, und das war mir ganz recht.« Dann flehte das Mädchen:

»Sie müssen sie finden, sie ist ein guter Mensch und wollte niemandem etwas zuleide tun. Ich möchte nicht, dass ihr etwas passiert.«

Margo setzte sich wieder auf den Stuhl gegenüber. »Die Polizei ist dran, ich bin sicher, dass sie Amkea suchen. Habt ihr eine Vermutung, wer es auf sie abgesehen hat?«

»Ich denke, dass sich jemand rächen will, weil es mit dem Rennen nicht geklappt hat. Irgendeiner aus dem Milieu. Das ist niemand von uns Mädels aus der Tierschutzgruppe«, sagte Justine.

Vanessa nickte. »Ich weiß nur, dass Amkea völlig besessen war von diesem Pferd. Sie schwärmte immer von ihrem Seelenpferd. Sie wollte ihm nichts Böses«, sagte sie. »Onkel Eric war außer sich vor Wut, ich habe gehört, dass meine Mama über Probleme geredet hat und dass er in schlechte Kreise geraten ist. Das sollte ich garantiert nicht mitbekommen.«

»Du meinst Eric de Tonnac-Rusch?«, hakte Margo nach.

Das Mädchen nickte. »Das ist wie ein echter Onkel, die Familien sind schon lange befreundet.«

Margo überlegte einen Moment. »Ich denke, du solltest deine Beobachtungen der Polizei mitteilen. Damit sie die richtigen Schlussfolgerungen ziehen«, empfahl sie.

Justine nickte. »Wir melden uns bei der Kommissarin.« Die jungen Frauen verabschiedeten sich, und Margo dachte nach. Würde Tonnac wegen des verpassten Starts Rache üben? Und was war mit der erpressten Summe? Das passte nicht zu dem pferdeverliebten Mädchen, das seinen Goldschatz retten wollte. Bei dem Rennen ging es um Geld und um Prestige. Der Besitzer strich in jedem Fall bei einem Sieg eine stolze Summe ein, der Jockey eine Prämie. Und da gab es die Wettszene, die ebenfalls Interesse am Ausgang des Wettlaufs haben könnte. Vielleicht war es sinnvoll, dem Hinweis des Käpt'n nachzugehen und sich in der Szene umzuhören.

KAPITEL 34

Rike hatte Carla um eine kurze Unterredung gebeten. Als sie in das Büro trat, war diese am Telefon. Sie machte eine Geste, dass sie eintreten solle, und deutete auf die Stühle vor ihrem Schreibtisch. »Ja, wir arbeiten an dem Fall«, hörte sie ihre Chefin bestätigen. »Spuren gibt es natürlich, wir werten das sorgfältig aus.« Rike meinte, die Stimme des Innenministers aus dem Hörer zu erkennen. Sie ging zum Regal und ließ den Blick über die Bücher wandern. Nicht nur Fachliteratur stand dort, auch ein paar Romane und Reiseführer. Eine interessante Mischung für ein Dienstzimmer.

»Wie – beschwert? Wir haben uns nach den Vorschriften verhalten. Er ist nicht kooperativ, behindert sogar teilweise die Ermittlungen«, sagte sie jetzt scharf.

»Alles klar, ich sage Bescheid, sobald es etwas gibt.« Danach hörte Rike, wie es tutete, der Minister hatte aufgelegt.

Ihre Vorgesetzte verdrehte die Augen. »Der Minister mal wieder. Aber ich lasse auf eure Arbeit nichts kommen. Was habt ihr denn Neues?«

Rike seufzte. »Ich würde dir gerne von einem Durchbruch berichten, aber wir haben einen weiteren Fall, über den ich mit dir sprechen möchte.«

Carla Bredow sah nicht begeistert aus. »Verzettelt euch aber bitte nicht. Was meinst du denn mit neuem Fall?«

»Es geht um diese Amkea Antelmann. Sie ist nirgendwo anzutreffen. Ich würde gerne eine Öffentlichkeitsfahndung herausgeben, auch auf den sozialen Netzwerken«, bat sie. Rike legte ihrer Vorgesetzten nochmals den Fall dar.

Carla Bredow sah skeptisch aus. »Meinst du nicht, die ist einfach nur verreist? In dem Alter sind die doch unverbindlich.« So hatte Rike am Anfang auch gedacht, jedoch ihre Meinung geändert. Denn sie hatten alle möglichen Kontakte abgegrast, und die Studentin war ansonsten sehr zuverlässig.

»Das Mädel hatte Verbindung in die Rennszene und zu dem Pferdebesitzer und engagierte sich im Tierschutz. Vermutlich ist sie die Entführerin von Diamond Moon, es hat mit unserem Fall zu tun. Ich würde gerne an die Öffentlichkeit gehen«, wiederholte sie.

Widerstrebend stimmte ihre Vorgesetzte zu. »Dann gib es an die Medien und in die Netzwerke. Tonnac hat sich auch beschwert, dass wir nicht vorankommen.«

»Ausgerechnet der?«, wunderte sich Rike. »Der hat uns in die Entführung nicht eingebunden und behindert unsere Arbeit, wo er nur kann«, schimpfte sie.

»Übrigens wurde auf seinem Gestüt eine verdächtige Substanz gefunden, die eventuell im Mordfall Bullwin zum Einsatz kam. Wir warten noch auf das Ergebnis«, fügte Rike hinzu.

»Ach ja, und ist eine Verbindung zu Tonnac belegbar?« Carla sah sie gespannt an.

»Der Tierarzt hat angeblich damit ein Pferd eingeschläfert. Ansonsten könnten entweder Tonnac oder der andere Jockey, Alexander Schwarz, das Mittel dort entsorgt haben. Dieser Tonnac ist nicht kooperativ und hat Dinge zu verbergen, keine Ahnung, warum der sich beschwert«, sagte Rike.

»Ich habe das entschieden zurückgewiesen«, beschwichtigte Carla Bredow. »Aber verplempert keine Zeit mit Nebensächlichkeiten«, bat sie eindrücklich.

Rike nickte. »Ich denke, dass es unmittelbar mit dem Mordfall zusammenhängt, ein Puzzlestück dieses Geschehens. Die junge Frau schwebt zudem in Lebensgefahr«, stellte Rike klar. Ihre Chefin dankte ihr für das Engagement. Rike ging zurück an ihren Arbeitsplatz und rief Juri und Flores zu sich.

»Wir gehen an die Öffentlichkeit, um Amkea Antelmann zu finden«, kündigte sie an.

In ihrer Mail fand sie ein Foto der Vermissten, das ihr die Mutter zur Verfügung gestellt hatte. Sie zeigte es den Kollegen auf dem Bildschirm und leitete es weiter.

»Übrigens habe ich da noch etwas gefunden«, kündigte Juri an. Blitzschnell wischte er über sein Tablet, dann zeigte er ihnen ein Foto mit Amkea und einem Pferd. Beide waren Kopf an Kopf abgelichtet, darunter die Unterschrift »Loveofmylife«.

»Na ja, Juri, das hättest du auch von mir finden können. Das Pferdevirus befällt viele junge Mädchen und Frauen. Das heißt gar nichts«, meinte Rike.

»Schau doch mal genauer hin und scroll weiter. Das befand sich auf ihrem *Instagram*-Profil.« Rike sah sich die komplette Bilderreihe an, als der Groschen bei ihr fiel.

»Das ist doch … Und das war im Herbst, also ein paar Monate vor dem Rennen«, entdeckte sie in der Datumsangabe. Da war das junge Mädchen mit dem Hengst Diamond Moon abgelichtet. Beim Kuscheln, wie sie einen Verband wickelte und auf einem Spaziergang. »Sie hatte damals etwas mit dem Pferd zu tun. Aber was genau?«, fragte Flores.

»Fragt bitte bei den Eltern nach.« Sie suchte das *Instagram*-Profil weiter durch, in den Wochen vor dem Rennen hatte Amkea nichts eingetragen. Das letzte Foto zeigte einen Wattritt. Das Pferd sah aus wie Diamond Moon, trug jedoch eine Fliegenmaske. Sie musste die Details prüfen. »Kannst du mir das ausdrucken?«, bat Rike. Flores und Juri würden gemeinsam zu den Antelmanns fahren.

KAPITEL 34

Rike hatte bereits ihr Ticket für die Überfahrt nach Neuwerk mit dem Fahrgastschiff *Flipper* gelöst. Am Anleger befand sich eine Menschenmenge, als sie näherkam, sah sie, dass viele Menschen ratlos herumstanden, andere heftig diskutierten. Sie hatte eine üble Vorahnung und sah in ihre Mails. Tatsächlich hatte die Reederei wegen »technischer Probleme« abgesagt. Sie biss sich auf die Lippen, um einen Fluch zu unterdrücken. Wie sehr hatte sie sich auf die kurze Inseltour gefreut.

»Lass uns selbst rüberfahren. Die *Mariannic'k* scharrt quasi mit ihrem Schwert, um endlich Wasser unter den Kiel zu bekommen«, begeisterte sich Harry, als sie ihn anrief. Eine halbe Stunde später trafen sie sich am Steg neben dem Fährhafen, Prinz tanzte bellend um sie beide herum. »Wie schön, dass wir einen gemeinsamen Tag verbringen können«, freute sich Rike. Auch wenn es für sie kein Freizeitvergnügen war, sie hoffte, einen entscheidenden Schritt weiterzukommen.

Harry sprang auf das Boot, nahm die Plane ab und öffnete die Kajüte. Rike sah hinüber zum Neuwerker Leuchtturm, dessen Umrisse sich am Horizont abzeichneten. Seit ihren Ermittlungen war sie nicht mehr auf dem idyllischen Eiland gewesen. Sie würden sich im kleinen Bauernhafen trockenfallen lassen, auf der Insel schlafen und am nächsten Tag bei Hochwasser den Rückweg antreten. Ihre beiden Kollegen waren eingewiesen, nach ihrer Rückkehr würden sie hoffentlich mindestens einen Verdächtigen ausschließen. Prinz hatte nun mitbekommen, dass sie nicht an Land bleiben würden, ihr Hund war nach wie vor nicht seebegeistert. Winselnd hatte er sich in der Kajüte versteckt. Der Wind war frisch, Wellen schwappten über Deck, die Jacht schaukelte schon leicht im Liegen. Rike sprang beherzt auf.

»Kann ich etwas tun?«, fragte sie Harry. Er war nun dabei, die Segel nach oben zu ziehen. »Du kannst in zwei Minuten die Tampen losmachen«, bat er und sie legten ab, als Rike an Bord sprang.

Das Schiff nahm Fahrt auf, Rike saß am Vorsegel und sah die Grimmershörnbucht mit ihren alten Villen vorübergleiten, sie passierten die Kugelbake und legten Kurs auf die kleine Insel ein. »Da ist was los heute«, rief ihr Harry zu und zeigte auf die Elbe. Eine ganze Flotte von Containerschiffen in beiden Richtungen war unterwegs und brachte die Jacht ins Schaukeln. Es dauerte eine halbe Stunde, dann war die Insel in Sicht. Ein grüner Tupfer, der über die dunkelblaue aufgewühlte See hinausragte, der trutzige rote Leuchtturm wurde größer. Sie erkannte den Gasthof direkt hinter dem kleinen Hafen, Harry manövrierte das Boot hinein. Rike sprang von Bord, um den Tampen festzumachen. Dann ging sie wieder auf die Jacht, um in der Kajüte nach Prinz zu schauen. Auf den ersten Blick sah sie ihren Hund nicht. Auf ihr Rufen vernahm sie ein leises Fiepen.

Er lag zusammengerollt im Bett, hatte sich unter den Decken versteckt. »Wir sind da, Großer«, rief sie, und er folgte ihr nach oben. Beim Blick auf die Insel bellte er wieder fröhlich. »Noch einen Seemannskaffee à la Harry oder gleich zur Arbeit?«, fragte er.

»Bringen wir die Untersuchung hinter uns«, sagte Rike. Sie freute sich, dass er sie unterstützen wollte. Prinz war schon auf den Steg gesprungen und rannte bellend auf und ab. Rike ging hinterher und warf sein Lieblingsspielzeug, ein Plüschkrokodil, an den Strand. Es war eher kühl für einen Sommertag, der Wind aus Nordost war stärker geworden. Am Grünstrand sahen sie keine Menschenseele. Vom Deich aus blickte sich Rike um.

Auf den ersten Blick wirkte das Fleckchen Erde wie ein friedlicher kleiner Kosmos, in dem die Zeit stehen geblieben war. Rike wusste von ihren früheren Fällen, dass auch in der vermeintlichen Idylle Hass und Missgunst herrschten und zu grausamen Taten führten. Sie hatte gehört, dass es bei den Insulanern einen Aderlass gegeben hatte, einige Menschen, mit denen sie damals Kontakt hatte, lebten nicht mehr auf der Insel. Der Pferdeflüsterer und Wattwagenfahrer Kai-Uwe König war nach dem Verfahren wegen des Wattwagenunfalls zurückgekehrt. Ihn würde sie zuerst befragen. Sie liefen die Runde über den Deich in nördlicher Richtung, ihr Hund tobte um sie herum.

Am Anleger des *Flipper* standen ein paar Menschen, die nichts von der Absage mitbekommen hatten.

Nach fünf Minuten kamen sie am Wattwagenbetrieb und der Pension von Kai-Uwe König an. Vermutlich hatte der Chef nicht vergessen, dass sie ihn des Mordes verdächtigt hatte. Den Fehler hatte sie eingesehen. Doch hatte der Mann durch eine Racheaktion einen Wattwagenunfall verursacht. Das Gericht hatte ihn wegen gefährlicher Körperverletzung verurteilt.

Der Hof sah so urig aus wie damals. Vor dem Restaurant befand sich eine rosenumrankte Terrasse mit Strandkörben, wo Gäste ihren Kaffee tranken und Tortenkreationen naschten. Sie ging in die Gaststube, wo eine junge Frau bediente, und fragte nach dem Chef.

»Im Stall.« Sie zeigte in Richtung des Boxentraktes, den Rike noch von früher kannte. Dieser befand sich hinter dem Gebäude mit der Gaststube und den Ferienwohnungen, ebenso die Scheune mit den Wattwagen. Die gelben Kutschen standen dazwischen bereit, ein Mitarbeiter putzte die Wagen. Auf dem Weg zum Stall sah sie Kai-Uwe König, der vier Pferde am Strick führte.

Sie ging ihm entgegen. Sein Gesicht verfinsterte sich, als er Rike entdeckte. »Was machen Sie denn auf der Insel?«, knurrte er.

»Auch Moin«, entgegnete Rike. »Ich bin auf der Suche nach ihrer Aushilfe Amkea. Sie ist verschwunden.«

Der Mann lief weiter, und sie musste versuchen, mit ihm Schritt zu halten. »Na, das wüsste ich auch gerne, wo die Dame steckt. Die hysterische Mutter hat sich schon gemeldet. Die müsste heute hier Dienst machen«, brummte er.

»Können wir ungestört reden?«, bat Rike.

»Muss das jetzt sein, bin bei der Arbeit«, grollte er.

»Ist Ihnen das Schicksal von Amkea vollkommen egal? Gerade Sie müssen doch verstehen, dass die Eltern vor Sorge außer sich sind. Sie haben einen Sohn verloren«, appellierte sie an sein Gewissen.

»Meinetwegen, wenn die Wattis angebunden sind. Die müssen jetzt für die Tour vorbereitet werden, und die eingeplante Arbeitskraft fehlt«, brummte er etwas versöhnlicher.

Sie waren bei den Wattwagen angekommen, der Chef gab seine Anweisungen. Ein Pfiff ertönte, und ein weiterer Mitarbeiter nahm ihm die Pferde ab.

König ging voran in den Gasthof, öffnete eine Tür gegenüber der Pensionsküche und bat Rike einzutreten. Es handelte sich um ein Büro, dessen Wände komplett von Regalen zugestellt waren. Auf dem Schreibtisch lagen Stapel von

Dokumenten, ein paar Tuben, sie las, dass es Wurmkuren waren. Ein Bund Möhren war auf dem Fußboden gelandet. Er nahm einen weiteren Stapel von einem der beiden verschlissenen Stühle vor dem Tisch und bot ihr den Platz an. Harry war mit Prinz draußen geblieben.

»Ich wusste ja nicht, dass Sie hier wieder herumschnüffeln. Sonst hätt ich auch nicht aufgeräumt«, bemerkte der Mann trocken.

»Seit wann war denn Amkea bei Ihnen und was waren ihre Aufgaben«, kam Rike zur Sache.

»Seit Anfang Juni als Ferienjob. Sie kam immer in den Ferien zum Helfen. Die studiert Tiermedizin und hat Pferdeverstand. Helle, das Mädel«, lobte er.

»Und was waren die Aufgaben?«

»Tierversorgung im weiteren Sinne. Die ist auch mal Wattwagen gefahren, wenn Not am Manne war. Und sie konnte echt gut reiten. Hat sich um die Rehapferde gekümmert, schon seit drei Jahren kommt sie immer wieder. In dem Fall war sie besonders willkommen.« Er deutete auf seine Hüfte. »Ich habe ein Ersatzteil bekommen und war einige Zeit nicht im Betrieb. Mein Geschäftsführer hat leider von Pferden keine Ahnung«, gab er ihr eine ungewöhnlich lange Antwort.

»Halten Sie es für möglich, dass sie das Rennpferd Diamond Moon entführt hat? Kann sie ein Versteck genutzt haben, wo Ihnen das Pferd nicht aufgefallen wäre?«

Er schüttelte den Kopf entschieden. »Na, Sie haben wieder wilde Theorien! So kennt man Sie. Auf Neuwerk und nicht auffallen«, er lachte dröhnend. »Der bekannteste Galopper Deutschlands«, demonstrativ hielt er sich den Bauch.

»Da spricht leider einiges dafür.« Rike zeigte ihm das Bild, wie die junge Frau das Rennpferd ritt und die Aufnahme aus dem Watt.

Er schaute sich die Bilder an, brummte etwas. »Das kann auch früher gewesen sein, der hatte ja länger Schonzeit nach seiner Verletzung«, sagte er.

»Hier bei Ihnen?«

Er öffnete die Schublade und griff nach einer Packung, schob sich etwas Bräunliches in den Mund und kaute. Er sah sie finster an. »Kann schon sein, hier ist die Crème de la Crème, um die Pferde wieder fit zu machen. Über Kunden rede ich nicht.«

An dem Kerl konnte man sich die Zähne ausbeißen. Innerlich fluchte sie vor sich hin, atmete durch.

»Ich bekomme die Info sowieso mit einem Durchsuchungsbeschluss. Dann haben Sie das perfekte Chaos in diesem Raum. Wo hat sie gewohnt?«, wollte Rike wissen.

In dem Moment spuckte er das Zeug in seinen Papierkorb, der direkt neben ihr stand. Das war gerade mal haarscharf an ihr vorbeigegangen.

»Er war da, der hatte eine Sehnenverletzung, eigentlich sollte er bis Juni bleiben. Der Eigentümer hat ihn einen Monat früher abgeholt«, murmelte er kaum verständlich. Währenddessen kramte er in den Papierstapeln, zerrte ein Telefon hervor und tippte eine Nummer. »Herkommen«, bellte er in den Hörer. Dann drehte er sich im Stuhl weg und sah aus dem Fenster.

Nach zwei Minuten erschien eine junge Frau. »Ja, Chef«, sagte sie, als sie vor ihm stand.

Er zeigte auf Rike. »Geh mit der Kommissarin in Amkeas Zimmer, sie muss sich umschauen.«

»Katrin Bosse«, stellte sie sich vor. Sie begleitete sie über die Terrasse, an der Straße zwischen Haus und Deich entlang zu einem seitlichen Anbau des Hofs, der wie ein schmales Türmchen aussah. Die Zimmer befanden sich im ersten Stock nebeneinander. »Das hier ist ihr Raum.« Sie öffnete die rechte Tür und wollte hineingehen.

»Vielen Dank. Ich komme alleine zurecht. Im Anschluss möchte ich dir Fragen stellen.«

Katrin Bosse nickte. »Alles klar, ich bin drüben bei mir und mache mir die Nägel.«

Erst jetzt erblickte Rike das Durcheinander in dem etwa sechs Quadratmeter kleinen Raum. Die Bettbezüge waren aufgeschlitzt, das einzige Regal umgestürzt, Papiere lagen zwischen Büchern am Boden, der Schrank stand ebenfalls offen und war leer, die Kleidungsstücke bildeten einen ungeordneten Haufen, neben dem ein Koffer, Schuhe und Jacken ebenfalls hingeworfen wurden.

Jemand war vor ihr da, hatte das Zimmer in Eile durchwühlt. Was hatte er bei Amkea gesucht? Sie sah noch unter der Matratze nach, ob sich dort etwas verbarg. Sie hoffte auf ein Tagebuch, irgendwelche Aufzeichnungen. Doch wenn da ein Dokument lag, hatte es der Einbrecher vor ihr gefunden.

Kurz schaute sie einige der Papiere durch, da lag nichts, was von Belang war. In jedem Fall bestätigte diese Durchsuchung, dass jemand hinter der jungen Frau her war. Das sprach für die These einer Entführung. Rike seufzte, dann klopfte sie nebenan.

»Weißt du, was hier passiert ist? Da muss doch jemand richtig Lärm veranstaltet haben, um das Zimmer so zu verwüsten?«

Die junge Frau bat sie, sich zu setzen, schob ihr einen Hocker hin. Sie selbst stand mit dem Rücken zum Fenster. Rike sah in ihre Richtung, der Blick ging über den Deich auf die Wiesenlandschaft der Insel. Eine Herde Pferde war in der Ferne zu erkennen.

»Nee, da war kein Lärm, aber vielleicht kannte der meinen Dienstplan. Ich habe ja oft Spätschicht. Da hätte hier keiner etwas mitbekommen. Unten wohnt eine alte Dame, die taub ist«, sagte sie.

Rike überlegte. Die Entführung hatte vermutlich dann stattgefunden, sodass es nicht auffiel. Zudem hatte Amkea ja einen freien Tag. Wusste der Täter davon?

»Wann hast du denn Amkea zuletzt gesehen?«

Sie überlegte länger. »Vor drei Tagen, an ihrem freien Tag gar nicht. Ich habe ausgeschlafen, und sie wollte aufs Festland, war schon weg, als ich aufgestanden bin. Ich habe nichts Besonderes bemerkt, wir hatten nur den nötigen Kontakt. Ich habe es nicht so mit Pferden.«

Dennoch sprach sie die Zimmernachbarin auf das Pferd an. Diese schüttelte den Kopf. »Für mich sehen die alle gleich aus. Riesig, und es tut weh, wenn die einem auf dem Fuß stehen.« Sie überlegte einen Moment. »Etwas erschien mir merkwürdig. Sie hatte ihr eigenes Pferd ein paar Tage hier stehen, als der Chef nicht da war. Genau da, als das Rennpferd verschwunden ist.«

Rikes Aufmerksamkeit war geweckt. »Wie sah das denn aus, das eigene Pferd?«

Die junge Frau dachte nach. »Ich glaube, das war so rötlich, hatte aber immer Decken auf und Masken über dem Kopf.« Rike zeigte Katrin Bosse ein Foto von Diamond Moon. »Kann sein, sicher bin ich nicht«, so die Nachbarin.

»Hast du dich bei der Polizei gemeldet?«, fragte Rike. Ihr fiel ein, dass Flores von einer solchen Meldung berichtet hatte, doch die Person war nicht zu erreichen.

»Dazu möchte ich nichts sagen«, antwortete die junge Frau einsilbig. Das war für Rike Eingeständnis genug. Sie hatte Harry eine Nachricht geschickt, um gemeinsam noch mal alles durchzukämmen. Er sah sich alle Papiere wieder genau an, nahm sich die Bücher vor, sah unter die Matten am Boden, in Spülkasten des kleinen Badezimmers. Rike ging alle Taschen durch.

»Alles durchwühlt«, sagte er nach einer Stunde.

»Hast du irgendetwas?«, fragte Rike hoffnungsvoll.

Harry stöhnte genervt. »Das ist so mühsam in diesem Chaos. Nicht wirklich.« Dann hielt er ihr etwas entgegen. »Schau mal, diese kuriosen Aufkleber.«

Es waren Abbildungen von der abgeknickten gezeichneten Kugelbake, dem Cuxhavener Wahrzeichen. Daneben der Spruch »Touri Go home«. Auf einem weiteren Motiv trat ein Mann gegen einen Wagen »Und Tschüss. Rückreiseprämie für Touris«. Beide waren mit dem Namen »Tourihasser Cuxhaven« und einem Internetlink für eine Facebookgruppe versehen.

Rike schüttelte staunend den Kopf. Von einer solchen Initiative in Cuxhaven hatte sie noch nichts gehört. Sie fragte sich, ob es irgendeinen Zusammenhang mit der Entführung oder dem Todesfall geben könnte. Ihr fielen nur die Proteste gegen Massentourismus in Spanien ein, von mallorquinischen Verhältnissen war die Kleinstadt an der Elbe aber weit entfernt.

Harry reichte ihr einen weiteren Aufkleber, dieser hatte einen grünen Farbhintergrund, darauf ein typisches Bild von einem Rennpferd beim Laufen. Das Symbol war mit einem dicken Strich durchgestrichen. »Stoppt die Tierquälerei, nie mehr Wattrennen.« Dieses Motiv war ebenfalls von den *Tourihassern* unterschrieben, ebenso vom *Animals Justice Cuxhaven.*

Offenbar standen die beiden Initiativen miteinander in

Kontakt. »Da ist doch eine Facebookgruppe angegeben. Wenn du magst, schaue ich mich mal da um«, bot Harry an.

»Das kannst du machen. Ich bin hier durch. Was meinst du, wann können wir los?«

Harry kramte in der Tasche und zog einen zusammengefalteten Plan heraus. Es war ein Tidenkalender. Er verglich ihn mit der Uhr. »Das Hochwasser liegt mitten in der Nacht. Wir könnten etwas Leckeres speisen und auf dem Boot übernachten, bis die Flut kommt«, schlug er vor. Rike war einverstanden, sie würde den Kollegen einen Bericht schicken. So konnten sie sich um die *Tourihasser* kümmern.

Sie wollten in dem Restaurant *Seemannsgarn* neben der Pension einkehren und liefen auf das Nachbarhaus zu. In dem Moment schrie eine Stimme. »Frau Menkendorf, können Sie bitte kommen?«

Rike und Harry kehrten um und gingen zum *Königshof* zurück, von wo der Ruf gekommen war. Aufgeregt lief ihnen Kai-Uwe König entgegen. Er gestikulierte in eine Richtung. »Hey, Sie. Mein Pferdeanhänger. Einfach verschwunden. Wenn Sie uns schon behelligen, können Sie ja bitte auch die Anzeige aufnehmen«, forderte er sie auf.

»Nicht mein Ressort«, sagte Rike. »Sie müssen sich in Hamburg melden. Allerdings könnte das zu unserem Fall passen. Wann ist das passiert?«

Er kratzte sich am Kopf. »Ich bin seit zwei Tagen zurück, hatte aber ein paar andere Dringlichkeiten. Genau weiß ich nicht, seit wann er fehlt«, musste er zugeben.

»Könnte Amkea mit diesem Hänger und dem Pferd weggefahren sein?«, fragte Rike. Er sah skeptisch aus. »Mit welchem Zugfahrzeug? Die sind alle hier.« Er zeigte auf mehrere Traktoren. »Den könnte sie vom Festland geholt haben oder sie hatte Helfer?«, vermutete Harry.

»Was für ein Aufwand, da wäre es einfacher, das Pferd zu führen oder zu reiten. Das muss einen anderen Grund haben«, bemerkte König.

Rike überschlug den Gang der Ereignisse im Kopf. »Sie könnte damit entführt worden sein, doch wie kann das Gespann mit der jungen Frau einfach so verschwinden?«, rätselte sie. Sie ließ sich den Parkplatz zeigen, auf dem der verschwundene Anhänger abgestellt gewesen war. Zwei Pferdehänger standen dort sowie mehrere landwirtschaftliche Fahrzeuge.

»Ich habe drei Hänger, die Papiere kann ich Ihnen zeigen. Die rosten so schnell, da kann man zusehen. Und früher habe ich auch an den Rennen teilgenommen mit eigenen Galoppern und Trabern«, erklärte er. Er ging zu seinem Fuhrpark und blieb stehen. »Genau hier stand das Ding. Darauf war Werbung für einen Hängerverleih angebracht, von denen habe ich ihn gekauft.«

»Kann ich ein Foto bekommen?«, bat Rike den Pferdeflüsterer. Er zog sein Smartphone aus der Tasche und wischte darauf herum. Endlich hatte er es gefunden und sandte es Rike.

Harry war hin und her gegangen und hatte sich den Boden angesehen. »Hier sind die Reifenabdrücke.« Er kniete sich hin und fotografierte diese. Sie entdeckte die Einkerbungen der großen Reifen. Kai-Uwe König sah diese ebenfalls an. »Das stammt nicht von unseren Fahrzeugen. Der Dieb muss den Hänger mit seinem Traktor mitgenommen haben, also ist er mit einer Maschine durch das Watt gekommen«, stellte er fest. Rike hatte jetzt das Bild erhalten. Sie würden den Anhänger über die Medien suchen lassen, hoffentlich fanden sie dann auch die junge Frau. Außerdem mussten die Kollegen prüfen, ob am Festland ein Traktor fehlte.

KAPITEL 35

Sie japste nach Luft. Ihr Hals fühlte sich ausgedörrt an, beim Schlucken spürte sie einen brennenden Schmerz. Vergeblich versuchte sie, ihre Hände und Füße zu bewegen, doch sie hatte kaum Gefühl in den Gliedmaßen, die Füße kribbelten, als würden Ameisen darüberlaufen. Zum Glück hatte er ihr nicht erneut die Augen zugebunden, durch eine Ritze des Anhängers sah sie Licht. Es war Tag, doch sie hatte keine Ahnung, welche Uhrzeit es war. Die Flucht hatte sie erschöpft, sie hatte mehrere Stunden auf dem harten Boden in einer unbequemen Position geschlafen. Sie brauchte dringend etwas zu trinken, ihr Magen krampfte und sie konnte keinen klaren Gedanken fassen, so sehr quälte sie das Verlangen nach Wasser.

Was war das? Ein leises Brummen, das stärker wurde. Ein Motor. Kam da ein Auto in ihre Nähe? Ihr Herz klopfte. War das ein Passant, der vorüberkam, oder der Entführer? Selbst wenn dieser abscheuliche Kerl auftauchte, hoffte sie, dass er Wasser brachte. Ansonsten würde sie elendig verdursten. Tatsächlich öffnete er den Verschlag. »Rumdrehen«, rief er. Da Amkea am Boden saß, krabbelte sie mühsam so, dass ihr Gesicht zur Wand blickte. »Durst«, versuchte sie durch den Knebel zu sagen.

»Bist du jetzt vernünftig?«, schnauzte er, und sie beeilte sich, Zustimmung zu äußern. Da aus ihrem Mund nur undefinierbare Laute drangen, nickte sie. Endlich entfernte er den Knebel, zog das Tuch über die Augen und nahm die Handfessel ab. Er stellte etwas Raschelndes neben sie. Mit ihrer Hand erspürte sie eine Tüte. »Wasser«, stöhnte sie und tastete nach dem Inhalt.

»Flasche ist drin und was zu essen«, sagte er. Sie fand die Wasserflasche, schaffte es nicht, den Verschluss aufzudrehen. Er nahm sie ihr aus der Hand, öffnete und reichte sie ihr.

Gierig schüttete sie die Flüssigkeit in sich hinein, hustete, da sie zu schnell getrunken hatte. Ihr Magen krampfte noch mehr. Im Beutel lagen Brötchen mit Fleischklopsen. Obwohl sie halb verhungert war, nahm sie das Fleisch heraus. Tote Tiere würde sie dennoch nicht essen. Sie schlang zwei der Brötchen herunter, bis sie würgen musste und sich erbrach.

»Nana, nicht so gierig«, sagte er. Mit kleinen Bissen verspeiste sie das verbleibende Brötchen.

»Sag mal, wir müssen reden. Mein Boss will die Kohle sehen, und zwar bald. Wenn ich die nicht finde, kann ich dir nicht versprechen, dass du hier lebend rauskommst. Der Boss ist ein anderes Kaliber«, sagte er.

»Weißt du, mit diesen blöden Bitcoins, kenne ich mich nicht aus. Das ist was für euch Junge. Aber der Boss sagt, er braucht nur die Adresse, und dann findet er das Konto und die Kohle fließt.«

Sie dachte fieberhaft nach. Niemals hatte sie irgendetwas mit Bitcoins zu tun gehabt. Das war eine Kryptowährung, für sie reine »Science Fiction«. Wenn sie jetzt zugab, dass sie das Geld nicht hatte, wurde sie für den Mann wertlos. Warum sollte er sich dann die Mühe machen, sie am Leben zu erhalten. Vermutlich würde er kurzen Prozess machen. Ohnehin würde sie es nicht mehr lange in diesem Hänger aushalten.

Ihr fiel nur einer ein, der sich mit dem Kram auskannte und der hoffentlich seine Gehirnwindungen glühen ließ, wenn die Gangster zu ihm kamen. Tom gehörte zu den wenigen Eingeweihten. Als Einziger wusste er genau über die Aktion Bescheid und hatte sie unterstützt. Amkea überlegte, ob sie die Gangster so in die Irre führen sollte und ob es nicht für ihren Freund zu gefährlich wäre. Andererseits wusste sie, dass er Kampfsport trainierte und den Schwarzen Gürtel in Karate besaß. Er hatte beste Chancen, die wieder loszuwerden. Dagegen hatte sie selbst nur diese eine Möglichkeit, den Bösewichten zu entkommen.

»Wenn ich dir das sage, lässt du mich dann gehen?«

Er lachte auf. »Dann erzählst du mir ein Märchen, und ich kriege ganz große Probleme.«

Amkea dachte daran, dass sie nur diese eine Chance hatte. »Pass auf. Entweder du lässt mich gehen, oder ich sage nichts. Denn das Geld habe ich nicht selber.«

Sie hatte das Gefühl, dass der Mann stark unter Druck stand, sie aber keineswegs umbringen wollte. Wer dieser Boss war und was dieser vorhatte, wollte sie lieber nicht wissen.

Er lief hin und her. Offenbar überlegte er.

»Pass auf, ich werde mich nicht von meinen Pferden trennen und irgendwohin abhauen. Du weißt also, wo du mich findest«, versuchte sie, ihn zu überzeugen. »Das wäre kurzsichtig.«

»Okay, dann sag mir den Namen«, bat er.

»Erst wenn du mir die Fesseln entfernt hast, ich spüre schon nichts mehr«, forderte sie.

Er kam ihrer Bitte nach. »Meinetwegen. Ich lasse den Anhänger offen, nach Hause laufen musst du alleine. Jetzt sag schon.«

Sie nannte ihm Toms Namen und Adresse. Er tippte etwas in sein Handy, dann rief er: »Hallo, hörst du mich?« Sie hörte ihn fluchen, er lief mit dem Telefon auf und ab. In dieser Gegend war der Empfang miserabel, das wusste sie von ihren Ausritten. Einen Moment überlegte sie, dann setzte sie alles auf eine Karte. Sie rannte mit letzter Kraft zu seinem Wagen, sprang auf den Fahrersitz. Tatsächlich hatte er den Schlüssel stecken lassen, sie drehte ihn und atmete auf, als der Motor ansprang. Der Mann spurtete auf sie zu, als sie anfuhr, und warf sich auf die Motorhaube. Doch sie drückte das Gaspedal durch, er stürzte zur Seite und blieb liegen. Im Rückspiegel sah sie, dass er nicht aufstand. Vermutlich war er vom Aufprall verletzt. Doch es ging um Leben und Tod, ihres und das von Tom. So schnell sie konnte, fuhr sie auf dem Sandweg, wenn sie richtig orientiert war, würde sie auf der Hauptstraße herauskommen, die nach Holte-Spangen führte. Im Kopf überlegte sie, wie sie schnellstmöglich die Cuxhavener Innenstadt erreichte. In dem Moment übersah sie die scharfe Kurve, versuchte, das Lenkrad noch herumzureißen, doch es war zu spät. In rasender Geschwindigkeit sah sie die Böschung auf sich zukommen.

KAPITEL 36

Als sie anlegten, war Rike klar, dass sie es nicht pünktlich zur großen Konferenz mit Carla Bredow schaffen würde. Mit Prinz eilte sie in die Inspektion, die Kollegen hatten schon begonnen. Wie peinlich, dass sie als Leiterin der Ermittlungsgruppe hineinplatzen musste. Sie öffnete vorsichtig die Tür und versuchte, unauffällig mit ihrem Hund im Schlepptau auf den freien Platz zu gelangen. Der einzige nicht belegte Stuhl befand sich neben der Chefin.

»Moin, Rike, wie war deine Tour nach Neuwerk? Gut erholt?«, fragte Carla Bredow, als sie sich setzte. Das wirkte wie eine kalte Dusche, als wäre sie zum Vergnügen hinübergesegelt.

»Aufschlussreich, ich berichte später.« Sie versuchte, so nüchtern wie möglich zu bleiben. Prinz lief freudig bellend zu Flores, die ihm das eine oder andere Leckerli spendierte. Sie überlegte, ihm hinterherzulaufen, doch das hätte den Ablauf weiter gestört.

»Was ist bei dem Besuch auf dem Gestüt herausgekommen?«, fragte Carla Bredow. »Insbesondere stand ja die Frage im Raum, wo das Narkosemittel herkam und wer dazu Zugang hatte.«

»Wir haben das mit dem im Todesfall verwendeten Mittel abgeglichen. Es handelt sich um die gleiche Substanz: Pentobarbital«, bestätigte Flores. Sie hatte ein Foto von der Spritze mit gelber Kanüle an die Wand gepinnt. »Der bisher behandelnde Tierarzt war Doktor Volker Antelmann, der dieses Präparat verwendet. Es gibt noch weitere Medikamente für den Zweck, aber das genannte ist stark verbreitet«, erklärte Flores.

Rike hörte gespannt zu, es konnte sich dabei tatsächlich um die Mordwaffe handeln. »Gibt es Fingerabdrücke auf der Spritze?«, wollte sie wissen.

Juri schüttelte bedauernd den Kopf: »Das heißt aber nicht, dass es verschleiert werden sollte, der Tierarzt trägt zum Verabreichen Handschuhe. Das ist eine Gewohnheit von ihm, die zum Automatismus wurde, auch wenn das aus medizinischer Sicht nicht notwendig wäre.«

»Dann hätten wir endlich die Tatwaffe?«, Carla Bredow klang erfreut.

»Das können wir ausschließen. Der Tierarzt hat nachweislich einen schwer verletzten Wallach namens Peter den Großen eingeschläfert. Diese Spritze aus dem Stallabfall, den wir kurz vor der Entsorgung sichern konnten, stammt von dem Todesfall«, erklärte Flores. Sie hatten sich die Lagerung des Stoffs beim Tierarzt angesehen, dieses war in Flaschen enthalten, die im hinteren Bereich des Praxiswagens in einem verschlossenen Fach gelagert wurden. Zudem führte der Veterinär Buch über die Verwendung des tödlichen Mittels. »Und da gibt es keine Möglichkeit, etwas abzuzweigen?«, hakte Rike nochmals nach.

»Das scheint mir doch schwierig, über die tödlichen Mittel führen die Tierärzte genau Buch, und das wird regelmäßig kontrolliert. Ich habe mir das von der Tierärztekammer erklären lassen, ihr findet das Prozedere im Protokoll. Ich habe alles genau aufgeschrieben«, sagte Flores. Rike dachte darüber nach. Woher sonst sollte jemand dieses Mittel entnommen haben, oder kamen auch der Tierarzt und seine Tochter als Täter infrage?

»Das war also alles andere als eine heiße Spur«, sagte Carla Bredow enttäuscht. »Ich hoffe, du warst erfolgreich auf der Insel.« Sie sah Rike an.

»Ich berichte gleich, aber mich interessieren noch die Antelmanns persönlich. Wie ist euer Besuch verlaufen?«, wollte sie von den Kollegen wissen.

»Die Eltern sind besorgt um ihre Tochter, sie waren überzeugt, dass Amkea auf Neuwerk ist«, berichtete Flores. Außerdem hatten sie bestätigt, dass Diamond Moon in der eigenen Tierklinik und später auf der Insel in Behandlung war. Das Superrennpferd hatte sich in der Saison eine schwere Verletzung der oberen Beugesehne zugezogen. »Zuerst stand er in der Klinik in der Box, später folgte eine Rehakur auf Neuwerk. Amkea hatte sich in der Zeit um den Patienten gekümmert«, bestätigte Flores.

»Das habe ich auf der Insel gehört, nur dass der Galopper früher nach Hause beordert wurde als geplant«, ergänzte Rike. Den Grund hatte König ihr nicht sagen können.

»Das scheint aber mit dem Wechsel des Tierarztes zusammenzufallen. Da muss es doch Meinungsverschiedenheiten gegeben haben. Was hat denn der Antelmann dazu gesagt?«, fragte Rike.

Flores und Juri sahen sich an, sie zögerten. »Darauf gab es keine klare Antwort. Irgendwas von veränderten Prioritäten oder so. Der hat rumgeschwurbelt«, sagte Flores. Juri pflichtete ihr bei: »Das ging nur um den heißen Brei. Seine Frau hat irgendetwas vom Tierwohl erzählt. Da wurde ich absolut nicht schlau draus.«

Rike bedankte sich und berichtete, was sie auf der Insel entdeckt hatten. »Wir können mit hoher Sicherheit sagen, dass der Galopper dort versteckt gehalten wurde und dass Amkea die Täterin war. Ebenso haben wir klare Hinweise auf eine Entführung festgestellt.« Sie berichtete vom verschwundenen Hänger und den Spuren. »Meine Schlussfolgerung ist, dass die junge Frau in diesem Anhänger gegen ihren Willen über das Watt transportiert wurde.«

»Ach ja, es wurde ein Traktor entwendet, aber wieder aufgefunden. Am Deichhof in Sahlenburg, einem landwirtschaftlichen Betrieb«, sagte ein Kollege, der Rike die Kontakte des Landwirts schicken wollte. Rike bedankte sich.

»Bei der Tätersuche sind wir aber nach wie vor nicht weiter?«, bemerkte Carla Bredow streng. »Wie soll es denn weitergehen?«

Rike dachte nach. Der Täter war jemand, der dem Jockey im entscheidenden Moment nahekam – und der das Narkosemittel beschaffen konnte. »Wir müssen akribisch noch mal alle Aufnahmen durchgehen. Wer stand so nah bei Bullwin, um ihm das zu verabreichen – und warum hat dieser nichts gemerkt?« Bis jetzt hatten sie neben Bullwin seinen Konkurrenten Schwarz gesehen, den Trainer Eric de Tonnac und das Pferdemädchen Vanessa Strobel.

»Die scheidet ja wohl aus«, bemerkte ein Kollege. »Warum das denn, weil sie jung ist und eine Frau?«, widersprach Flores. Amkea Antelmann hätte es von Neuwerk nicht nach Duhnen geschafft, doch Rike fragte sich, ob ihr Vater nicht im Führring anwesend war.

»Dann schaut euch die privaten Bilder und Filme durch, fragt die Zeugen gezielt. Der Druck nimmt zu, wir müssen bald etwas Produktives vorlegen«, mahnte die Chefin.

Rike sichtete die Nachrichten auf ihrem Schreibtisch. Ihre Mailbox quoll über, Akten bildeten einen kleinen Stapel. Sie sortierte diese nach Wichtigkeit. Ganz unten fand sie eine Telefonnotiz, die sie aufmerken ließ. Die Mitteilung stammte von der Telefonzentrale. Demnach hatten sich Reiter gemeldet, die ein merkwürdiges Paar im Wald zwischen Holte-Spangen und Sahlenburg gesehen hatten. Eine junge blonde Frau mit einem älteren Mann. Es hatte so ausgesehen, als habe er sie unter Zwang vorangetrieben.

War das endlich eine Spur von Amkea und ihrem Entführer?

Sofort hatte Rike die angegebene Nummer angerufen. »Wir waren ausreiten, da haben wir sie gesehen«, berichtete die Frau.

Der hagere Begleiter schien dem jungen Mädchen den Arm verdreht zu haben. »Uns kam das Ganze merkwürdig vor, sie sagte nichts und rief nicht um Hilfe. Aber sie hatte so einen intensiven Blick in unsere Richtung geschickt. Es wirkte auf mich wie ein Hilfeschrei mit den Augen. Auch wenn meine Freundin das für Blödsinn hält«, sagte die junge Frau.

Rike hatte sich die Adresse geben lassen und rief nach Flores. »Komm schnell, eine Sichtung von Amkea. Wir nehmen Prinz mit, falls es etwas zu erschnüffeln gibt.« Carla Bredow kam aus ihrem Büro. »Geht es um den toten Jockey? Ich hoffe, ihr kommt weiter?«

Rike nickte. »Es gibt einen Hinweis auf die verschwundene Studentin! Hoffentlich ist ihr nichts Schlimmes passiert!«

»Ich finde, die Priorität sollte auf dem Todesfall liegen«, bemerkte die Chefin.

»Wir müssen zuerst alles tun, um die junge Frau zu finden, meiner Meinung nach spielt sie eine zentrale Rolle«, sagte Rike und war schon in der Tür.

Sie ließen die skeptisch blickende Chefin stehen und rannten zum Wagen. Rike raste los. Flores hatte die Daten in ihr Handy eingegeben und gab die Richtung vor. An einem weißen Bungalow an der Hauptstraße des Reiterdorfs Holte-Spangen hielten sie und klingelten.

Eine Mittvierzigerin öffnete die Tür und bat sie in den Wohnbereich, als die beiden Polizistinnen erklärt hatten, warum sie da waren. In dem Raum befand sich ein grünes Ledersofa vor einem riesigen Bildschirm und neben einem Kamin. Im anderen Raumteil standen ein Esstisch und eine Vitrine mit Gläsern und einigen Büchern. Auf dem Sofa war eine junge Frau in eine Seifenoper vertieft.

»Moin, wir hatten telefoniert?«, sagte Rike. Die Zeugin bemerkte sie erst jetzt und schaltete den Fernseher auf stumm.

»Genau, ich habe das Mädchen im Wald gesehen, und es war in Not, auch wenn meine Freundin gesagt hat, das sei Blödsinn«, antwortete diese.

Die Mutter kam in den Raum und stellte ein Tablett mit einer Wasserkaraffe und Gläsern vor ihnen ab.

»Wohin könnten die beiden gegangen sein?«, wollte Rike wissen. »Keine Ahnung. Dort ist nur Natur, sonst nichts. Das fand ich ja so merkwürdig. Was bitte tun ein älterer Mann und ein junges Mädchen im Wald?«

Die Zeugin zeigte Rike den Ort auf der Karte, wo sich der Stall befand, und markierte den Weg, den sie etwa zurückgelegt hatten.

Eine genaue Beschreibung der Personen konnte sie jedoch nicht liefern. »Das war zu kurz«, bedauerte sie.

Den groben Angaben nach konnte es sich um Amkea handeln. Die Darstellung des Mannes war zu vage, um ihn zu identifizieren.

Die junge Frau erklärte sich bereit, sie nochmals an die Stelle zu begleiten. Rike wollte zu ihrem Wagen gehen, doch die Mutter schüttelte energisch den Kopf und lief ihnen hinterher. Sie deutete auf einen Geländewagen, der vor dem Haus parkte. »Ich fahre Sie gerne. Da kommen wir besser mit Allrad durch.«

Sie stiegen in den Jeep der Familie, Prinz nahm im Kofferraum Platz. Vielleicht gab es ja Arbeit für ihn, dachte Rike.

Hinter dem Ortseingang bogen sie links ab, verließen den Weg, die Mutter fuhr einen Pfad durch den Laubwald. Schließlich kamen sie zu einer Lichtung, wo die Frau parkte. Rike entdeckte einige Meter dahinter einen Sandplatz, auf dem Pferde um eine Heuraufe standen. »Hier steht mein Monty«, die Frau zeigte ihnen ein dunkles großes Pferd.

»Von hier sind Sie losgeritten?«, fragte Rike. Die Zeugin nickte und deutete auf einen Pfad, der durch die Heidelandschaft führte. Sie gelangten in einen Mischwald. Als der Weg schmaler wurde, ließen sie den Wagen stehen und liefen zu Fuß weiter. Der Boden federte, Vögel zwitscherten aufgeregt über die Eindringlinge, drei Rehe sprangen hoch und rannten weg. »Ich weiß nicht mehr genau, wo das war, hier irgendwo.« Sie sah sich suchend um.

»Wir gehen langsam weiter, vielleicht erinnern Sie sich an etwas«, sagte Rike. »Da lag ein Müllhaufen in der Nähe«, kam es der Reiterin in den Sinn.

Nach fünf Minuten waren sie dort angelangt. Zerborstene Möbel, Kabel und ein Fernseher boten einen unansehnlichen Haufen. Der Bewuchs durch Brennnesseln verriet, dass dieser Unrat schon länger dort abgeladen worden war. Der Weg verbreiterte sich wieder, Fahrspuren führten in die andere Richtung. Sie bewegten sich weiter unter dem Blätterdach der Bäume. »Da vorne ist eine Lichtung«, rief Flores. Tatsächlich war etwa 50 Meter vor ihnen eine lichte Stelle zu erkennen, wo die Sonne einfiel.

Moment. Rike hielt die anderen zurück. »Ich sehe mir das mit Frau Salazar zuerst vorsichtig an, falls es dort Spuren eines Verbrechens gibt.

Sie blieben am Rand der baumfreien Fläche stehen. »Schau mal, dort sind tiefe Radspuren zu sehen und davor ein komischer Abdruck von einem kleineren Rad«, entdeckte Rike. Das könnte ein Anhänger gewesen sein. »Meinst du, das hat etwas mit Amkeas Verschwinden zu tun?«, fragte Flores zweifelnd.

»Schwer zu sagen, aber sie scheint ja hier gesehen worden zu sein. Und in Neuwerk wurde sie vermutlich in einem Pferdeanhänger entführt. Ich werde die Spurensicherung benachrichtigen.« Sie holte ihr Handy aus der Tasche. Den Moment der Unaufmerksamkeit nutzte Prinz und riss sich los. Er rannte über die Lichtung und dann einige Meter weiter, wo er heftig bellte. Rike wurde bang ums Herz, lag dort das gesuchte junge Mädchen?

Sie hatte gehofft, dass diese lebte. Sie folgte ihrem Hund, vor ihm lag etwas Helles auf dem Boden. Sie las es auf, es war ein Mitgliederausweis des Tierheims Cuxhaven, ausgestellt auf den Namen Amkea Antelmann. Er war ein paar Meter weitergegangen und bellte weiter. Ein Smartphone mit zersplittertem Display lag da. Sie strich ihrem Vierbeiner liebevoll über den Kopf. »Danke, Prinz, du bist der Beste.« Sie verpackte beides in eine Tüte.

Rike musste ein Stück aus dem Wald laufen, um die Kollegen der Spurensicherung zu benachrichtigen. Dem Team folgte ein knallroter BMW. Ihre Chefin Carla Bredow stieg aus und marschierte mit ernstem Gesichtsausdruck auf Rike zu.

»Jetzt möchte ich bitte eine Erklärung. Du weißt, was das an Arbeitsstunden und Material kostet. Wir haben eine negative Presseberichterstattung.« Sie zog eine Zeitung aus der Tasche und warf sie Rike zu.

»Mord beim Wattrennen. Rennpferd entführt. Polizei tritt auf der Stelle.«

Rike überflog den Artikel. Darin wurden nochmals die bekannten Fakten aufgelistet. Am Ende stellte der Autor Fragen. »Doch wo liegen die Zusammenhänge? Wem nutzte der Ausfall? Warum kommt die Polizei nicht voran?«

»Was meinst du, wer mich alles angerufen hat!«, beklagte sich Carla. »Dieses Mädchen wird sich ein paar schöne Tage machen. Es gibt nicht mal eine Vermisstenanzeige!«

Rike zeigte ihr die gefundene Mitgliedskarte mit dem Namen der Studentin und das kaputte Telefon. »Schau mal, sie war definitiv hier. Zeugen haben gesehen, wie sie von einem Mann mit Gewalt hierher gebracht wurde. Es hängt mit dem Mord zusammen.«

»Und wie? Ich bin gewarnt worden, Rike. Über deine Eigensinnigkeit und die Alleingänge. So geht das nicht weiter. Ich erwarte bis heute Abend den Bericht!«

Rike atmete auf, dass die Chefin das Team nicht abgezogen hatte. Flores würde die Spurensuche unterstützen, während sie selbst ins Büro fuhr, um die Zusammenfassung zu schreiben.

*

Facebook Gruppe Cuxhaven touristenfrei

Tourihasser

Moin, Freunde. Danke, dass ihr die Anzeige so fleißig geteilt habt. Das Mädel ist noch immer nicht gefunden, leider. Bitte verbreitet die Suche noch mal.

Aber wir sind bei unserer Planung gut vorangekommen. Wir werden diesen Sommerabend genauso crashen wie das Wattrennen. Stellt euch vor, wir haben eine Verabredung mit den Klimaklebern. Ihr wisst schon, diese Protestbewegung der *Letzten Generation.* Die werden pünktlich am Tag selbst sämtliche Zufahrten zur Stadt und alle Bahngleise besetzen. Also da kommt keiner mehr rein. Ich habe mir auch noch eine ganz persönliche Überraschung für den Abend überlegt. Fragt lieber nicht, genießt einfach. Und ich werde mich dann mal für einige Zeit außer Landes begeben.
107 Likes

Walter Wattläufer
Na, da bin ich ja auf die Überraschung gespannt, der Rest klingt ja schon mal klasse. Bravo, Tourihasser!
17 Likes

Hein BLD
Ich freue mich schon auf ein gelungenes Fest. Für uns jedenfalls :) Sag mir, wenn ich etwas helfen kann. Bin für alles offen.
3 Likes

PetraCux
Klingt echt gut. Ich hoffe, du kommst wieder.
8 Likes

Tourihasser
Irgendwann komme ich wieder, wenn sich der Rauch verzogen hat. :) Ihr werdet sehen, Freunde. Ich habe

im Darknet so richtig eingekauft. Das wird ein Knaller und garantiert das letzte Fest, was die jemals gefeiert haben. Ich werde euch vermissen, aber ich bin nicht aus der Welt.
137 Likes

KAPITEL 37

Schon lange hatte Flores ihrem ehemaligen Kollegen Filip versprochen, gemeinsam ein Glas Wein trinken zu gehen. Nach ihrer Rückkehr aus dem Wald meldete sie sich bei ihm, und er versprach, sie mit dem Streifenwagen mitzunehmen. »Wo wollen wir denn hin?«, fragte er, als sie einstieg.

»Im Kliff war ich schon unendlich lange nicht mehr, wir kommen noch rechtzeitig vor dem Sonnenuntergang«, schwärmte Flores. Die Aussicht von der Steilküste über den Sandstrand, die Segel der Surfer auf der Nordsee, bis zur Insel Neuwerk war für sie die schönste in Cuxhaven. Fünf Minuten später hörten sie die Ansage über Funk: »Achtung, Streit oder häusliche Gewalt in der Schillerstraße. Wer kann übernehmen?«

Sie waren keine 500 Meter entfernt, ein kurzer Blick genügte, es war nicht so lange her, dass sie im Team gearbeitet hatten. »Moin, Filip hier, bin zufällig mit KOK Salazar im Wagen. Wir übernehmen, sind schon gleich da.«

»In Ordnung, sagt Bescheid, falls ihr Verstärkung braucht.«

Es handelte sich um ein Mehrfamilienhaus am hinteren Ende der Straße. Die Frau, die angerufen hatte, wartete vor der Tür. »Ganz oben. Dort wohnt Thomas Bernecke, eigentlich ist das ein ruhiger Nachbar. Keine Ahnung, was da los ist.« Sie hatte hektische rote Flecke im Gesicht vor Aufregung, wirkte auf Flores glaubwürdig.

Sie stürmten nach oben in den fünften Stock. Auf dem Treppenabsatz gab es nur eine Eingangstür, die offen stand. Sie lauschten, doch von einem Streit war nichts zu hören. Dennoch gingen sie in den Flur, der zu einem loftähnlichen Wohnraum führte. Dort sah es aus wie eine Trümmerlandschaft. Schränke waren umgekippt und teilweise zerborsten, der Inhalt lag auf dem Boden. Sie stiegen über Pfannen, Scherben von Geschirr aus der Küchenzeile sowie Kleidungsstücke und Papiersachen. Das angrenzende Bad war leer. Sie hatte den lichtdurchfluteten Raum durchquert und öffnete die Tür am anderen Ende, die in einen kleinen Flur führte, von dem zwei Türen abgingen. Dort trafen sie auf ein vergleichbares Bild, ein defekter Schreibtisch und darum herum Aktenordner. Nirgends sah sie einen Computer oder ein Telefon. Flores hatte eine komische Vorahnung, als sie die andere Tür öffnete. Ein breites Wasserbett füllte das Schlafzimmer fast aus, ihr Blick fiel auf den bewegungslosen Körper auf einem Teppich davor. »Herr Bernecke«, rief Flores. Da sah sie die rote Pfütze um seinen Kopf. Er regte sich nicht, sie konnte keine Atmung erkennen. Sie rüttelte an seiner Schulter, doch der Körper fühlte sich kalt an. Er war tot! Vorsichtig betrachtete sie seinen Schädel, eine Wunde klaffte auf der rechten Seite. Kurz sah Flores sich um, doch sie konnte sich nicht erklären, wie er sich diese Verletzung beigebracht hatte. Am Wasserbett hätte er sich diese nicht geholt. Sie lief zurück zu Filip, der ihr einen Aufkleber zeigte. »Cuxhaven touristenfrei.«

Sie berichtete, was sie gesehen hatte. »Ich habe schon meine Kollegin Friederike von Menkendorf benachrichtigt, sie soll die Spurensicherung mitbringen. Da war ja ein Streit, wir müssen die Wohnung nach der zweiten Person absuchen«, sagte Flores. Sie nahm ihre Waffe in die Hand, beide gingen die Räume durch, öffneten die Schränke. Aus Richtung Wohnzimmer bemerkten sie ein Geräusch wie ein Wimmern. Leise bewegten sie sich voran und kamen zurück in den großen Raum.

Flores fiel die Bewegung des bodentiefen Vorhanges, der geöffnet war, ins Auge. Sie zeigte stumm in die Richtung, Filip ging darauf zu und zog den Stoff weg. Eine blonde junge Frau sah sie erschrocken an, beugte sich vor und erbrach sich haarscharf vor ihren Fußspitzen.

»Na bravo«, kommentierte Flores angeekelt. »Was haben Sie getan und warum? Worum ging es in dem Streit?«

»Ich habe mit Toms Tod nichts zu tun. Er war ein Freund, ich wollte ihn warnen«, brachte sie mühsam heraus.

»Warum das denn? Können Sie sich ausweisen?«, fragte Flores. Ihr kam diese Person merkwürdig vor, sie trug dreckstarrende Reitkleidung, und der Geruch war ziemlich streng, die Haare waren verfilzt.

Die junge Frau weinte: »Die haben mir alles abgenommen, ich bin entführt worden. Mein Name ist Amkea Antelmann.«

In dem Moment traf Rike mit Prinz ein. Erleichtert flüsterte sie ihr zu, wen sie vor sich hatten, und Flores wiederholte, was diese behauptet hatte.

Die beiden sahen sie verdutzt an. »Entführt von dem Toten? Und dann haben Sie ihn umgebracht?« Flores hatte das Gefühl, nun gar nichts mehr an dieser Geschichte zu verstehen. Was hatte dieser Bernecke mit dem ganzen Fall zu tun?

»Nein, entführt von Unbekannt, der Tote war mein Freund. Ich konnte fliehen, aber nur, weil ich angegeben habe, dass Tom diese Bitcoins hat.«

»Das sind ja ziemliche Räuberpistolen. Warum sind Sie denn nicht zur Polizei gegangen?«, fragte Friederike von Menkendorf.

»Ich hatte gehofft, dass ich ihn rechtzeitig erreiche, bevor die Verbrecher ihm etwas tun können.«

Flores sah zu Rike, die mit einem skeptischen Blick nickte.

»Am besten, das erzählen Sie uns alles in Ruhe auf der Polizeiinspektion«, sagte Rike. Kurz darauf traf die Verstärkung ein, sie übergab die junge Frau zwei uniformierten Kollegen.

KAPITEL 38

Als Rike und Flores vom Tatort in die Inspektion kamen, saß Amkea im Vernehmungszimmer vor einem Teller mit drei Pastéis de Nata und einem Wasser. Sie aß gierig eines der Törtchen. »Das war das Einzige, was wir so schnell aufgetrieben haben. Das Mädel hat Hunger und Durst. Sie wurde ein paar Tage festgehalten«, erklärte die uniformierte Kollegin.

Nachdem das erste Küchlein verschwunden war, wischte sie sich den Mund ab und wandte sich an Rike. »Ich brauche bitte ein Telefon. Wie gesagt, ich war entführt. Ich muss zumindest meinen Eltern Bescheid geben.«

»Ich habe die beiden schon angerufen«, sagte Rike. »Sie können gerne dennoch einen Anruf tätigen oder einen Anwalt hinzuziehen. Wir vernehmen Sie als Zeugin in einem ungeklärten Todesfall«, erklärte Rike.

»Moment mal, ich bin entführt worden. Ermitteln Sie nicht gegen diese Verbrecher? Die haben Tom auf dem Gewissen!«, protestierte die junge Frau. Sie deutete auf Rikes Handy, das diese auf den Tisch gelegt hatte. »Und klaro, will ich einen Anruf tätigen.«

Rike schob ein Festnetztelefon der Dienststelle über den Tisch. »Bitte, das ist Ihr gutes Recht. Ich lasse Sie jetzt fünf Minuten allein. Dann können Sie uns die ganze Geschichte erzählen, angefangen von der Entführung des Rennpferdes.«

»Das wissen Sie?«, platzte es aus der jungen Frau heraus. Sie sah, wie sie sich ärgerte, dies zugegeben zu haben.

Rike wartete vor dem Zimmer. Flores kam mit zwei gefüllten Kaffeetassen auf sie zu. Rike nahm eine davon entgegen, sie nahmen auf den beiden Stühlen vor dem Raum Platz.

»Meinst du, sie hat ihn ermordet?«, fragte Flores.

Rike hatte sich dazu noch kein Bild gemacht. »Auf jeden Fall kann er sich die Wunde nicht selbst beigebracht haben. Selbst wenn er gestürzt wäre, wohin? Da befand sich kein Gegenstand, der die tödliche Verletzung erklärt. Jemand muss ihn entfernt haben. Ich bin gespannt, was die Spurensicherung und die Gerichtsmedizin herausfinden«, sagte Rike. »Du hast hervorragend reagiert«, lobte sie die Kollegin. Diese errötete bei ihren Worten. »Dieser Thomas Bernecke war Leiter der IT-Abteilung der Stadt Cuxhaven. Wir sind dabei, seinen Arbeitsplatz zu untersuchen, denn in der Wohnung wurden keinerlei Geräte entdeckt«, erklärte Rike. Sie sah auf die Uhr. Die Zeit war um, der Cappuccino leer. »Wollen wir?« Rike trat wieder in den Raum, Amkea war gerade dabei, das dritte Törtchen zu verschlingen.

Rike belehrte die junge Frau und stellte das Aufnahmegerät auf. »Also von vorn. Wie haben Sie das Pferd entführt? Aus welchem Grund. Gehe ich richtig in der Annahme, dass Sie Diamond Moon nach Neuwerk verschleppt haben?«

Amkea schüttelte den Kopf und verdrehte die Augen. »Was heißt denn da verschleppt? Ich gehöre zu den Tierrettern. Aber dazu sage ich nichts. War ein Versprecher. Sie sollten mal gegen die Verbrecher ermitteln, die mich entführt haben.«

»Es wäre hilfreich, wenn Sie uns die ganze Geschichte erzählen. Vor allem, wie Thomas Bernecke zu Tode gekommen ist.« Flores hatte ruhig und sanft gesprochen.

Tatsächlich nickte die junge Frau. »Also diese Gangster haben mich auf Neuwerk niedergeschlagen und in einem Anhänger ans Festland gebracht und dort gefangen gehalten. Auf die Polizei habe ich vergeblich gehofft. Zum Glück bin ich denen entwischt.«

»Soweit haben wir die Sache rekonstruiert. Aber wer waren diese Personen?«

Die junge Frau stürzte einen Schluck Wasser runter. »Gute Frage, Sie sind die Polizei. Der Typ hat mir gedroht, ich hätte nicht viel länger durchgehalten – und ich wusste, dass Tom sich mit diesen Bitcoins auskennt. Denn darum ging es diesem Gangster. Davon hatte ich keine Ahnung, es muss aber irgendeinen Zusammenhang mit dem Rennen geben. Ich habe seinen Namen angegeben, um freizukommen. Ich wollte Tom warnen, aber da war er schon tot«, sagte sie.

Rike fragte sich, ob die junge Frau sie für so naiv hielt. Zuerst die Erpressung und sich dann ahnungslos geben. Sie sah Amkea Antelmann in die Augen. »Sie haben den Besitzer doch direkt nach der Entführung erpresst!«

Diese sah sie überrascht an, der Gesichtsausdruck wirkte echt, vielleicht schauspielerte sie auch überzeugend talentiert.

»Neee, wirklich, das lasse ich mir nicht in die Schuhe schieben. Ich habe keinen erpresst. Darf ich jetzt gehen?«

In dem Moment öffnete sich die Tür, und die Eltern der jungen Frau stürmten in den Raum. »Amkea, Mensch, endlich bist du wieder da!« Die Mutter riss ihre Tochter an sich. Der Vater schloss sich der Umarmung an. Tränen flossen bei den beiden Frauen.

»Wir gehen dann mal«, erklärte der Vater. »Gut, dass Sie unseren Schatz gefunden haben.«

»Ich habe mich selbst befreit, Papa«, tönte das Mädchen jetzt patzig. »Die suchen nicht mal nach den Verbrechern!«

Rike trat auf die Gruppe zu. »Wenn das stimmt, was Amkea sagt, dann könnte sie weiter in Gefahr sein. Wir brauchen alle Informationen über diese Personen.«

Die Mutter weinte noch immer hysterisch. »Sie sehen doch, in welchem Zustand die Kleine ist. Wir nehmen sie mit nach Hause, Sie können sie später befragen, und zwar im Beisein eines Anwalts«, erklärte der Vater.

»Sie wissen, dass wir außer ihrer Tochter noch eine Leiche in der Wohnung gefunden haben?«, versuchte Rike, ihm den Ernst der Lage klar zu machen.

Er schob die beiden Frauen aus dem Raum. »Das werden wir gleich zu Hause besprechen. Morgen früh um 9 Uhr, wenn sie Schlaf bekommen hat, kommen wir gerne zu Ihnen.«

»Mensch, Rike, die ist vielleicht eine Mörderin. Warum hast du nicht versucht, sie in U-Haft zu nehmen?« Flores verstand nicht, dass die junge Frau einfach so hinausspazieren durfte.

Rike seufzte. »Ich glaube nicht, dass wir dafür genug Munition haben.« In dem Moment kam ihre Vorgesetzte, Carla Bredow, in den Raum gestürmt. »Ich warte auf den Bericht. Jetzt haben wir einen zweiten Toten und keine Erkenntnisse über den ersten Fall. Was hat diese junge Frau damit zu tun?«

Rike sammelte sich einen Moment, um die Sachlage zu erklären. »Was wir wissen, ist, dass diese Amkea das Rennpferd entführt und auf die Insel Neuwerk gebracht hat, ebenso hat sie es nach dem Rennen zurückgestellt. Sie wurde in der Wohnung des Toten, Tom Bernecke, mit der Leiche gefunden. Ihre Entführer, so behauptet sie, hätten ihn umgebracht«, fasste Friederike den Stand der Erkenntnisse zusammen.

»Und wie hängt das mit dem Tod von Cristobal Bullwin zusammen?«, stellte Carla Bredow eine zutreffende Frage. Rike dachte nach, es gab einen Zusammenhang.

»Die Entführung des Pferdes hat eine Kettenreaktion ausgelöst. Die Puzzlestücke für die weiteren Ereignisse müssen wir noch zusammensetzen«, vertröstete sie ihre Chefin.

Carla hatte aufmerksam zugehört, ihr Gesicht verfinsterte sich. »Das ist aber reichlich wenig, findest du nicht? Ich habe den Eindruck, du bist mit der Sache überfordert. Der Umzug und all die Veränderungen, das ist eine Menge.«

Rike schüttelte den Kopf. »Wir müssen klären, ob die junge Frau tatsächlich entführt wurde – und wer die Täter waren. Wenn wir den Zusammenhang finden, führt uns das zum Mörder der beiden Männer.«

Carlas Handy klingelte, sie nahm das Gespräch an und sagte: »Moment bitte.« Dann wandte sie sich wieder Rike zu. »Ich gebe dir und deinem Team drei Tage. Sonst werde ich die Leitung der Soko einem Kollegen übertragen.« Sie deutete auf ihr Handy und flüsterte: »Der Innenminister himself.« Mit ihrem Telefon am Ohr verließ sie den Raum.

Rike war enttäuscht von dieser Reaktion. Sie hatten alle Überstunden gemacht, es war einfach ein schwieriger Fall. »Ich gehe dann mal den Bericht schreiben«, sagte sie bedrückt zu Flores und ging zu ihrem Computer.

Eine Mail poppte auf. Harry hatte ein Foto von sich mit Prinz am Strand geschickt. »Kommst du?« Wie gerne würde Rike mit den beiden Ball spielen. Seufzend machte sie sich daran, die Ergebnisse für ihre Chefin zusammenzufassen.

Als sie fast fertig war, kam Carla nochmals zu ihr. »Rike, der Innenminister ist besorgt, er überlegt, das LKA einzuschalten, wenn wir das nicht selbst lösen können. Ich brauche Ergebnisse.«

»Im zweiten Fall warten wir auf die Auswertung der Obduktion und der sonstigen Beweismittel. Leider fehlten sämtliche elektronischen Geräte, wir hoffen, dass wir an seinem Arbeitsplatz fündig werden. Danach können wir hoffentlich eine Verbindung herstellen«, sagte Rike. Sie hatte ihren Bericht abgeschickt und verabschiedete sich. In ihrem Kopf wirbelten die Gedanken. Wo lag der Zusammenhang zwischen den beiden Todesfällen? Und wer hatte Amkea entführt? Das mussten sie in den nächsten drei Tagen herausfinden.

KAPITEL 39

Als Rike nach Hause kam, lief ihr Prinz entgegen. Sand rieselte aus seinem Fell. »Na, hattet ihr eine gute Zeit am Strand?«, fragte sie. Harry saß im Wohnzimmer auf dem Sofa und studierte ein Dokument. Er winkte nur kurz und vertiefte sich wieder. Er wirkte schlecht gelaunt.

Ihr Magen knurrte, und sie sah in der Küche nach. Da stand nichts Leckeres, was Harry zubereitet hatte. Natürlich kam ihr Privatleben viel zu kurz, doch er kannte den Beruf. Sie ging zu ihm und ließ sich auf das Sofa fallen. »Ist was?«, fragte sie ihren Freund.

Er blickte auf. »Hm, ich hätte es ja toll gefunden, mit dir am Strand Ball zu spielen. Ich fühle mich hier einsam, wenn Prinz nicht da wäre …« Er stockte.

Sie nickte. »Harry, das ist mir klar. Aber was soll ich denn deiner Meinung nach tun? Ich stehe schon im Kreuzfeuer der Chefin, weil wir nach ihrer Ansicht keine Fortschritte gemacht haben.«

Sie schmiegte sich an ihn und war erleichtert, dass er sie nicht von sich schob.

»Klar kenne ich deinen Job, trotzdem ist es so schade, dass ich dich so wenig sehe. Gerade jetzt, da ich mal länger frei habe. Das ändert sich ja auch bald.«

Sie richtete sich auf und sah ihn an. »Willst du zurück?« Noch vor Kurzem hatte sie daran gezweifelt, dass sie sich an das Zusammenleben gewöhnen würde. Doch die Vorstellung, dass er sie räumlich verließ, erschreckte sie. Sie genoss es, nach Hause zu kommen und nicht alleine zu sein, manche fachlichen Probleme ansprechen zu können.

Er brummte. »Noch nicht, mal schaun.« Rike fühlte sich augenblicklich erleichtert. »Aber es gibt da etwas«, begann er zögernd.

Gespannt sah sie ihn an. Hoffentlich stellte er keine unmöglichen Forderungen. »Dieses Sabbatical ist nichts für mich, mir fällt die Decke auf den Kopf. Aber ich habe eine Stelle – jedenfalls wenn ich hierbleibe«, sagte Harry.

Das kam überraschend. »Gehst du zu den Kollegen hier in Cuxhaven?« Sie dachte an die Wasserschutzpolizei in ihrer neuen Heimat.

Er schüttelte den Kopf. »Mit dem Schichtdienst da und deinem Job würden wir ja nur aneinander vorbeileben. Ich habe eine Stelle beim Maritimen Sicherheitskommando.« Rike fühlte sich vollkommen überrumpelt.

»Und warum haben wir nicht darüber geredet?«, fragte Rike leicht angesäuert. Schon wieder hatte er sie überrascht, genau wie mit dem Schiff. Sie hatte angenommen, dass Harry sie nur für eine bestimmte Zeit besuchte und dann auf die Insel zurückkehrte.

Er sah sie böse an. »Sag mal, Rike, wann denn? Selbst auf Neuwerk hattest du nichts als deine Ermittlungen im Kopf. Da kamen wir Männer nur als Nebenschauplatz vor. Stimmt's, Prinz?«

Wortlos ging Rike zurück in die Küche. Er hatte in vielem recht. Doch sie liebte diesen Job, und ein Ermittler war nun mal kein Verwaltungsangestellter, der um Punkt 16 Uhr sein Schreibgerät auf den Schreibtisch fallen ließ. Sie inspizierte den Kühlschrank und schnappte sich ein paar Scheiben Käse, die sie hungrig hinunterschlang. Über ihr Essverhalten würde sie sich ein anderes Mal Gedanken machen. Ihre

Gefühle waren zwiespältig. Sie war traurig, als sie dachte, er würde wieder abreisen. Aber dass er überraschend eine Stelle auf dem Festland gesucht hatte, setzte sie unter Druck. Das hatte so etwas Endgültiges. Und so lange waren sie noch kein Paar, für sie kam das alles zu schnell. Vor allem wollte sie klare Gedanken fassen, und dafür brauchte Rike Luft, Licht und Nordseewind, laufen, den Kopf frei bekommen.

Nachdem sie ihre Laufschuhe angezogen hatte, rief sie nach Prinz. Freudig bellend kam ihr Hund angerannt. Rike nahm ihn an die Leine und verließ die Wohnung, ohne Harry zu fragen, ob er sie begleiten wolle. Sie wollte allein sein und nachdenken. Vor der Haustür machte sie ein paar Dehnungsübungen, als sie eine bekannte Stimme hörte. »Wie sportlich, Frau Kommissarin!«

Der leicht spöttische Unterton gehörte eindeutig zu Margo Valeska. Sie entdeckte sie vor dem *Künstlercafé Alte Nordseekantine*. Die Malerin saß an einem der Tische und unterhielt sich mit der Wirtin und Künstlerin Andrea. »Auf ein Glas Wein, auf die Nachbarschaft?«, rief diese ihr zu, und Rike gesellte sich zu den Frauen.

»Setzen Sie sich. Ich serviere noch eine Runde zur Feier des Tages.« Die Wirtin stand auf und zückte ihren Bestellblock. »Was gibt es denn zu feiern?«, fragte Rike.

»Sie ist Großmutter einer kleinen Schönheit geworden«, verriet Margo.

»Herzlichen Glückwunsch«, sagte Rike und sah sich die Fotos auf dem Mobiltelefon an. Das Baby hatte ein knallrotes runzliges Gesicht und blitzblaue Augen. Alles um das Kind herum war rosa – der Strampler, die Unterlage und der Kinderwagen ebenso.

»Wie gut, dass Sie hier sind, ich habe Neuigkeiten«, sagte Margo.

Rike war gespannt. Schon öfter hatte die Malerin ihr Ermittlungsergebnisse geliefert, die zur Lösung eines Falls beitrugen.

»Also ich habe mich ein wenig im Cuxhavener Unternehmerverband umgehört. Das war recht aufschlussreich, auch wenn der Tonnac nicht mehr da drin ist.«

Die Wirtin stellte das alkoholfreie Bier vor Rike auf den Tisch. »Nehmen Sie sich alle Zeit der Welt und räumen die Gläser dort in den Kasten.« Sie zeigte auf eine Holzkiste vor der Eingangstür. Dann schloss sie ihr Lokal ab und sprang auf ein Elektrofahrrad. »Nun wird es Zeit, das kleine Wunder persönlich kennenzulernen«, rief sie fröhlich.

»Die Unternehmer hatten etwas über den Herrn zu sagen?«, kam Rike auf das Thema zurück.

»Genau. Also, der hat seine Kaffeefirma und ebenso das Gestüt geerbt. Das war beides lange Zeit eine Gelddruckanlage. Aber seit zehn Jahren kriselt es.«

»Inwiefern ist er in der Krise?«

»Er war schon mal in der Insolvenz, irgendwie hat er das Unternehmen gerettet. Aber durch die Pandemie und die Inflation in den letzten Jahren wurde es nicht einfacher. Der hatte eine akute Geldnot«, berichtete Margo Valeska.

Rike fragte sich, ob das mit dem Fall zusammenhing. Zumindest dürfte ihm die Entführung des Favoriten geschadet haben – und er hatte denen eine hohe Summe bezahlt.

»Stand er wieder vor der Insolvenz?«, fragte sie die Malerin.

»Das weiß ich nicht. Es gibt aber das Gerücht, dass er sich mit windigen Leuten eingelassen hat, um finanzielle Löcher zu stopfen.«

Rike wurde hellhörig. Konnten diese Personen in den Fall verwickelt sein? »Weiß man da etwas drüber, wer das genau ist?«

Margo Valeska drehte eine Haarsträhne um den Finger. »Das habe ich natürlich auch gefragt, aber keine Antwort erhalten. Ich bleibe in jedem Fall dran.«

Prinz stupste seine Nase gegen ihr Bein. Rike trank ihr alkoholfreies Bier aus und stand auf, sie spürte den Drang, sich zu bewegen. Sie bedankte sich bei der Malerin. Auf jeden Fall mussten sie das näher untersuchen. Vielleicht gaben die Ergebnisse der Durchsuchung etwas her.

»Geht los, Hübscher«, sagte sie zum wild bellenden Prinz. Er zerrte an der Leine, und sie lief in einem gemütlichen Tempo mit ihm über die Klappbrücke und dann in Richtung Wasser bis zur Grimmershörnbucht. Sie warf sein Krokodil mehrmals von sich, das er mit großen Sprüngen verfolgte. Gerade war Hochwasser, sie setzte sich in einen Strandkorb in der Badebucht und sah den Schwimmern zu, die sich in die Nordsee stürzten. Dabei kreisten ihre Gedanken um die beiden Todesfälle. Was hatten der Jockey und der Informatiker miteinander zu tun?

KAPITEL 40

Sie war bei den Nachbarn über den Zaun gestiegen und hatte sich umgesehen. Alles war still im Pferdedörfchen, bis auf ein paar Pferde auf den Weiden. Ein Hund bellte, als sie vorüberging.

Ihre Eltern hatten sie auf Schritt und Tritt verfolgt, so besorgt waren sie. Wenn sie nicht volljährig wäre, hätten sie sie vermutlich sogar eingeschlossen aus Angst, dass ihr etwas passierte. Abwegig war das nicht, denn die Gangster hatten die Bitcoin vermutlich nicht gefunden. Tom war ein Fanatiker der Verschlüsselung, er hatte ihr Vorträge darüber gehalten, mit welcher Software Staaten ihre Bürger überwachten und wie man das verhindern konnte. Für einen Beamten war er erstaunlich anarchisch, das brauchte er wohl als Ausgleich. Genauso wie seine *Tourihasser*-Gruppe.

Noch konnte sie nicht begreifen, dass er nicht mehr da war. Ihr Freund, ihr väterlicher Unterstützer. Tränen liefen ihr hinab, die Tasche schlug im Takt ihrer Schritte gegen ihr Bein, und das war ganz recht so. Mochte der körperliche Schmerz vom seelischen ablenken. Sie würde am vereinbarten Ort innehalten und seiner gedenken.

Nach dem warmen Tag hatte es am Abend gewittert, es war kühl geworden, Amkea fröstelte. Sie würde sich an alle Vorsichtsmaßnahmen halten, die sie besprochen hatten. In Gedanken ging sie diese noch mal durch. Der Weg war weiter, als sie das erwartet hatte, zudem war ihr Körper durch die Zeit auf beengtem Raum mit wenig Essen geschwächt. Durch den Stress seit Dinos Ausflug und die Entführung hatte sie stark abgenommen, es war unmöglich, das an einem halben Tag wieder auszugleichen. Ihr Magen hatte, seitdem sie bei Tom war, rebelliert.

Endlich sah sie den Friedhof Brockeswalde auf der rechten Seite liegen, sie leuchtete mit der Taschenlampe, um die Einstiegsstelle zu finden. Da war die Lücke, sie schlüpfte hindurch. Sie trug keinerlei elektronische Geräte am Körper, die nachverfolgbar waren. Wie Tom ihr erklärt hatte, waren sogar Smartwatches verräterische Datenschleudern. Sie stand nun auf dem Friedhofsgelände und orientierte sich, dann erinnerte sie sich an den Weg bis zum jüdischen Gräberfeld. Ein Rascheln war zu hören, sie verbarg sich hinter einer Gedenktafel für Seeleute. Nach den gemeinsamen Besuchen mit Tom kannte sie einige der markanten Grabstellen. Das Geräusch schien von einem Tier zu kommen, es entfernt sich, es war vollkommen still zwischen den Steinen. Sie stand vor dem gesuchten Feld und erinnerte sich. Zweite Reihe, dritter Stein von rechts. Zügig ging sie dorthin und buddelte mit dem mitgebrachten kleinen Spaten, da war nichts. Mist, was hatte sie falsch gemacht? Sie überlegte. Dann fiel es ihr ein, gemeint war die zweite Reihe von der unteren Seite aus gesehen, denn meist waren sie aus der anderen Richtung gekommen. Dieses Mal hatte sie mehr Glück, sie stieß auf den Metallbehälter und holte ihn aus der Erde. Tatsächlich befand sich darin das Smartphone. Sie schloss es an die mitgebrachte Powerbank an und gab das Passwort ein, ihre beiden Geburtstage.

Sie konnte die Tränen nicht zurückhalten, als sie die Eingangsnachricht sah. »Wenn du das eines Tages liest, geliebter Schatz, werde ich nicht mehr auf dieser Erde sein. Ich liebe dich zum Mond und zurück. In alle Ewigkeit.« Sie sank zu Boden, warum war das so gekommen? Was für eine Schnapsidee war das nur? Hätte sie sich von Anfang an herausgehalten, wäre das alles nicht passiert. Vor allem würde Tom noch leben. Doch wenn sie die Dinge nicht zu Ende brachte, hatte das Ganze keinen Sinn. Sie schnäuzte sich in den Ärmel und wischte die Tränen ab, dann sah sie sich den Bildschirminhalt an und fand, was sie gesucht hatte. Als sie fertig war, schaltete sie das Gerät aus und legte es ebenso sorgfältig wieder zurück.

KAPITEL 41

Rike war früh im Büro und las die Berichte von Kollegen, um das Gespräch mit Amkea Antelmann vorzubereiten. Für Prinz hatte sie eine Decke neben den Schreibtisch gelegt, da Harry seinen ersten Arbeitstag hatte und ihren Hund nicht mitnehmen konnte. Missmutig hatte dieser sich abgelegt, zeigte eine leidende Miene und würdigte sie keines Blickes.

Um 9 Uhr sah sie vor die Bürotür, rief dann am Empfang an. Die Antelmanns waren nicht erschienen. Ärgerlich dachte Rike an das Versprechen des Tierarztes. Der Mann hatte auf sie vertrauenserweckend gewirkt. Sie ging mit ihrem Hund zum Wagen, fuhr die Bundesstraße stadtauswärts und bog dann nach rechts, um in das Reiterdorf zu gelangen. Am Wohnhaus der Familie klingelte sie. »Das geht leider nicht, wir machen später eine tolle Tour«, vertröstete sie ihren Hund, der bellend auf sich aufmerksam machte.

Amkeas Mutter öffnete die Tür einen Spalt breit. »Meine Tochter war entführt und es geht ihr nicht gut«, protestierte sie in scharfem Ton.

Sie wollte sie die Tür direkt wieder schließen. Doch Rike hatte geistesgegenwärtig ihren Fuß hineingesetzt.

»Wir hatten einen Termin, ich kann Amkea vom Staatsanwalt vorladen lassen, und zwei uniformierte Kollegen holen sie ab. Sie haben vielleicht vergessen, dass wir sie neben einem Toten gefunden haben.«

Pikiert sah Imke Antelmann nach rechts und links in Richtung der Nachbarhäuser, dann bat sie Rike hinein.

Sie ging voran in ein geräumiges Wohnzimmer mit hellen Designermöbeln vor einer Glasfront, die den Blick auf die Pferdeweiden freigab. Sie bot Rike einen Platz an und wollte Amkea wecken. Fünf Minuten später erschien die junge Frau und rieb sich müde die Augen. Sie trug einen Jogginganzug und gähnte.

Sie sah auf die Uhr: »Oh ja, wir hatten einen Termin. Entschuldigung, mein Hausarzt hat mir ein Schlafmittel gegeben, ich konnte nach dem Schock nicht mehr zur Ruhe kommen.«

»Kann ich etwas zu trinken bringen?«, die Mutter kam in den Raum und sah sie fragend an. Insgeheim ging es ihr vermutlich darum zu lauschen.

Rike verneinte und bedankte sich. Die junge Frau bat um einen Kaffee, schwarz und stark. Rike stellte ihr Aufnahmegerät auf den Glastisch vor ihnen.

»Sie haben angegeben, Thomas Bernecke tot aufgefunden zu haben. Können Sie bitte schildern, was direkt vorher und dann vor Ort geschehen ist.«

Amkea gähnte und streckte im Sitzen ihre Hände nach oben, um sich zu dehnen. »Ja, ich wurde direkt auf Neuwerk überfallen, in einen Hänger verfrachtet und ans Festland gekarrt. Der Typ wollte immer irgendetwas über versteckte Bitcoins wissen. Am Ende konnte ich ihn bequatschen, dass er mich rauslässt gegen eine Angabe, wo sich die Bitcoins befinden. Ich kenne mich mit so etwas gar nicht aus, aber Tom ist absoluter Profi in diesen Dingen.« Sie schüttelte traurig den Kopf. »Pardon, er war das. Ich kann mich nicht damit abfinden, dass er nicht mehr da ist.«

Rike nickte verständnisvoll.

»Er wusste über meine Aktion Bescheid, daher habe ich gehofft, dass er sofort weiß, was los ist, wenn diese Gangster bei ihm auftauchen. Ich dachte, er wird mit denen fertig und tischt ihnen wegen der Bitcoins irgendetwas auf«, fuhr sie fort.

Einen Moment später legte sie ihren Kopf auf die Tischplatte, schluchzte: »Ich habe ihn ans Messer geliefert.«

»Du meinst, du hast die Entführer zu ihm gebracht?« Sie schüttelte heftig den Kopf. »Nein, ich habe den Namen und die Anschrift genannt, wollte denen aber zuvorkommen.«

Rike erschien das ein wenig wie eine wilde Räuberpistole. »Du wolltest es mit den Gangstern aufnehmen bei Tom, oder wie hast du dir das gedacht?«

Das Mädchen sah auf ihre Fußspitzen. »Ich weiß, völlig bekloppte Idee. Ich wollte schneller dort sein und ihn warnen. Ich habe dem ja sein Auto geklaut, und er stand im Funkloch. Aber irgendwie muss er die Adresse durchgegeben haben. Und ich hatte mit dieser blöden Karre einen Unfall.«

»Wer hat dich denn entführt? Kennst du den Namen?«

Die junge Frau zog auf dem Sofa ihre Knie an, verneinte. »Das war ein Deutscher, beschreiben kann ich ihn nicht, meine Augen waren verbunden. Auf der Flucht bin ich so schnell wie möglich gerannt.«

»Wie groß, wie alt, was für ein Dialekt?« Rike wurde nervös, mit den wenigen Informationen würde sie niemals herausfinden, wer die angeblichen Entführer waren. Oder war alles ganz anders?

Ihr Handy klingelte. Sie sah, dass es Juri war, und drückte das Gespräch weg. Erneut meldete er sich, da es vermutlich dringend war, nahm sie an. Sie entschuldigte sich und ging durch die Glastür nach draußen.

»Hey, Rike, wir haben einen Zugang zu den Daten von Thomas Berneckes Rechner im Rathaus und sein *Wallet* gefunden. Sein Kollege hat mir bei der Entschlüsselung geholfen. So heißen die digitalen Konten für Bitcoins, diese Kryptowährung. Da waren tatsächlich 15 Stück drauf, aber inzwischen war es leer. An seinem Todestag gab es eine Überweisung.«

»Und wohin ging diese?«, fragte Rike.

»Das kann man zwar sehen, aber daraus können wir nicht schließen, um welchen Empfänger es sich handelt. Um anonym zu bleiben, erstellen die Nutzer dieser Währung für jede Transaktion eine eigene Adresse, von der aus man die Spur nicht weiterverfolgen kann.«

So richtig hatte Rike das Prinzip nicht begriffen, sie war überzeugt, dass Juri alles herausfand, was in seiner Macht stand.

»Danke dir, Juri.«

Als sie auflegen wollte, bat er sie, noch zu warten. »Erste Auswertung der Spurensicherung. Er hatte eine Reise nach Neuseeland geplant, ohne Rückfahrticket und mit viel Gepäck. Wir haben das Ticket für eine Person für den Hinflug gefunden, eine Woche darauf wäre er geflogen«, ergänzte er.

Sie fragte sich, ob das eine Flucht war – und wenn ja, wovor. Sie kehrte in den Raum zurück, wo die junge Frau mit halb geschlossenen Augen auf der Couch saß.

»Wir haben übrigens den Nachweis, dass dein Freund Tom der Erpresser war. Mein Kollege hat sein Bitcoin-Konto identifiziert, wo das Geld vom Rennstall Tonnac eingegangen ist. Und du willst davon nichts gewusst haben?«

Sie sah Rike mit großen Augen an, wirkte tatsächlich überrascht. »Das kann nicht sein.«

»Also, das hat er ganz alleine durchgezogen? Ich dachte, er wäre in die Entführung eingeweiht und hat diese unterstützt?«

Das Mädchen zögert. »Ich habe das mit ihm durchgesprochen. Das war der einzige Erwachsene, der den Protest auf dem Wattrennen gut fand und den Mädels geholfen hat. Er hatte ja seine eigene Gruppe, diese *Tourihasser*, mit denen er gegen die Veranstaltung protestiert hat. Aber mehr auch nicht.«

»Der Herr Bernecke wollte selbst Tourist werden – mit 15 Bitcoin hatte er eine stolze Summe Geld, das hätte für ein paar Weltreisen genügt. Wir haben seine Flugbuchung nach Neuseeland gefunden«, berichtete Rike. »Wie war das für dich, dass er dort alleine hinfliegen wollte, ohne Rückfahrticket?«

»Der wollte abhauen?« Amkea starrte vor sich hin und dachte nach.

»Wäre das nicht ein Grund gewesen, den Mann umzubringen? Der hat eure Idee verraten und wollte die Schäfchen ins Trockene bringen«, lockte Rike die Studentin.

»Ich rette doch keine Tiere und bringe dann Menschen um. Das waren die Leute, die Toms Wohnung verwüstet haben. Sie haben das Geld gesucht und ihn als Zeugen beseitigt«, entgegnete Amkea. Sie stand auf und lief durch den Raum, rieb sich ihre Handgelenke. »Mir tut alles weh, ich war gefesselt und lag am Boden«, klagte sie.

»Wer sollen denn diese Gangster sein? Ich schlage vor, dass wir morgen ein Phantombild des Entführers erstellen. Da wäre es besser, du kommst zu uns.« Bisher hatte niemand außer Amkea diese Personen gesehen, Rike fragte sich, ob das ein Produkt ihrer Fantasie war. Oder hatte Tonnac versucht, sich das Geld zurückzuholen?

»Das werde ich tun, unter einer Bedingung.« Die junge Frau hatte sich wieder auf dem Sofa fallen gelassen.

»Ich denke nicht, dass du eine Sonderbehandlung bekommen kannst«, wehrte Rike ab. »Du wurdest neben einer Leiche gefunden.«

»Können Sie dafür sorgen, dass ich wegen der Entführung von Dino nicht ins Gefängnis muss?«, bat sie.

»Ich kann solche Zusagen nicht abgeben, der Richter entscheidet. Aber wenn du mit der Polizei kooperierst, steigen die Chancen, dass du an einer Haftstrafe vorbeikommst. Ich werde mich dann dafür einsetzen«, sagte sie diplomatisch. »Der Verdacht der Erpressung steht nach wie vor im Raum.«

Sie sprang wieder auf. »Ich schwöre, dass ich damit nichts zu tun hatte. Mir ging es um Dino, äh, ich meine Diamond Moon. Für mich das Seelenpferd. Und es war nach seiner Verletzung viel zu früh, um wieder ein Rennen zu laufen.« Ihre Stimme zitterte, es schien ihr wichtig zu sein.

In dem Moment platzte die Mutter in den Raum. »Das reicht jetzt, Sie sehen doch, wie angeschlagen meine Tochter ist!«

»Ach, haben Sie kein Interesse, dass die Entführer gefasst werden? Solange diese Personen auf freiem Fuß sein, besteht Gefahr«, gab Rike zu bedenken.

Amkea hatte Mühe, die Augen offenzuhalten. »Können wir ein anderes Mal weitermachen?«, bat sie. »Morgen in der Polizeiinspektion, ansonsten kommt der Abholservice mit den beiden uniformierten Kollegen«, sagte Rike streng.

Ihr fiel ein, wen sie zu den Kontakten von Eric de Tonnac-Rusch befragen konnte. Zudem befand sie sich bereits auf dem halben Weg zum Bredow-Hof in Cappel.

Sie fuhr über die Küstenheide in westlicher Richtung und parkte vor dem Tor des weißen Bauernhauses. Als sie am Stallgebäude vorbeilief, rief jemand ihren Namen.

»Rike, komm doch mal schauen.« Sie ging in den Boxentrakt und sah Luisa Bredow vor einem großen Pferd stehen, als sie auf ihrer Höhe angekommen war, entdeckte sie ein Fohlen. »Du kannst mir gleich helfen, die beiden hinauszubringen«, bat die Pferdezüchterin. Sie führte die Stute,

Rike öffnete die Tür zum Reitplatz, das Fohlen kam an ihr vorbeigeschossen und galoppierte wild über die Fläche.

»Ist der nicht wunderschön?« Luisa sah den Pferden nach. Dann wandte sie sich Rike zu. »Hast du ein Anliegen oder bist du hier, um dich vom Kleinstadtmief zu erholen?« Schalkhaft blitzen ihre Augen.

Die Bürger der Region Land Wursten waren stolz auf ihre Vergangenheit als unabhängige Bauern, die über Jahrhunderte jedem Herrscher getrotzt hatten. Gerne spotteten sie über das lange von Hamburg abhängige Cuxhaven.

»Ja, ich bin wegen des Gestüts Tonnac hier. Hast du eine Ahnung, in welchen dubiosen Kreisen der Tonnac verkehrte?«

Luisa ging zu den beiden Pferden, stellte den Kleinen in die richtige Position, um gesäugt zu werden. Dann kam sie zurück zu Rike. »Genaues weiß ich nicht. Aber es gab einen windigen Kunden in seinem Rennstall. Das war ein Typ aus dem Cuxhavener Rockermilieu, von irgend so einem Motorradklub. Der hatte ein Pferd bei ihm erworben, und das war im Training bei ihm. Ein älterer Bruder von Diamond Moon, der war nur leider ganz und gar nicht erfolgreich.«

»Und das gab dann Ärger?«

Luisa zuckte mit den Schultern. »Nichts Genaues weiß man nicht, aber dieser Mensch schien auch Geld im Übermaß zu haben und soll davon einiges in den Tonnac-Betrieb gesteckt haben, jedoch nicht uneigennützig. Ich habe da etwas von Wucherzinsen gehört. Vor allem kommt diese Information nicht von mir«, sagte sie. Ihre Blicke waren wieder bei dem Jungspund auf dem Reitplatz, der wild im Zickzack rannte, die Mutter versuchte, ihm zu folgen.

»Einen Namen oder so hast du nicht?« Luisa lächelte nur vielsagend. Rike verstand den Wink. Prinz bellte ohnehin die ganze Zeit empört, da sie ihn im Wagen gelassen hatte. Sie fuhr mit ihrem Vierbeiner weiter bis nach Spieka-Neufeld. Sie lief mit ihrem Hund über den hohen grünen Wall, blieb oben kurz stehen und hielt inne. Schäfchen grasten auf der Erhebung. Vor ihnen breiten sich die Salzwiesen mit glitzernden Wasserläufen aus. Im winzigen Hafen war ein Krabbenfischer dabei, sein Schiff startklar zu machen. Davor lag in hellem Blau die Nordsee, auf der sich die Haufenwölkchen spiegelten. Selbst in der Saison war an diesem Ort nur wenig los, eine Handvoll Wohnmobile stand neben dem Priel, der Verbindung von Land und Meer. Am Rand des Wasserlaufs liefen sie in Richtung Grünstrand, wo ein paar Strandkörbe aufgebaut waren. Ein hölzerner Steg führte auf das Meer hinaus. Sie gingen bis zum Ende, wo Rike sich an den Rand setzte, um nachzudenken. Prinz stupste sie ungeduldig in die Seite. »Lass mich mal einen Moment Pause machen, Hübscher«, bat Rike. Dann dachte sie an das, was sie erfahren hatte. Sie mussten herausbekommen, wer dieser dubiose Rocker war. Spielte er beim Tod des Jockeys eine Rolle? Sinn ergab das nicht. Vor allem wenn er Geldforderungen an Tonnac hatte, denn diesem war die Rennprämie entgangen. Dagegen hatten die Tierschützer eindeutig ein Motiv. Denn Cristobal Bullwin war berüchtigt für seinen brutalen Umgang mit den Pferden. Eine Person spielte in beiden Todesfällen eine Rolle: Amkea Antelmann. Doch wie hingen die beiden Vorgänge zusammen?

Prinz wurde ungeduldig und sprang bellend um sie herum. »In Ordnung, wir spielen eine Runde«, sagte sie und lief über den Holzsteg zurück an den Strand. Sie warf sein Krokodil ein paarmal von sich und ließ ihn das Spielzeug apportieren, bevor sie den Rückweg antraten.

KAPITEL 42

Der Käpt'n hatte Margo zu sich gerufen, als sie mit dem Fahrrad vorbeifuhr. Gerade war sie auf dem Weg zum Steubenhöft, dort wollten sie den letzten alten Hafenkran ablichten, bevor er demontiert werden sollte. Wieder verschwand ein Stück Vergangenheit dieser Stadt, ein Denkmal.

»Du hattest doch nach den Pferdewetten gefragt. Der Neffe von einem alten Kollegen arbeitet in diesem Beachclub. Wenn du dahin gehst, kannst du von mir grüßen«, sagte der Käpt'n. »Aber pass auf dich auf, mit dessen Chef ist nicht gut Kirschen essen«, empfahl er.

»Warum, was ist das für einer?«, hakte Margo nach.

In dem Moment kam Malou zu ihr und sprang sie an.

»Siehst du, die macht sich Sorgen. Du stellst zu viele Fragen. Mach einen großen Bogen um diesen Herrn«, bat der alte Seebär. Margo spürte, dass sie nicht mehr aus ihm herausbekommen würde, und bedankte sich. Sie musste in die Pedale treten, die Damen ihres Kurses warteten vermutlich schon.

Der blaue Kran sollte in der Woche darauf verschrottet werden. Lange war er ein Wahrzeichen der Stadt, das höchste Bauwerk. Doch die Lokalpolitik hatte andere Interessen. Überall in Cuxhaven wurde gebaut, sie hatte den Überblick über die Zahl der Seniorenresidenzen und teuren Apartmenthäuser verloren. Ein Industriedenkmal wie ein Kran stand dabei nur im Weg.

Tatsächlich waren schon alle Teilnehmerinnen ihres Kurses an dem früheren Anleger für Kreuzfahrtschiffe eingetroffen, bauten ihre Staffeleien auf. Margo hatte ihre nicht dabei. Wieder waren es originelle Kunstwerke, die entstanden. Die komplette Silhouette, Details oder Fantasieformen der historischen Anlage. Sie sah sich die Werke an, machte Vorschläge, unterstützte mit einem Pinselstrich. Ihre Schülerinnen verabredeten sich am Ende noch zum Essen im portugiesischen Restaurant *O-Cantinho* im alten Fischereihafen. »Sorry, ich kann heute leider nicht«, bedauerte Margo.

Sie sprang auf ihr Fahrrad, querte die Seeschleuse und radelte durch den Hafen bis zur Deichstraße. Der Beachclub fiel von außen kaum auf, nur eine unauffällige Leuchtreklame verriet den Namen und darunter den Zweck des Lokals: »Sportwetten«. Sie betätigte die Klingel neben der dunkelgrünen Stahltür, die sich wie von Zauberhand öffnete. Zaghaft trat sie in einen spärlich beleuchteten Raum, nicht größer als ein mittleres Wohnzimmer. Die einzige Lichtquelle bildeten unzählige Bildschirme an den Wänden. Nachdem ihre Augen sich an das Schummerlicht gewöhnt hatten, erkannte sie davor einige Gäste. Direkt gegenüber der Tür befand sich ein Tresen, auf den sie zuging.

»Guten Abend und Gruß vom Käpt'n«, sagte sie zu dem mittelalten Mann dahinter.

Der zwinkerte ihr zu und streckte ihr lässig die Hand entgegen. »Ich bin Raoul. Du bist die Dame, die gerne in die Welt der Pferdewetten eingeführt werden möchte.« Margo ergriff seine Hand und stellte sich ebenfalls vor. Besser erst einmal nicht zu viel erzählen. Bestimmt würde sie einige brauchbare Fakten erfahren.

»Schau mal da drüben, da kannst du die Rennen sehen.

Unser Raum ist praktisch zweigeteilt.« Er deutete auf die andere Seite. »Das ist das Fußballstadion, da findest du das junge Gemüse. Aber deshalb bist du ja nicht hier.« Er lachte über seinen eigenen Scherz, und Margo schenkte ihm ein müdes Lächeln.

»Schau mal, die drei dort am ersten Tisch. Das sind Stammkunden. Am besten, du gesellst dich zu ihnen. Die können alles erklären. Sag, dass du von mir kommst. Ich darf meinen Posten nicht verlassen«, sagte er. Er hatte geflüstert, im Raum war es ruhig. Auf den Bildschirmen auf der linken Seite liefen Rennen ohne Ton.

Sie ging an den ersten Tisch, wie er ihr vorgeschlagen hatte. »Moin«, sagte sie zaghaft. Der zwei Meter große Mann mit Glatze neben ihr wandte den Blick vom Bildschirm ab. »Moin«, knurrte er. »Wer stört?«

»Mein Name ist Margo. Raoul sagte, ich kann von Ihnen etwas über Pferdewetten lernen.«

»Ich bin Kurt.« Er reichte ihr die Hand. »Ich muss den Lauf jetzt erst mal ansehen, dann können wir reden.«

Sie sah ebenfalls auf den Bildschirm, das Rennen wurde von der Bahn in Hamburg übertragen. Die Pferde starteten, ihr Nachbar starrte gebannt auf die Galopper und ihre Reiter mit bunten Trikots, die aus der Luft gefilmt wurden. »Jetzt lauf doch, da ist die Lücke«, schrie er. Dann: »Ja, er schafft es.« Er war aufgesprungen und hatte die Hände hochgerissen. Einen Moment darauf. »Jetzt lass nicht nach. Oje, das kleine Stück, gib Gas. Der überholt dich gleich. Ach nein, das gibt es doch nicht.« Dann fluchte er. Er drehte sich zu ihr um. »Hast du das gesehen? Die Nummer 3. Das war ein absoluter Geheimtipp, und es hätte beinah geklappt!« Er hieb mit der Hand auf seinen Stuhl, schimpfte auf den Reiter.

Dann holte er sich ein Bier und kam zum Tisch zurück. »Sorry, ich habe dir nichts mitgebracht, kann jetzt nur anschreiben lassen.«

»Sie kennen sich gut aus mit Pferden? Was ist denn schiefgelaufen?«

Er setzte das Glas an und leerte es zur Hälfte. Dann wischte er sich über den Bart. »Ich habe da so 'nen Kumpel, der weiß immer gut Bescheid. Er hatte recht, dass der Drosten abging und beste Chancen hatte, aber mit der Blu-esky hatte er nicht gerechnet, die war schneller und hatte einen besseren Strategen.«

»Und Sie hatten viel auf diesen Tipp gesetzt.«

Er fluchte nochmals. »Ja, auf Sieg, dann wäre die Quote hervorragend gewesen. Aber mit etwas weniger Risiko hätte ich einen Batzen abbekommen. Man kann auch auf Platz wetten, dann gewinnt man, wenn er unter die ersten Drei kommt.«

»Wie Platzwette – ist doch für Pussis«, kommentierte ein Mann mit grauem Zottelbart, der hinzukam. »Das ist Hermann«, stellte er ihn vor. »Und hier Walter, der ist selbst mal ein paar Rennen geritten.« Der dritte Mann war noch immer drahtig und durchtrainiert. Sie schätzte, dass er um die 70 Jahre alt war.

»Das ist übrigens Margo. Sie möchte von uns lernen, wie man mit Pferdewetten Geld verdient.«

Walter, der frühere Jockey, lachte dröhnend. »Na, du bist ja das beste Beispiel. Ich kann Ihnen nur zeigen, wie man Geld verliert. Aber immerhin haben wir uns dann gut amüsiert. Mit etwas Ahnung und Selbstdisziplin könnte das natürlich funktionieren.« Er zeigte zur anderen Seite des Raums. »Bei denen ist das ein reines Glücksspiel. Fußballwetten, wie primitiv und höchst unseriös. Die bekommen dauernd irgendwelche komischen Tipps auf serbische Drittligaklubs, die dann hohe Quoten haben. Dahinter steckt eine richtige Mafia!«

Die anderen beiden Männer nickten empört. Danach erklärten sie Margo die verschiedenen Wettmöglichkeiten und versorgten sie mit einer Zeitung über die Rennen auf der Hamburger Derbywoche, die gerade liefen.

»Weißt du was, Mädel? Ich coache dich, und dafür leihst du mir einen Fuffi. Da kommt ein Rennen, in dem ich setzen will. Leider ist mein kompletter Einsatz weg«, schlug Kurt listig vor.

Der Ex-Jockey raunte ihr im Vorbeigehen ins Ohr: »Leihe niemals einem Spieler Geld. Du siehst es nie wieder!«

»Ich habe eine bessere Idee. Wenn ich gewinne, gebe ich dir etwas ab. Wenn nicht, nicht«, konterte Margo.

»Du wirst gewinnen. Nur leider kann ich so gar nichts setzen«, beklagte er.

Sie ließ sich erweichen und füllte mit seiner Unterstützung den Wettschein aus. »Ich habe einen sehr guten Hinweis, dass Diamond Sun dieses Rennen gewinnen wird. Sie ist in guter Form und der richtige Jockey sitzt darauf«, sagte der Spieler. »Wenn du mit wenig Risiko gewinnen willst, setze nicht auf Sieg, sondern auf Platz. Sie muss dann unter den ersten Dreien sein«, schlug er Margo vor. Sie kreuzte das an, was er vorgeschlagen hatte.

Sie lieh ihm den Fünfziger. Er füllte ebenfalls einen Schein aus und brachte ihn schnell zum Tresen. Die Pferde starteten kurz darauf, wie gebannt verfolgten die drei Männer das Rennen. Selbst Margo fieberte mit. Ihr Gewinntipp befand sich mit Mittelfeld, sehr lange sah es aus, als würde das Pferd hinterherrennen. Doch dann schob sich die Stute immer weiter nach vorne, bis sie neben zwei anderen Galoppern an der Spitze angelangt war. Ganz kurz vor dem Ziel lieferte ihr Tipp einen Endspurt. Es war auf dem Bildschirm nicht zu sehen, wer das Rennen gemacht hatte, aber kurz darauf leuchtete die Reihenfolge am Bildschirm auf. Lautstark hatte Kurt die letzten Meter begleitet und am Ende gejubelt. Die Stute hatte gewonnen. Dann drehte er sich zu ihr. »Na, Mädel, das hat sich gelohnt, oder?«

Sie nickte. Er ging sogleich in Richtung Tresen, um seinen Gewinn abzuholen. Dann schob er ihr das geliehene Geld über den Tisch. »Und du? Du bekommst auch etwas!« Sie zeigte Raoul ihr Ticket und bekam zwölf Euro ausbezahlt. »Bravo, so schnell den ersten Gewinn«, sagte er.

Sie ging zurück an den Tisch, wo ihr Lehrmeister im Prospekt zum nächsten Rennen blätterte. »Von wem bekommst du deine tollen Tipps?«, fragte Margo.

»Keine Namen, aber das sind Leute aus der Rennszene, Jockeys, Pferdebesitzer oder Trainer. Früher bin ich oft zu den Bahnen in ganz Deutschland gereist«, sagte er. Er holte ein speckiges Heft aus der Tasche. »Das ist viel Geld wert. Alles Kontakte in der Branche.«

»Kennst du diesen Tonnac? Den habe ich beim Duhner Wattrennen kennengelernt.«

Er nickte. »Na klar, du fragst sicher wegen der Entführung, oder? Das war unglaublich. Aber nicht das erste Mal.«

Interessiert sah sie ihn an. »Wie, das ist schon mal passiert? Ich habe so etwas nie gehört.«

Er nickte. »Ja, das geschah in Irland, da sind die Leute total besessen von Pferderennen. Die haben den absoluten Favoriten geklaut. Es ging darum, den Ausgang des Rennens zu beeinflussen.«

»Wer hätte denn etwas davon, wenn der klare Favorit nicht mehr mitläuft?«, fragte sie.

»In erster Linie ein Konkurrent, der an dessen Stelle das Preisgeld kassiert. Jemand, der eine Wette abschließt. Nehmen wir mal an, der kennt todsicher das zweitstärkste Pferd, und das ist ein Geheimtipp. Oder er setzt auf die drei Ersten. Wenn kein anderer das erwartet, hat er eine enorme Quote.«

Margo überlegte einen Moment. Der Konkurrent schied wohl aus, denn beim Wattrennen war die andere Favoritin Diamond Sun vom gleichen Stall. »Aber der Tonnac, der ist finanziell angeschlagen. Ich frage mich, ob er das nicht selbst war und dafür eine stolze Summe bei der Versicherung kassiert hat?«, spekulierte Kurt.

Sie nickte. »Das ist eine Möglichkeit. Aber dieser Jockey soll umgebracht worden sein, das ließ sich vermutlich nicht versichern.«

»Schlimme Geschichte, auch wenn das ein grober Kerl war, wie der geritten ist, das war nicht schön anzusehen. An sich wundert mich das nicht, dass den jemand vom Pferd geholt hat. Nur sicher nicht der Tonnac, dem das Wasser eh bis zum Hals steht.«

»Dann kann er ja heute aufatmen nach dem Sieg. Aber warum hat er diesen fürchterlichen Typen überhaupt aufs Pferd gelassen? Der hat doch total versagt«, bemerkte Margo.

Kurt nickte. »Der war der erfolgreichste Jockey. Er ist früher schon für den Trainer geritten, damals gab es Gerüchte wegen Doping. Der Tonnac wurde erwischt und hatte eine Sperre, angeblich kam das Mittel von Bullwin. Vielleicht wollte Tonnac bei Diamond Moon nachhelfen, weil er nicht fit war?«

Margo nickte. Das klang logisch, der Stallbesitzer hatte Dreck am Stecken, jedoch sicher nicht den Mord begangen. »Du fragst mir aber Löcher in den Bauch. Jetzt kommt das nächste Rennen«, er hatte offensichtlich genug von den Spekulationen.

»Und gibt es wieder einen Geheimtipp?«, wollte Margo wissen.

Er nickte. »Der Rennkurti hat immer Wissensvorsprung, er hat an jeder Bahn seine Leute.« Er sah in sein Prospekt und zog einen bekritzelten Zettel aus der Tasche. Dann glich er beides ab und ging nach vorn, um seinen Einsatz zu platzieren. »Ich setze alles auf Sieg der Nummer vier«, sagte er. Er griff in seine Tasche und legte einen Haufen Scheine auf den Tresen. Das war die komplette Summe, die er gerade gewonnen hatte. Sie wartete, bis er wieder am Tisch war und bedankte sich dann für die Tipps. »Hals und Beinbruch«, wünschte sie ihm.

»Ja, ich weiß, das erscheint vollkommen unvernünftig. Aber eines Tages, Mädel, da wird es klappen.« Er grinste und hielt ihr die Hand hin, sie schlug ein, bevor sie ging.

KAPITEL 43

Rike kam in letzter Minute in den Sitzungsraum. Eigentlich hatte sie die Kollegen gebeten, um 9 Uhr zusammenzukommen. Doch auf dem Weg zum Auto hatte sie Margo Valeska getroffen, die von ihrem Besuch im Wettbüro berichtete.

Als sie ihre Jacke aufhängte, kam Flores mit zwei Tassen Cappuccino in den Raum und stellte eine vor Rike. Den Koffeinschub konnte sie dringend gebrauchen.

»Danke schön, Flores.« Sie nahm am Konferenztisch Platz, den zweiten Stuhl an der schmalen Seite hatte Carla Bredow eingenommen, die jetzt auf ihre Smartwatch sah.

»Können wir dann mal loslegen? Danke für den Bericht.« Ihre Chefin tippte auf den Ausdruck. »Ich hoffe, ihr seid weitergekommen? Der Innenminister ruft täglich an, ich brauche dringend Ergebnisse. Und ich kann diesen Journalisten nicht mehr lange vertrösten!« Sie erteilte Rike das Wort.

Rike überlegte. Die Puzzlesteine der verschiedenen Taten lagen vor ihnen, doch sie wollten nicht recht ineinander passen. Immerhin war das erste spektakuläre Ereignis aufgeklärt.

»Was den Pferdediebstahl von Diamond Moon betrifft, da haben wir ein klares Ergebnis. Amkea Antelmann ist geständig. Sie hatte Angst um das Pferd und hat es deshalb in Sicherheit gebracht.«

»Und dafür eine stolze Summe kassiert«, bemerkte ein Kollege.

In dem Moment meldete sich Juri: »Kassiert hat es der zweite Tote, Thomas Bernecke. Dank seines Dienstcomputers konnten wir den Eingang der Bitcoins nachweisen. Er hatte die Nachrichten geschrieben und das Geld erhalten.«

Rike bedankte sich beim Kollegen. »So ist es, und Amkea Antelmann wusste nach ihrer Aussage nichts von der Erpressung, es ging ihr um das noch nicht genesene Pferd. Ihre Entführer hatten es auf das Geld abgesehen.«

Carla blätterte in ihrer Akte. »Also das erscheint mir merkwürdig mit dieser Entführung. Was ist denn eurer Meinung nach an dieser Sache dran? Kann sie sich nicht versteckt haben und das nur behaupten?«

»Wir haben ja ihr kaputtes Mobiltelefon zwischen Holte-Spangen und Sahlenburg auf einer Waldlichtung gefunden. Dort befanden sich Spuren eines Anhängers. Es spricht einiges dafür, dass sie darin festgehalten wurde«, meldete sich Flores zu Wort.

»Genau. Außerdem wurde in Sahlenburg ein Traktor entwendet und auf Neuwerk der Hänger. Das deutet darauf, dass der Täter vom Festland kam und dann mit dem Hänger wieder zurückgefahren ist. Das Reifenprofil von der Insel stimmt mit demjenigen überein«, ergänzte Rike. »Wir kommen diesem Täter näher, wir warten auf die Auswertung der Spuren im Traktor«, sagte sie.

»Wer soll denn so etwas tun?« Carla Bredow wirkt noch immer skeptisch.

»Vermutlich war das Tonnac oder sein Umfeld. Da gibt es ominöse Investoren mit Verbindung ins Rotlichtmilieu. Da sind wir dran. Es gibt noch Unterlagen von dem Gestüt, vor allem über die Finanzen, die wir nicht gesichtet haben«, erklärte Rike.

»Wir haben gestern Abend die Auswertung der Gegenstände aus der Wohnung des Mordopfers abgeschlossen. Im Badezimmer, hinter einem Vorhang, haben wir eine

Bronzeskulptur gefunden, der Reste von Blutpartikeln des Opfers anhaftete. Das sollte wohl eine Art Drachen mit aufgerissenem Maul darstellen. Ansonsten war diese gut abgewischt, sie muss davor im Schlafzimmer gestanden haben, der Abdruck auf dem Teppich passte exakt zum Unterbau der Figur«, sagte der Kollege von der Spurensicherung.

Er zeigte ein Foto. »Das ist dieses merkwürdige Tier, warum auch immer er das schön fand.«

Rike sah sich das Kunstwerk aufmerksam an: »Mein Geschmack wäre es auch nicht, aber vielleicht ein Geschenk. Das scheint aber recht groß zu sein – und dann aus Metall. Ist das nicht zu schwer für eine Tatwaffe?«, wunderte sich Rike.

Er nickte. »Das Ding wiegt genau 4,3 Kilo, so ganz leicht zu heben ist es für eine untrainierte Person nicht. Allerdings könnte Bernecke darauf gestürzt sein, das passt in etwa mit der Schädelverletzung an der Seite.«

Rike rief auf ihrem Computer das Bild von der Gerichtsmedizin auf und nickte. »Das wäre so ein klassischer Fall, wo die Gewalteinwirkung unterhalb der Hutkrempe stattgefunden hat. Das spricht dann eher für einen Sturz. Komisch ist nur, dass jemand das abgespült und abgewischt hat, das weist also doch auf eine Fremdeinwirkung.«

»Herzlichen Dank für all die Überstunden. Hervorragende Arbeit«, lobte sie. Der Kollege deutete eine kleine Verbeugung an und lächelte breit.

»Das ist aber nicht alles. Du wolltest ja, dass wir das Flugticket auf Spuren untersuchen, Rike. Darauf befanden sich Fingerabdrücke des Toten, aber nicht die von Amkea Antelmann«, sagte der Kollege.

Rike überlegte einen Moment. »Dann wusste sie wohl nicht, dass er nach Neuseeland fliegt, oder sie hat es nicht angefasst.«

»Das beweist nur, dass sie es nicht in der Hand hatte. Wenn sie es dort gesehen hat, war das ein erstklassiges Tatmotiv, sie war bestimmt sehr wütend«, wandte Carla Bredow ein.

Rike nickte. Die junge Frau hatte die Unverfrorenheit besessen, den Favoriten des Wattrennens zu entführen. Ein richtiges Früchtchen. Allerdings war sie sehr zierlich und von ihrer Entführung geschwächt. »Körperlich kann ich mir das nicht vorstellen. Sie war deutlich kleiner als der Mann.«

»Vielleicht hat sich diese Situation ja spontan ergeben, er war nicht auf der Hut. Das ergibt doch einen Tatverdacht. Ich rufe gleich mal den Staatsanwalt an.« Ihre Vorgesetzte war aufgestanden und hatte sich bedankt. Dann drehte sie sich noch mal zu Rike um. »Sie hätte doch ebenso einen Grund, den Jockey zu ermorden, da sie den für einen Brutalo hielt?«

»Da war sie auf Neuwerk«, warf Rike ein. »Sie hätte gar nicht so schnell zurückkommen können, sie hat ja das Pferd nach drüben gebracht.«

»Es gibt auch andere Transportmöglichkeiten. Sie hätte mit dem Boot anreisen können. Holt sie am besten sofort zur Vernehmung«, befahl Carla.

Doch nach Rikes Recherche war die junge Frau in der Zeit des Wattrennens auf Neuwerk, sie war auf der Insel gesehen worden. Daher konnte sie keinesfalls für den Tod Bullwins verantwortlich. Die Spuren wiesen auf den Stallbesitzer. »Wir müssen nochmals Tonnac auseinandernehmen. Er hat dubiose Kontakte und könnte auch versucht haben, Wetten zu manipulieren«, warf Rike ein. »Zuerst solltet ihr dieser Antelmann auf den Zahn fühlen. Sie hatte Motive für beide Taten. Und beim zweiten Mal war sie vor Ort«, sagte Carla Bredow.

KAPITEL 44

Sie bemerkte die erstaunten Blicke der Mädchen beim Betreten des ausgebauten Pferdestalls am Tierheim. Die Runde verstummte, alle Augen waren auf sie gerichtet. »Gutten Tag, ich hier saubermachen«, radebrechte sie.

Justine nickte höflich. »Ja bitte, wir können solange nach draußen gehen.« In dem Moment platzte das Lachen aus ihr heraus, sie konnte sich nicht länger verstellen.

»Amkea?«, fragte Justine perplex. Amkea legte das Kopftuch und den Kittel ab und umarmte ihre Freundinnen. »Die Tarnung war gut, oder?«

»Was zum Teufel machst du in diesen Klamotten?«, fragte ihre Freundin.

»Ich bin abgehauen – die Reinigungshilfe war da, sie ist bestimmt sauer, dass sie ohne ihr Tuch aus dem Haus muss. Aber die sind hinter mir her, ich habe sie vor unserem Grundstück auf der Straße gesehen. Die oberservieren uns und warten, bis ich herausgehe. Ich kann doch nicht abwarten, bis die mich umbringen.«

Justine sah sie entgeistert an. »Warum hast du nicht die Polizei gerufen? Wenn die dir gefolgt sind?« Sie ging vor die Tür und sah sich um.

»Keine Sorge, der Typ sitzt immer noch im blauen Passat vor unserem Haus in Holte-Spangen, ich bin über das Nachbargrundstück und habe mir dort ein Rad ausgeliehen«, beruhigte Amkea ihre Freundin. Von weitem habe ich ihn dort noch stehen sehen.«

»Als wärst du in einem Gangsterfilm, es wäre trotzdem besser, die anzuzeigen«, widersprach Justine.

Amkea setzte sich und seufzte: »Ich habe ja schon mit der Polizei geredet. Die denken, ich habe Diamond Moon für Geld dort weggeholt und hätte etwas mit Toms Tod zu tun.«

»Tom ist tot?«, schrie eine der Zwillinge bestürzt auf. Sie nickte. »Tut mir leid, ich dachte, ihr wisst Bescheid darüber. Und er wurde umgebracht. Ich habe ihn gefunden, das war ein absoluter Schock – und noch kann ich es nicht glauben«, sagte sie weinend.

Justine schluchzte. »Er war ein echt guter Kumpel. Aber da siehst du, wie gefährlich diese Leute sind. Meinst du, der Tonnac steht dahinter?«

Das war ein Punkt, über den Amkea selbst lange nachgedacht hatte, ohne zu einem klaren Ergebnis zu kommen. »Der Typ, der mich entführt hatte, sprach von Schulden bei seinem Boss. Ob das Tonnac ist oder ob Tonnac das dem Boss schuldet, weiß ich nicht.«

»Mensch, Amkea, die haben Tom umgebracht. Und du bist genauso in Gefahr. Wir alle wussten ja Bescheid und haben ein Riesenablenkungsmanöver veranstaltet. Bitte geh zur Polizei!«, redete Justine ihr ins Gewissen.

Sie schüttelte den Kopf. »Das hat keinen Sinn, ich bekomme Panikattacken, wenn ich an den Hänger denke, in dem ich eingesperrt war. Ich schaffe das nicht. Aber hier … ich habe etwas für euch.«

Sie drückte Justine den Zettel mit dem Kfz-Kennzeichen »Cux HP – 388« in die Hand.

Verständnislos sah Justine sich die Nummer an. »Und was soll ich damit?«

Amkea war dabei, wieder ihre Tarnkleidung anzulegen.

Sie ruckelte das Kopftuch zurecht, ließ eine Haarsträhne nach außen hängen, knöpfte den Kittel zu.

»Das ist das Kennzeichen des Mannes, der unser Haus beobachtet. Ich habe ihn erkannt, dieser Typ hat mich entführt. Bitte bringe es Frau Menkendorf mit besten Grüßen.« Sie winkte in die Runde und verließ den früheren Pferdestall.

»Wo gehst du hin? Ich hätte noch einen Kontakt, das ist keine Polizei. Diese Frau kann dir helfen.« Justine war ihr hinterhergelaufen und wollte sie aufhalten.

»Das möchtest du lieber nicht wissen, Süße«, entgegnete sie. Sie umarmte ihre Freundin kurz, diese steckte ihr einen Zettel zu. Sie war um die Ecke gebogen, als sie einen schwarzen Wagen bemerkte, der zum alten Pferdestall fuhr. Sie sah zur Fahrerseite und erkannte die Polizistin. Zum Glück hatte diese keinen Blick für die radelnde Frau mit dem geblümten Kopftuch. Sie musste sich in Ruhe ein Versteck überlegen. Es knisterte in ihrer Tasche, sie faltete den Zettel auseinander. Das war eine Möglichkeit.

KAPITEL 45

Dieser Gang fiel ihr nicht leicht. Sie sah, dass ihre Chefin am Schreibtisch saß und arbeitete, und klopfte förmlich an. Dann berichtete sie, dass Amkea Antelmann wieder nicht auffindbar war, ihre Eltern wussten nicht, wo sich die Tochter aufhielt. Es sah aus, als wäre die Studentin geflüchtet.

Carla Bredow sah sie ungläubig an. »Das kann doch nicht wahr sein. Wie konnte das geschehen?«

»Sie hat einen festen Wohnsitz, es gab keine Fluchtgefahr«, rechtfertigte sich Rike. Kein Staatsanwalt hätte in so einem Fall einer Untersuchungshaft zugestimmt.

»Ich hoffe nur, das bekommen die Medien nicht heraus. Du glaubst gar nicht, was für einen Druck die Pressestelle macht – und neulich hat mich ein Typ von der *Bildzeitung* zu Hause aufgelauert. Ist die Fahndung schon raus?«

Rike bestätigte es.

Carla Bredow ging in ihrem Büro auf und ab. »Können wir eine Runde draußen laufen?«, forderte sie Rike auf.

In langsamen Laufschritt legten sie den Weg über den Fußweg bis zum Seedeich zurück, liefen in Richtung Grimmershörnbucht. »Mensch, Rike, kann es sein, dass ihr das vollkommen falsch eingeschätzt habt? Diese Amkea hat kriminelle Energie gezeigt, und sie hat ein Motiv«, sagte ihre Chefin, die kurz auf dem Deich stehen geblieben war.

»Ausgeschlossen haben wir das nie«, sagte Rike. Sie schaute auf die Nordsee, die eine spiegelglatte Oberfläche hatte. In dem Moment klingelte es, ein Elektrofahrradfahrer fuhr ohne zu bremsen zwischen ihnen durch. Rike konnte zurückspringen, sonst wäre der Mann mit großer Wucht auf sie aufgefahren.

Sie wechselten kurz einen Blick, dann spurteten die beiden Frauen los. Es dauerte zwei Minuten, bis sie ihn eingeholt hatten.

»Moment mal«, rief Carla ihm zu. Er schüttelte unwillig den Kopf. Schließlich zückte Rike ihre Dienstmarke.

»Was soll der Blödsinn!«, schimpfte der vollschlanke Mann, der im Rentenalter war.

»Möchten Sie eine Anzeige wegen Beamtenbeleidigung?«, fragte Carla. »Sie hätten meine Kollegin beinah umgefahren, zudem ist das kein Radweg.«

»Gehen Sie lieber mal die echten Verbrecher schnappen, die ganzen Ausländer und Vergewaltiger«, polterte er.

Rike kramte in ihrer Tasche. »Reden Sie gerne weiter. Ich habe Volksverhetzung notiert. Sie meinen also, Sie hätten alles richtig gemacht?«

»Tut mir leid«, murmelte er halbherzig.

Sie hatten keine Zeit zu verschwenden und ließen den Pöbelradler laufen.

»Gehen wir zurück?«, fragte Carla. »Warum ist die junge Frau geflohen?«

»Ich hätte es nicht erwartet, sie hatte nach meiner Einschätzung Angst vor diesen Typen, die sie entführt hatten. Vielleicht lag ich tatsächlich daneben. Sie hat auf jeden Fall in einigen Punkten gelogen«, räumte Rike ein. Sie gingen vom Deich hinab und liefen wieder in Richtung Präsidium.

»Ich schlage vor, dass wir neben der Fahndung unsere Spur zu Tonnac weiterverfolgen. Ich habe da einige interessante Informationen aus dem Wettbüro erhalten«, erklärte Rike.

Carla überlegte. »Ich weiß nicht, ob das zielführend ist. Dieser Mann hat überall seine Beziehungen, sogar bis ins Innenministerium. Wenn das alles nichts ergibt, bekomme ich wieder einen auf den Deckel.«

Sie waren jetzt vor der Inspektion angekommen. »Also die junge Frau kommt für den Mord an dem IT-ler infrage, aber nicht für die Tat auf dem Wattrennen. Das ist absolut wasserdicht, sie war auf Neuwerk. Ich habe alles nochmal genau geprüft«, sagte Rike. »Ich habe neue Hinweise bekommen, die eher in Richtung Tonnac weisen. Ich halte es für unausweichlich, den Mann nochmals auseinanderzunehmen. Auch wenn das mächtig Ärger gibt. Schieb es doch einfach auf mich«, sagte sie.

»Okay, ich lasse dir freie Hand. Aber bring mir innerhalb der nächsten drei Tage etwas Greifbares. Ansonsten kann ich es nicht länger rechtfertigen, dass du die Soko leitest«, betonte ihre Chefin.

KAPITEL 46

Die Allee an der Einfahrt des Gestüts ließ Rike an den Hof ihrer Eltern denken. Sie fuhren auf den Hof des Anwesens. Vor dem Haupthaus parkte direkt am Eingang ein Jaguar, dahinter standen vier Motorräder. Die Fahrer, Männer in Lederkleidung, saßen auf den Maschinen und musterten sie aufmerksam. Im Vorübergehen nahm Rike die Schrift auf den Jacken wahr. »MC Cuxland« stand darauf.

Offenbar waren das die halbseidenen Freunde, von denen sie schon gehört hatte. »Sollen wir Verstärkung rufen?«, flüsterte ihr Flores leise zu.

»Ach was, wir wollen ja nur reden«, beruhigte Rike sie. Gleichzeitig fühlte sie nach ihrer Dienstwaffe und stellte erleichtert fest, dass sie diese bei sich hatte.

Die Männer beobachteten sie, Rike beachtete sie demonstrativ nicht. Sie klingelten am Eingang.

»Das passt jetzt gar nicht, der Chef ist im Gespräch«, erklärte eine junge Frau, nachdem sie die Tür geöffnet hatte. Sie blieb im Rahmen stehen und wollte direkt wieder schließen.

»Ab sofort ist er mit uns im Gespräch, oder interessiert es ihn gar nicht, wer seinen Mitarbeiter umgebracht hat?«, entgegnete Rike. Sie zeigte ihren Polizeiausweis vor und schob den Fuß in die Tür.

Die Mitarbeiterin von Tonnac ließ sie widerwillig ein.

»Wo ist er?«, fragte Rike.

Die junge Frau ging voran durch die beeindruckende Halle mit den Antiquitäten und führte sie einen Gang entlang zu seinem imposanten Saal mit Deckengemälde. In der Mitte stand ein gedeckter Tisch, um den Tonnac mit Gästen saß, einem Herrn mit Anzug, einem glatzköpfigen Mann und einer sehr jungen Frau an dessen Seite. Aus den Augenwinkeln nahm sie den mit Holzschnitzereien verzierten Kamin wahr. An den Wänden hingen Gemälde, die Pferde abbildeten, dazwischen Darstellungen von Landschaften und Stammbäume.

Die junge Frau hatte Tonnac herausgerufen. »Chef, Entschuldigung, die Damen ließen sich nicht abweisen.

»Einen Moment bitte«, sagte der Hausherr zu seinen Gästen, denen eine Bedienung Hummer auftat.

Er drängte sie aus dem Raum.

»Was erlauben Sie sich?«, herrschte er sie an. »Sie schaffen es nicht, eine Entführung und einen Mord zu klären, aber stören ehrenhafte Menschen bei ihren Geschäften.«

»Probleme?«, fragte der glatzköpfige große Mann, der eine schwarze Leinenhose und darüber ein ebenso dunkles Hemd trug. Er sah aus wie ein Kampfsportler, wirkte durchtrainiert, sein Blick war stechend.

»Mit wem habe ich die Ehre?«, fragte Rike, die eine Ahnung hatte, wer da vor ihr stand.

»Erwin Schröder-Knorr, Geschäftsführer der Cuxland Security und ein ehrenwerter Bürger dieser Stadt. Und falls Sie etwas anderes hören, ist das dummes Zeug«, stellte dieser sich mit einem drohenden Unterton in der Stimme vor. »Sie sind Bullen, das rieche ich doch selbst gegen den Nordseewind.«

»So würde ich meinen schönen Beruf aber nicht bezeichnen, Herr Schröder-Schnurr!«, sagte Rike betont freundlich.

»Schröder-Knorr«, korrigierte er und trat mit hochgezogenen Ellenbogen auf sie zu. Seine Muskeln füllten das Hemd aus, das sollte wohl bedrohlich aussehen.

»Jetzt reicht es aber, verlassen Sie mein Haus. Wir befinden uns in wichtigen geschäftlichen Gesprächen«, ereiferte sich Tonnac. »Lasst euren Hummer nicht kalt werden, es handelt sich hier um ein Missverständnis«, bat er seinen Gast, der wieder in den Raum ging, nachdem er angeboten hatte, im Fall von Ärger seine Security zu schicken.

»Das sind ja spezielle Kontakte, die Sie haben. Hat diese Security Amkea Antelmann entführt?«, wollte Rike wissen.

»Das ist wirres Zeug, lenken Sie doch nicht von der eigenen Unfähigkeit ab«, schimpfte Tonnac. »Das werden Sie mir büßen, ich habe mein Netzwerk.«

»Waren es Schröders Leute, die den Informatiker Tom Bernecke umgebracht haben? In Ihrem Auftrag, um das Geld zu bekommen?«

Er sah sie finster an. »Mein Anwalt meldet sich bei Ihnen, ziehen Sie sich schon mal warm an. Das wird Konsequenzen haben.

»Raus jetzt«, schrie er und drehte sich um.

»Und haben Sie Ihre Bitcoins zurückbekommen?«, fragte nun Flores. »Ungeheuerlich«, schimpfte Tonnac, bevor er zurück in den Raum ging.

Rike und Flores sahen sich an, sie konnten sich ein Grinsen nicht verkneifen, als sie der Mitarbeiterin nach draußen folgten. Rike wollte unbedingt noch Alexander Schwarz treffen, sie flüsterte Flores die Bitte zu, ob sie sich um die Aufpasser kümmern könne. Während Flores auf die Motorradfahrer zuging, huschte Rike in Richtung Stallgebäude. Innerlich musste sie schmunzeln, die Herren saßen brav auf ihren Maschinen und zeigten irgendwelche Dokumente vor. Flores kontrollierte offenbar die Führerscheine und Zulassungen. Der Stall war leer, sie hatte die Pferde auf den Weiden gesehen. Aus der Reithalle hörte sie ein Geräusch. Sie hatte Glück, tatsächlich war der Gesuchte dort bei der Arbeit. Er longierte ein Pferd. Sie stellte sich an den Rand und winkte ihm kurz zu. Er unterbrach seine Arbeit und kam mit dem Vierbeiner am Strick zu ihr.

»Und, kommen Sie voran? Da haben Sie ja den Löwen in seiner neuen Höhle angetroffen«, bemerkte er.

»Wie meinen Sie das?«, fragte Rike.

»Sie wissen, dass der Schröder-Knorr das alles übernehmen will?«, fragte er und strich dem Pferd beruhigend über den Hals.

»Geht es darum bei den Verhandlungen?«, wollte Rike wissen. »Mich informiert ja keiner, aber das pfeifen die Spatzen vom Dach. Sagen wir so, die Hausangestellte bekommt das aus erster Hand mit, und sie ist mir zugetan«, sagte er. »Sobald das passiert, werde ich weg sein. Aber das setzt alle Ereignisse in ein bestimmtes Licht. Der hat den Tonnac komplett in die Enge getrieben.«

»Und wo gehen Sie hin?«, wollte Rike wissen.

Er entschuldigte sich, da das Pferd unruhig zu zappeln begann. »Die Stute ist noch jung und unerfahren, wir müssen weitermachen. Also ich gehe dahin, wo die Tiere vernünftig behandelt werden. Seit dem Tod meiner Tochter und der Scheidung habe ich keine Bindung mehr zu einem Menschen oder Ort, nur zu meinen Tieren.« Sie bemerkte, dass seine Stimme einen anderen Klang hatte, als er von seiner früheren Familie sprach. Sie hatte keine Ahnung, dass er überhaupt Kinder hatte, und beschloss, das später zu prüfen.

Er ging wieder in die Mitte und ließ das Pferd weiter im Kreis um sich laufen, sie sah, dass Flores in heftige Diskussionen mit den Männern verwickelt war und lief auf die Gruppe zu. »Probleme?«, fragte sie.

»Dieser Herr hat keine Zulassung dabei oder weigert sich, diese vorzuzeigen. Ich melde das den Kollegen von der Verkehrspolizei.« Der Angesprochene ließ eine Salve von Schimpfwörtern los. »Meinen Sie uns? Das wäre ja dann Beamtenbeleidigung«, bemerkte Rike.

»Mensch, jetzt halt die Schnauze«, sagte sein Kollege zu ihm, was dieser mit wütenden Armbewegungen tat. Flores notierte seinen Namen und leitete es direkt weiter. »Na dann einen schönen Tag«, sagte sie und folgte Rike zu ihrem Wagen.

KAPITEL 47

Die junge Frau zitterte am ganzen Körper, obwohl es ein heißer Tag war. »Ich bin Amkea, darf ich reinkommen?«, fragte sie schüchtern.

Margo legte den Arm um sie und schob sie auf die Küchenbank. »Einen Tee?«

Sie nickte. Wie ein Häufchen Elend, mit hängenden Schultern saß sie stumm auf dem Rand der Couch. Margo stellte die Tasse auf den Tisch. Amkea umklammerte sie mit beiden Händen.

»So, und jetzt erzählst du, was los ist, am besten die ganze Wahrheit und von Anfang an«, sagte sie.

Amkea schluchzte. »Die Sache mit Diamond Moon weißt du ja, und der Einzige, der voll Bescheid wusste, war Tom. Er ist tot, und nun sind sie hinter mir her! Ich würde mich gerne eine Zeit lang bei dir verstecken.«

»Und wie war das mit der Erpressung? Da ging es ja um eine hohe Summe. Habt ihr das gemeinsam durchgezogen?«, hakte Margo nach.

Das Mädchen schüttelte heftig den Kopf und schluchzte noch stärker. »Das hat er geplant, ich wollte nur mein Seelenpferd in Sicherheit bringen, damit Diamond Moon sich nicht verletzt. Geld interessiert mich nicht.« Sie wischte mit der Hand die Tränen aus dem Gesicht.

Margo sah sie aufmerksam an. »Warum bist du abgehauen, wenn du dir nichts vorzuwerfen hast?«

Amkea erwiderte ihren Blick. »Dieser Kerl, ich habe

seine Jacke erkannt. Der saß im Auto und hat unser Grundstück beobachtet. Bestimmt ist der stinksauer, weil ich ihn gelinkt habe. Der hätte mich bei der nächsten Gelegenheit überfallen«, sagte sie.

In dem Moment nahm Margo ein Geräusch wahr. Sie bedeutete Amkea, auch still zu sein, und lauschte in Richtung Vorraum. Es kratzte leise. »Katerchen, was tust du da?«, rief sie. Der Vierbeiner kam aus dem Schlafzimmer auf sie zu, stellte die Ohren auf, krümmte den Rücken und kroch unter das Küchensofa.

»Moment«, bat Margo, stand auf und ging leise in Richtung der Eingangstür. Diese wurde von außen geöffnet, ein Mann stürmte in die Wohnung.

»Wo ist sie? Gib das Mädchen raus«, brüllte er.

»Was haben Sie hier zu suchen? Keine Ahnung, welches Mädchen?«, schrie Margo mit voller Lautstärke und stellte sich ihm in den Weg.

»Wer sind Sie überhaupt?«, fragte sie den Mann. Sie musste ihn aufhalten, hoffentlich reagierte Amkea, verbarrikadierte sich und rief die Polizei. Bei einem Sprung aus dem ersten Stock würde sie sich verletzen.

»Ich suche was. Das gehört meinem Chef, und dieses kleine Biest hat es. Lass mich durch!« Er versuchte, an ihr vorbeizukommen, Margo stemmte die Füße in den Boden und nahm die Hände an die Hüften, um ihm den Weg zu versperren. »Welches Biest?«, stellte sie sich dumm.

In dem Moment rannte ein zweiter Mann durch die Tür.

»Und, was ist, du Trottel, hast du sie oder ist sie dir schon wieder abgehauen?«

Ihr Gegenüber schubste Margo mit beiden Händen zur Seite, sodass sie auf den Boden fiel, die Männer rannten in Richtung Küche. Sie hörte es poltern und folgte ihnen.

Der Erste drehte sich um. »Halt dich da raus, dann passiert dir nichts.«

»Mach sie fest«, befahl der andere. Und der Mann in der Lederjacke drehte ihr den Arm auf den Rücken, band sie mit einem Kabelbinder an das Heizungsrohr.

Die Eindringlinge rannten von einem Raum zum nächsten, sie hörte es poltern und fluchen. Margo zitterte vor Angst um Amkea. Gut, dass die beiden sie noch nicht hatten. Wo mochte sie sich versteckt halten? Hoffentlich kam bald Verstärkung. »Hier ist nichts, komm, wir fragen die Tante«, schrie die Nummer zwei.

Sie kamen wieder in die Küche. »Wo ist sie?«

Der Mann holte einen Schlagring aus der Tasche, hielt ihn vor ihr Gesicht. »Wäre doch schade um diese hübsche Visage. Die verwandle ich ganz schnell in Frankenstein persönlich, das kann dann auch der beste Doc nicht mehr zurecht operieren.«

»Ich weiß nicht, was Sie von mir wollen. Hier ist keiner.«

Der Mann holte aus. Und Margo schauderte. Kurz vor ihrem Gesicht stoppte die Hand mit dem Schlagring. »Na, Alte, rede endlich ...«

Margo nahm ihren Mut zusammen und trat dem Verbrecher mit voller Kraft zwischen die Beine. Er krümmte sich und hielt die Hand vor seine Weichteile. »Verdammte Bitch, jetzt bist du dran«, brüllte er und hob die Hand. Wie in Zeitlupe kam der Schlagring auf ihre Augen zu, Margo stellte sich ihr zermatschtes Gesicht vor. Plötzlich hörte sie: »Polizei, keine Bewegung«, rief die Stimme von Friederike von Menkendorf. Der Mann blieb starr stehen, der Ring stoppte Millimeter vor ihrer Nase. Die Kommissarin entwaffnete ihn.

»Vorsicht, der andere ist da lang«, mit ihrer freien Hand zeigte Margo in Richtung Schlafzimmer. Rike legte dem Schläger die Handschellen an. »Oha, wir kennen uns doch vom Gestüt«, sagte sie zu dem Mann.

Eine Kollegin und zwei Uniformierte traten ein. »Einmal in die Zelle bitte und die Personalien feststellen«, bat Rike, bevor sie sich leise in Richtung Schlafzimmer begab. Sie hörte Schritte in den Räumen, dann kam die Polizistin zurück. »Der zweite ist über alle Berge, das Fenster stand offen. Keine Spur.« Sie löste Margos Fessel. »Ich hoffe, Sie können den Mann beschreiben. Gehe ich richtig in der Annahme, dass Sie Anzeige erstatten werden?«, fragte die Kommissarin.

Margo nickte und sah sich um: »Wo ist bloß Amkea? Sie war hier.«

»Natürlich, sie hat mich angerufen und konnte sagen, wo sie sich befindet, bevor das Gespräch abbrach.«

»Amkea, bist du hier? Du kannst rauskommen«, rief Margo. Sie rieb sich ihr schmerzendes Handgelenk.

Hatte der flüchtende Bandit sie mitgenommen? In dem Moment hört Margo leise Amkeas Stimme. »Hier bin ich.« Sie folgten dem Geräusch in Richtung Schlafzimmer, es klopfte. Das schien aus der alten Wäschetruhe zu kommen, einem Einzelstück, das Margo in Paris auf dem Flohmarkt erstanden hatte. Sie öffnete den schweren Deckel.

»Na endlich«, rief die junge Frau, die sich nun aus dem Inneren faltete. Sie reckte und streckte ihre Gliedmaßen. »Ich dachte schon, ich ersticke«, stöhnte sie.

»Sie begleiten mich bitte. Ich bin erleichtert, dass nichts passiert ist«, sagte Friederike von Menkendorf.

»Ihr habt die Kerle, oder? Also den Entführer und seine Bande«, wollte Amkea wissen.

»Einen von denen haben wir«, bestätigte Rike.

Margo war ein Stein vom Herzen gefallen. Sie umarmte die junge Frau. »Du machst jetzt endlich reinen Tisch«, legte sie ihr ans Herz. »Ich versprech's«, flüsterte ihr Amkea ins Ohr, bevor sie das Loft verließ.

KAPITEL 48

»Ich sach nix.« Bockig saß der hagere Mann mit kahl geschorenem Schädel vor Friederike von Menkendorf und Flores Salazar am Konferenztisch. Sie hatten ihn für eine Gegenüberstellung zwischen mehrere Kollegen platziert, und Amkea Antelmann hatte ihn als den Entführer identifiziert. »Jetzt erinnere ich mich an das Bild«, sagte sie. Es war ein Bambi-Tattoo auf seinem linken Unterarm.

Widerwillig hatte er seinen Ausweis vorgezeigt. Demnach wurde der 37-jährige Jack Steffens in Bremerhaven geboren. Die Abfrage ergab Einträge in der Polizeidatenbank, darunter Körperverletzung und Verstöße gegen das Betäubungsmittelgesetz. »Was machen Sie beruflich?«, wollte Rike von ihm wissen.

»Security«, murmelte er flapsig.

»Ach, das nennt man heute so, Leute zu entführen und in Wohnungen einzubrechen?«, fragte Flores.

»Alles gelogen. Und einbrechen? Wir wollten nur jemanden besuchen und etwas nachschauen«, behauptete er.

»Wer war denn *wir*? Wie heißt die zweite Person?«, hakte Rike nach.

»Keine Ahnung, hab ich zum ersten Mal gesehen. Kann ich jetzt gehen?« Er erhob sich auf seinem Stuhl, doch Flores drückte ihn zurück auf den Sitz.

»Ganz bestimmt nicht. Sie wurden auf frischer Tat bei einem Einbruch erwischt, Sie werden beschuldigt, an einer Entführung beteiligt zu sein – und zudem stehen Sie unter dem Verdacht, Tom Bernecke ermordet zu haben«, erklärte Rike.

Wieder versuchte er aufzustehen. »Setzen«, sagte Flores streng, und er nahm Platz. »Das lasse ich mir nicht anhängen. Ich will meinen Anwalt«, protestierte der Verdächtige.

»Bleiben Sie mal ruhig, wir unterhalten uns ja nur. Den Anwalt kann ich gerne rufen. Haben Sie einen bestimmten?« Der Mann schüttelte den Kopf.

In dem Moment kam Juri in den Raum und bat Rike auf den Flur. »Ich habe mir mal seine Unterlagen angesehen, der ist wegen Körperverletzung auf Bewährung. Möchtest du mit seinem Bewährungshelfer sprechen?«

Rike nickte. Sie nahm die Nummer entgegen und schickte Juri in den Raum, um Flores solange zu unterstützen.

Die Bewährungshelferin meldete sich sofort. »Ach je«, seufzte sie. »Ein echt trauriger Fall. Der ist durch alle Raster gefallen, das Kind von Alkoholikern, ohne Schulabschluss und nicht vermittelbar. Er war jahrelang arbeitslos. Kein schlechter Kerl. Ausgerechnet im Rockermilieu hat er eine Anstellung bekommen bei dem feinen Herrn Schröder-Knorr. Der macht sich ja nicht die Hände schmutzig und hat dafür seine Leute.«

»Was tun die eigentlich?«

Wieder seufzte die Frau. »Alle Schweinereien, die man sich so ausdenken kann. Betrieb von Bordellen, Spielhöllen, versuchte Schutzzollerpressung, Handel mit Drogen im großen Stil. Aber nichts, was man dem feinen Boss nachweisen könnte. Der ist nicht vorbestraft und hat das allerbeste Kontaktnetzwerk, das man sich vorstellen kann. Worum geht es denn bei dem Fall?«

Rike gab eine verkürzte Version wieder. »Wir haben ihn auf frischer Tat bei einem Einbruch in eine Wohnung erwischt. Mit einem Kompagnon war er auf der Suche nach einer jungen Frau, die in den Fall verwickelt ist. Daneben besteht Anfangsverdacht wegen Freiheitsberaubung und eines Tötungsdelikts, wir werten die Spuren aus. Meinen Sie, er würde seinen Auftraggeber preisgeben?«

»Oho, da ist er wieder heftig in etwas hineingetappt«, sagte die Bewährungshelferin. »Der vergöttert ja seinen Chef, aber weit mehr liebt er seine Mama. Sie ist mittlerweile trocken und eine sehr vernünftige Person. Wenn man diese hinzuziehen würde, vielleicht spricht er.« Rike notierte sich die Nummer, bevor sie in den Konferenzraum ging.

Die Kollegen hatten ihren Verdächtigen mit Kaffee versorgt. »Kann ich endlich gehen?«, sprach Steffens Rike an. »Das kann lange dauern, Sie stehen unter Bewährung. Am besten, Sie sagen uns die Wahrheit, dann könnte sich das strafmildernd auswirken.«

Er stürzte seinen Kaffee auf Ex herunter und dachte nach.

»Fangen wir mal mit dem Tod von Tom Bernecke an. Wir werden das DNA-Material von Ihnen mit Sicherheit finden. Was wollten Sie von ihm?«

»Das können Sie mir nicht anhängen, ich bin nicht der gesetzestreue Spießer, aber bringe keinen um«, protestierte er. Nach einer Weile gab er zu: »Ich war in der Wohnung, als ich da raus bin, erfreute sich dieser Computeraffe allerbester Gesundheit. Warum sollte ich den umbringen, der hat mir seinen Computer geschenkt.«

»Geschenkt?«, Rike zog die Augenbrauen hoch.

Steffens nickte. »Ja, mehr oder weniger«, sagte er zögerlich. »Aber ich habe den nur ein bisschen böse angeschaut und ihm kein Haar gekrümmt. Mehr sage ich dazu nicht. Rufen Sie mir bitte einen Anwalt.«

»Wie war das mit dem Besuch auf Neuwerk? Haben Sie Amkea Antelmann gegen ihren Willen gefangen gehalten und ans Festland verbracht?«, stellte Rike dennoch eine weitere Frage. Doch er schüttelte nur stumm den Kopf.

Flores brachte den Mann in die Zelle, Rike schrieb Carla eine kurze Mitteilung, um sie auf den neuesten Stand zu bringen.

Ihre Chefin kam direkt in das Großraumbüro. Rike schilderte das Gespräch und das eindeutige Ergebnis der Identifizierung. »Interessant wäre, wenn der seinen Auftraggeber verrät«, sagte Carla. »Und warum hat er den Jockey ermordet?«, fragte sie. Das war eine Frage, auf die Rike und Flores noch keine Antwort hatten. »Der Schröder-Knorr hat eine geschäftliche Beziehung zu Tonnac, wir arbeiten das gerade auf.«

»Das muss wasserdicht sein, ehe wir an die Presse gehen, und ehrlich gesagt, ist es allerhöchste Zeit«, sagte Carla Bredow.

Rike nickte. »Ich werde morgen die Mutter des Tatverdächtigen kommen lassen, laut seiner Bewährungshelferin ist das seine Bezugsperson. Ich hoffe, damit öffnet er sich.« Ihre Chefin gab grünes Licht für die Idee.

KAPITEL 49

Margo war etwas früher am Fährhafen eingetroffen, wo sie mit ihren Kursteilnehmerinnen malen wollte. Die Sonne schien milchig wie durch einen Schleier, kaum ein Lüftchen kräuselte die Wasseroberfläche. Am Kai legte die *MS Nordsee* an. Sie schlenderte an den Anlagen entlang, als eine Stimme ihre Aufmerksamkeit auf sich zog. »Moin Mädel, suchst du mich?«

Kurt saß auf einem Campinghocker umgeben von Eimern und Angeln. »Das ist meine zweite Leidenschaft, bedingt durch die erste«, lachte er.

»Moin, oder besser gesagt Petri Heil«, antwortete Margo. »Wettest du auf deine Fangquote?«

Er schüttelte den Kopf und deutete auf seinen Grill. »Wenn es mal wieder mit dem Wetten nicht geklappt hat, muss trotzdem etwas auf den Tisch kommen. Manchmal bringe ich den Gastronomen ein stattliches Exemplar vorbei, ansonsten verspeise ich den allerfrischesten und besten Fisch selbst.«

»Und wie läuft das Pferdegeschäft?«, lenkte Margo das Thema wieder auf ihre Recherchen.

»Das ist wie im Leben, mal gewinnste, mal verlierste. Das muss man akzeptieren, wie es kommt, und immer locker bleiben.« Er schien die Achterbahnfahrt auf die leichte Schulter zu nehmen.

»Und sag mal, was wolltest du da wirklich? Dir ging es nicht darum, das Wetten zu lernen? Ein Bulle bist du nicht, das spüre ich …«

Sie nickte. »Ich recherchiere zu einem aktuellen Fall, aus persönlichen Gründen. Ich weiß, du wirst es nicht weitersagen, sonst bringst du mich in Lebensgefahr.«

An einer der Angeln bewegte sich etwas. »Na endlich«, frohlockte er. Dann stand er auf, wickelte die Schnur auf, sodass der Schwimmer langsam immer näher kam. Als er fast am Ufer war, holte er die Schnur sacht aus dem Wasser. »Das ist ja ein ordentliches Exemplar«, freute er sich und nahm den Fisch von der Angel. Er setzte ihn in einen wassergefüllten Kasten mit Deckel.

»Den gibt es heute zum Abendessen. Mal sehen, was noch kommt.«

Sie bewunderte seinen Fang. »Und im Übrigen bin ich froh, dass ich von dir die Grundlagen lernen konnte. Ich wüsste dennoch gerne, wem man dort sein Geld in den Rachen wirft …«

Er wandte sich wieder Margo zu. »Also das Wettbüro gehört zu einer Kette, und man munkelt, dass sämtliche Läden zu den Unternehmen von diesem Schröder-Knorr gehören, dem Rockerpräsidenten. Der hat eine Menge Dreck am Stecken, aber der hat wohl alle in seiner Tasche, speziell die Lokalpolitik. Da gibt es Gerüchte …

»Hast du den da mal gesehen?«, fragte Margo.

Er schüttelte den Kopf. »Das nicht, aber ich habe ein Gespräch der Mitarbeiter mitbekommen. Der zahlt nicht gut, die Leute sind extrem eingeschüchtert. Wenn jemand aufmuckt, ist er nicht zimperlich.«

Er versah den Haken wieder mit einem Köder, dann warf er die Angel erneut aus. »Ich habe nichts gesagt, Mädel. Wir haben niemals darüber gesprochen. Und bei der Polizei würde ich keinen Pieps aussagen.«

Sie nickte. »Bei mir waren schon zwei Schlägertypen

von der Bande zu Besuch, mehr brauche ich nicht davon. Danke für die Offenheit.«

Sie sah, dass ihre Malschülerinnen am Treffpunkt ankamen und ging zu ihrer Gruppe. Einige der Frauen fertigten Skizzen von der Helgolandfähre an, die anderen zeichneten die Segelboote ein paar Meter weiter. Margo ließ ihre eigene Staffelei in der Tasche. Sie dachte über den Fall nach und das, was sie erfahren hatte. Steckte dieser Rockerpräsident hinter dem Ganzen? Doch was hatte er als Besitzer des Wettbüros von einer solchen Manipulation? Natürlich verdiente er an den Wetten, aber inwiefern hatte er einen Nutzen davon, wenn die Favoriten ausfielen? Sie ging noch einmal zurück zu Kurt und stellte ihm die Frage.

»Keine Ahnung, ob der eine oder der andere das Rennen macht, vollkommen gleichgültig. Die Bank, in dem Fall das Wettbüro, gewinnt immer.« Er kratzte sich am Kopf, überlegte. »Ich bin an dem Tag auf die Schnauze gefallen, Totalverlust!« Er lachte bitter, dachte nach. »Aber da war etwas Komisches am Tag des Rennens. Der eine von uns, Walter, der frühere Jockey, hatte die Nummer 3 auf Sieg gewettet. Der hat Reibach gemacht. Das war ein ordentlicher Haufen Scheine. So im Nachhinein wundere ich mich, da niemand das Pferd auf dem Plan hatte. Zum einen wurde Diamond Moon entführt, und dann fiel auch noch die Favoriten-Stute aus, weil der Jockey gestürzt ist. Wer konnte wissen, dass der umgebracht wird?«

Er kratzte sich am Kopf und fragte Margo: »Du erinnerst dich ja an die Sache mit den Wettquoten. Bei einem absoluten Außenseiter sind die enorm.«

Sie nickte. Es war erstaunlich, dass das Rennen nicht abgebrochen worden war. »Wieso lief der Wettlauf weiter?«

»Vermutlich sind die Veranstalter von einem normalen Sturz ausgegangen, so sah das zumindest auf dem Bildschirm aus.« Das klang schlüssig.

Margo hatte dieses Gefühl, als habe sie Blut geleckt. Endlich stieß sie da auf etwas. Hatte jemand das Ergebnis des Rennens manipuliert, um einen Nutzen aus der Sache zu ziehen? Ihren Verdacht würde sie Rike von Menkendorf mitteilen. Die Polizei könnte die Vorgänge im Wettbüro unter die Lupe nehmen.

KAPITEL 50

Von Anfang an hatte Juri von der Möglichkeit der Wettmanipulation gesprochen. Nach einem Bericht von Margo Valeska hatten sie das Wettbüro in der Deichstraße aufgesucht. »Bei uns ist alles sauber, ich zeige Ihnen freiwillig die Bücher«, hatte der Angestellte erklärt. Sie hatten mehrere Besucher befragt.

Denn tatsächlich hatte einer der Gäste am Tag des Rennens über 10 000 Euro gewonnen. »Ich kann Ihnen das gerne erklären, das ist nun wirklich kein Zauberwerk«, hatte der kleine magere Mann erklärt. »Diamond Moon war ausgefallen, die Stute aus dem gleichen Stall, Diamond Sun, war Favoritin. Es war mir klar, dass der Jockey Cristobal Bullwin mit dem Pferd nicht zurechtkommt. Er ist ja beim vorherigen Ritt kläglich gescheitert. Und ich weiß, dass die Nummer 3 ein starkes Nachwuchspferd ist«, erklärte er.

»Kennen Sie Herrn Tonnac und Herrn Schwarz?«, fragte Rike. Er bejahte. »So wie die meisten anderen Menschen im Galoppsport, denn ich war bis vor fünf Jahren Berufsreiter, bin selbst diese Rennen geritten«, sagte er. »Glauben Sie mir, so eine Manipulation würde nicht funktionieren, da kommen 1000 unerwartete Dinge dazwischen – und es kommt an die Öffentlichkeit«, erklärte er.

»Ich denke, wir können ausschließen, dass die Taten begangen wurden, um die Ergebnisse der Rennen zu verfälschen«, räumte Juri ein. Rike stimmte ihm zu und seufzte: »Leider sind wir in der Suche nach dem Motiv für den Mord an Bullwin damit wieder kein Stück weitergekommen.« Doch immerhin konnten sie eine Möglichkeit ausschließen.

Sie hatte ihren Bericht geschrieben und fuhr den Computer herunter. Mit Herzklopfen las sie eine Nachricht von Harry, dass er sie am Abend auf die *Mariannic'k* zum Abendessen im Sonnengang einlud. In den letzten Tagen hatten sie sich kaum gesehen, denn er hatte seine neue Stelle angetreten. Sie fuhr nach Hause, um sich umzuziehen. Prinz und er waren vorausgegangen.

Von der *Nordseekantine* wehte eine melancholische Jazzmelodie in den Raum, sie lauschte einen Moment. Dann lief sie am Kai entlang, über die Klappbrücke und querte den Deich, um zum Hafen zu gelangen. Harry war dabei, den Tisch zu decken, und winkte ihr. Prinz rannte bellend auf sie zu.

Sie sprang an Bord und begrüßte Harry mit einem Kuss. Sie war gespannt, wie ihm seine Stelle gefiel.

»Auf uns«, sagte er und reichte ihr ein Glas Sekt. »Weißt du, was heute für ein Tag ist?«

Sie erschrak und überlegte. Dann fiel es ihr ein. »Vor einem Jahr haben wir uns zum ersten Mal geküsst?«

»Die Kandidatin erhält einen Sekt und 1000 Küsse – wenn sie es denn möchte. Es tut mir leid, dass ich dich neulich so überrumpelt habe«, sagte er.

Inzwischen hatte sich Rike an den Gedanken gewöhnt. »Ich war einfach überrascht, aber freue mich natürlich. Nach so vielen Jahren als eingeschworene Junggesellin ist das eine Umstellung.«

»Im Prinzip bist du das ja weiterhin, so viel gemeinsames Leben als Paar ist im Moment nicht möglich.«

Rike seufzte. »Wir stehen vor dem Abschluss, hoffe ich, danach habe ich weniger Stress.«

Harry stellte Schüsseln auf den Tisch, er sah sie skeptisch an. »Und dann kommt der nächste Fall.« Das gab Rike einen Stich im Herzen. Ihr Job war schwer mit einem Privatleben vereinbar. Carla schien das gut hinzubekommen, allerdings bestand ihr Alltag zum großen Teil aus Verwaltungsarbeit. Harry hatte Salate zubereitet – mit Mozzarella und Tomaten, Krabben und frisch geräuchertem Lachs. Dazu servierte er ein Kräuterbrot, das noch warm war und aromatisch duftete.

»Das ist köstlich, Harry. Wo gibt es so leckeres Brot?«, wunderte sie sich. Ihre Ortskenntnisse blieben begrenzt.

»Das stammt aus Harrys Backstube, habe ich selber gezaubert. Überlege es dir, ehe du mich wieder nach Helgoland schickst«, er lächelte. Sie küsste ihn, dann sahen sie sich eng umschlungen an, wie die untergehende Sonne die Bucht in ein rotes Licht hüllte, bis es dunkel wurde.

Abends konnte sie kein Auge zumachen. Da war das Gefühl, dass sie etwas übersehen hatte. Eigentlich standen sie kurz vor der Lösung, den mutmaßlichen Täter hatten sie im Gewahrsam. Dieser Steffens wirkte wie ein tapsiges Riesenbaby, das in eine Laufbahn als Berufskrimineller hineingeschlittert war. Das war kein eiskalter Täter. Ihr Gefühl war es, dass alle Karten auf dem Tisch lagen. Doch hatten sie die richtigen Schlüsse gezogen?

KAPITEL 51

Die Mutter von Jack Steffens hatte sofort zugesagt, zu ihrem Sohn zu kommen. Es war eine kleine dickliche Dame, die vor Energie sprudelte. Sie bestürmte Rike beim Treffen am Empfang der Inspektion direkt mit Fragen. »Eine Gefängnisstrafe, mein Junge. Daran geht er kaputt. Er ist kein schlechter Mensch«, redete sie auf Rike ein.

Sie standen vor dem kleinen Konferenzraum, wo Rike den beiden Zeit für ein Gespräch geben wollte. »Ich glaube nicht, dass er ein übler Mensch ist. Er wurde da hineingezogen und nimmt Strafen auf sich, die sein Auftraggeber verdient hätte. Wenn er darüber spricht, wird der Richter milder urteilen«, sagte Rike.

Die Beamten brachten den Verdächtigen, und Rike bat beide in den Raum. »Ich lasse Sie jetzt für die nächsten zehn Minuten allein, bitte klopfen, wenn Sie das Gespräch früher beenden möchten«, sagte sie.

Hinter der geschlossenen Tür wurde es zeitweise laut. Die Mama schien ihrem Sohn eine Standpauke zu halten.

Es dauerte eine Viertelstunde, ehe Mama Steffens die Tür öffnete. »Der Junge ist bereit, alles zu sagen«, erklärte sie.

»Ich habe nur meinen Job gemacht, ich hatte nicht die Absicht, gegen Gesetze zu verstoßen«, sagte er. Dann berichtete er von der Entführung Amkeas. »Das Mädel hat Mist gebaut, sie hat ein Pferd geklaut und zudem das Geld vom großen Boss«, erklärte er.

Rike fragte kurz dazwischen. »Möchten Sie einen Anwalt?«

Er schüttelte mit dem Kopf, sah zu seiner Mutter, die ihm den Arm tätschelte.

»Wer gab den Auftrag dazu, das Mädchen zu entführen?«

»Den gab mir Luigi, das ist mein Ansprechpartner im Motorradklub. Er sagte, der Boss hat das angeordnet. Den Traktor hat er besorgt und die Kleine abgeholt, den Hänger hat er mitten im Wald abgestellt, wo niemand sie hören kann. Ich habe sie versorgt und aufgepasst, dass sie nicht abhaut.«

»Und wer ist der Boss? Haben Sie ihn mal persönlich getroffen?«

»Nein, nie. Aber es ist klar, dass Erwin Schröder-Knorr der Chef des Sicherheitsdienstes ist. Die Firma heißt Cuxland Security, alle Mitarbeiter sind auch im Klub organisiert. Sehen lassen hat er sich bei uns nicht.«

»Wie lautete denn der Auftrag?«

»Herausbekommen, wo sich das Geld befand, das dieses Mädchen hat. So neumodische Bitcoins, davon habe ich keine Ahnung. Ich sollte mir dafür etwas einfallen lassen. Natürlich habe ich der Kleinen kein Haar gekrümmt.«

Rike dachte einen Moment nach. Ihr fehlte die Verbindung zwischen Schröder-Knorr und dem Besitzer des Pferdes. Warum behauptete der Oberrocker, es sei sein Geld? Sie hakte nach.

»Der Tonnac ist ein Strohmann für den Boss, der hatte Schulden bei ihm, Schröder-Knorr hat dessen Firma übernommen«, sagte der Verdächtige. »Offiziell vertritt dieser Pferdetrainer weiter den Rennstall, der ist aber nur ein Aushängeschild, so hat es mir Luigi erklärt.«

»Waren Sie am Todesfall Cristobal Bullwin auf dem Duhner Wattrennen beteiligt?«, fragte sie nach. »Oder einer von Ihren Kollegen?«

Wieder warf die Mutter ihrem kriminellen Sohn einen langen Blick zu. »Nein, ich kann dazu leider gar nichts sagen. Da ich neu in der Firma bin, kenne ich nicht alle Vorgänge«, erklärte er. »Aber der Jockey, das war auch einer von uns, der hielt sich regelmäßig in unserem Klub auf«, sagte er.

»Wir hatten schon über den Todesfall von Thomas Bernecke gesprochen. Sie haben zugegeben, dass Sie in der Wohnung waren. Wie ist der Mann zu Tode gekommen?«, wollte Rike wissen.

Er sah zu seiner Mutter, senkte den Kopf.

»Ja, ich habe seinen Computer und sein Handy geholt und an Luigi weitergegeben«, stotterte er. »Ich hätte dem durchaus ein paar gelangt, aber das war nicht nötig. Der zitterte schon so vor Angst und hat das Teil rausgegeben, nachdem ich böse geguckt und ein bisschen mit dem Messer gefuchtelt habe. Angerührt habe ich den nicht und würde niemals im Leben einen umbringen. Das schwöre ich auf den Kopf meiner kleinen Geschwister.« Seine Stimme zitterte.

Seine Mutter nickte. »Der Jack ist ein guter Kerl im Grunde, Sie müssen verstehen, dass es sein erster Job ist. Der Junge hat niemals eine Chance bekommen.«

»Sie sind da reingegangen, haben sich den Computer geholt – und der Mann ist vielleicht unglücklich gestürzt?«

Er sprang auf und schrie. »Nein, nein, das stimmt nicht. Der war echt sauer, aber kerngesund und lebendig, als ich ging.« Er setzte sich und sprach weiter: »Ich habe dem gesagt, dass der Boss persönlich kommt und gerne mal ein paar Finger bricht, wenn jemand nicht zahlt. Das habe ich erfunden, es stammt aus irgendeinem alten Mafiafilm.«

»Was war dann, als Sie gegangen sind?«

»Ich habe Luigi im Vereinsheim den Computer und das Handy gegeben, und der hat mir eine Extraprämie überreicht, einen Hunni. Das war alles. Naja, bis auf den unerwünschten Besuch im Hafen. Irgendwas stimmte nicht mit den Geräten, und wir sollten das Mädel noch mal befragen. Den Rest wissen Sie ja.«

»Wer hat den Auftrag für diesen Besuch gegeben? Wieder dieser Luigi?«

Er nickte. »Der hat gesagt, dass der Boss es so wünscht. Wahrscheinlich werde ich jetzt mächtigen Ärger bekommen, weil ich gequatscht habe.«

»Wie heißt dieser Mann weiter?«, fragte Flores nun. Er hob die Schultern. »Hat er mich nicht verraten. Er ist so eine Art Vorarbeiter. Spricht auf jeden Fall akzentfrei Deutsch, so wie ein Norddeutscher.«

»Was ist, darf mein Junge gehen?«, fragte die Mutter hoffnungsvoll.

»Das entscheidet der Richter. Wir werden in jedem Fall ein gutes Wort für ihn einlegen wegen seiner Offenheit«, sagte Rike. Sie bedankte sich bei der Mutter. Zwei Kollegen würden sie wieder zu Hause absetzen.

KAPITEL 52

Der Eingang wirkte alles andere als glamourös. Das Stadttheater befand sich in einem schmucklosen Zweckbau aus rotem Klinker. Wandtafeln mit den Zeiten für Hofpausen und Kantinenspeisung hingen dort von der ehemaligen Schule. »Du musst nicht mitgehen. Das könnte Ärger geben«, sagte Rike zu ihrer Kollegin Flores. Sie war bereit, das in Kauf zu nehmen, da der Staatsanwalt einer Vorladung von Erwin Schröder-Knorr zu einer Vernehmung nicht zugestimmt hatte.

Carla, die in Politikkreise der Kleinstadt vernetzt war, hatte von der Preisverleihungsgala erfahren. Alle zwei Jahre verlieh die Stadt Cuxhaven Kulturschaffenden aus verschiedenen Sparten den Joachim-Ringelnatz-Preis. Das Stadttheater war eine umgewandelte frühere Schulaula und befand sich im dritten Stock.

Im Eingangsbereich sah Rike festlich gekleidete Männer mit dunklen Anzügen, weißen Hemden und Krawatten, die Damen trugen lange Kleider oder elegante Kostüme. In ihren üblichen Jeans fühlte sie sich ein wenig deplatziert. Doch sie waren nicht zum Vergnügen da. Sie kannte niemanden, hatte aber gehört, dass die gesamte Politprominenz ebenso wie Unternehmer, die Rang und Namen hatten, vertreten waren. Sie erspähte einen Journalisten, der sie einmal interviewt hatte. Diesen fragte sie über den Ablauf der Veranstaltung aus. Zuerst würden alle möglichen Reden abgespult, am Ende folgte eine künstlerische Darbietung der Kabarettistin, die ausgezeichnet wurde.

Sie studierte das Programm und überlegte, wann der beste Moment war, den Herrn anzusprechen. Flores deutete auf das Prospekt. »Schau mal, wer den Preis sponsert und eine Woche Fünfsternehotel in Duhnen«. Tatsächlich stand dort der Name des Rockerpräsidenten Erwin Schröder-Knorr. Zudem sollte dieser eine Eröffnungsrede halten.

Jetzt verstand Rike, warum sie den Herrn nicht vorladen durfte. Er war bis in die höchsten Kreise vernetzt, hieß es. Sie beschlossen, bis zur Pause zu warten.

Flores stieß Rike in die Seite. Sie war so müde, dass sie bei den ersten Reden kurz eingenickt war. »Schau mal, unser Verdächtiger«, flüsterte sie.

Er pries die Bedeutung von Kunst und Kultur sowie die Verantwortung von Unternehmern dafür. Sie wechselten einen Blick und verdrehten die Augen. Es folgten noch weitere Wortmeldungen mit ähnlichem Inhalt. Endlich ertönte der Pausengong. Sie gingen die Sitzreihen hinab und passten den Mann an der ersten Reihe ab.

»Herr Schröder-Knorr? Glückwunsch zu Ihrer Rede«, sprach Rike ihn an.

Erfreut nickte er und bedankte sich. »Wir kennen uns doch irgendwoher…«, sagte er und taxierte die Polizistinnen von Kopf bis Fuß.

»Wir hatten das Vergnügen in Wremen und hätten ein paar Fragen. Wir sind bei unseren Ermittlungen auf Sie gestoßen. Sie sollen die Entführung von Amkea Antelmann in Auftrag gegeben haben, die Diamond Moon vor dem Rennen verschwinden lassen hat.«

»Wer soll das denn sein?« Er war ruhig stehen geblieben und musterte sie.

»Eine Studentin der Tiermedizin, die das Pferd vor den Gefahren des Rennens beschützen wollte. Gleichzeitig gab es eine Geldforderung an Eric de Tonnac-Rusch.«

»Ach ja, ich habe davon gehört. In der Tat ein Geschäftsfreund, aber ich lasse garantiert niemanden entführen. Warum auch?«

»Vielleicht ging es da um die geforderten Bitcoins. Musste der Informatiker Thomas Bernecke deshalb sterben? Haben Sie das angeordnet?«, setzte Rike nach.

Sein Gesicht verfinsterte sich, seine rechte Hand kratzte die linke, der Hemdsärmel rutschte nach oben und gab ein Totenkopftattoo preis.

»Schönes Tattoo«, bemerkte Rike.

»Was soll denn dieser Unfug«, grollte er. »Ich habe von diesen Personen noch nie gehört. Und garantiert nichts damit zu tun. Wie ich Ihnen schon einmal sagte, bin ich ein unbescholtener Bürger. Jetzt lassen Sie mich endlich in Ruhe, ich bin hier der Gastgeber. Ansonsten wird das böse Konsequenzen haben.« Er drehte sich um und ging aus dem Theatersaal. Rike und Flores folgten ihm. Im Vorraum befanden sich Stehtische, die eleganten Gäste prosteten sich mit Sekt zu und waren in rege Gespräche vertieft. Junge Frauen trugen Platten mit Häppchen zwischen den Tischen herum.

Sie entdeckten den Rocker hinter der Glastür am Ausgang, er telefonierte und lief dabei auf und ab, sein Gesicht war gerötet, er schien aufgebracht.

»Also ganz kalt hat ihn unser Besuch nicht gelassen«, Flores grinste.

»Länger ertrage ich diese Muppet-Show nicht«, sagte Rike. Sie verließen das Etablissement. »Auf Wiedersehen, Herr Schröder-Knorr«, flötete Rike im Vorübergehen.

Er warf ihnen empörte Blicke hinterher.

Rike informierte Carla telefonisch über das Gespräch. »Kannst du den Herrn überwachen lassen?«, wollte sie wissen. »Ausgeschlossen«, sagte Carla.

»Untersteht euch, das auf eigene Faust zu tun. Dich möchte ich bitte noch sprechen«, bat sie Friederike.

Friederike fuhr in die Inspektion zurück und besprach den aktuellen Stand mit ihrer Vorgesetzten. »Leider haben wir da nur einen Verdacht vom Hörensagen. Dein Zeuge hat den Schröder-Knorr ja nicht selber gesprochen«, bedauerte sie. »Wir müssen an seine Bücher ran, um die Geschäftsverbindung zu Tonnac zu durchforsten, eine Hausdurchsuchung und die Auswertung seiner Konten würde uns weiterbringen.«

Carla schüttelte entschieden den Kopf. »Rike, ich bin einverstanden, das ist einer der größten Drecksäcke in dieser Stadt. Aber wir haben nicht genug Material, um das durchzukriegen. Das handelt uns allen einen gigantischen Ärger ein.«

Rike fühlte sich wie in laufender Fahrt ausgebremst. Sie beschloss, alle Unterlagen gründlich zu durchforsten, ebenso die Dokumente, die sie im Gestüt eingesammelt hatten. Sie hatte Harry angerufen und ihn gebeten, sich um Prinz zu kümmern. Auf ihrem Schreibtisch stapelten sich die Ordner, mehrere Rollwagen standen bereit. Sie legte die Stapel kurz beiseite und sah aus dem Fenster, ihre Augen brannten. Ganz unten lugte ein Papier hervor, es war ein Umschlag auf dem ihr Name stand, er war geschlossen.

Um 23 Uhr kam Flores in die Inspektion. »Mensch, Rike, du musst schlafen. Übrigens ist der Kerl in die *Seemannsbraut* gefahren, ein Bordell in der Fahrenholzstraße, das wohl ihm gehört. Vielleicht könnten wir ja dort eine der Frauen als Informantin gewinnen?«, fragte sie.

»Danke für dein Engagement. Das wäre eine Idee. Würdest du diese monsterartige Kaffeemaschine überreden, mir ein Getränk auszuspucken?«

Einen Moment später stellte Flores einen Cappuccino vor Rike. Sie sah sich die Geschäftsunterlagen des Gestüts an, blätterte dann Ordner über Rennergebnisse durch. Plötzlich war sie hellwach. Sie hielt einen Artikel in der Hand, in dem es um einen Unfall bei einem Galopprennen in Bremen ging.

»Pferd überschlägt sich, Reiterin schwerst verletzt. Ist der Starjockey Cristobal Bullwin schuld?«, so die Überschrift. Rike gab den Vorfall in die Suchmaschinen ein. Tatsächlich ging es um einen Reiterfehler. Der Jockey war auf einem Pferd geritten, das als Favorit galt, jedoch fand er keinen Durchschlupf durch die Reihe der Konkurrenten. Er peitschte dennoch auf den Vollblüter ein, der mit einem anderen Pferd kollidierte und dieses ins Stolpern brachte. In der Folge überschlug sich das vordere Tier, die Reiterin stürzte so schwer, dass sie mit dem Hubschrauber ins Krankenhaus gebracht werden musste.

Rike rief Flores und zeigte ihr die Dokumente, die sie ausgedruckt hatte. »Du meinst, diese Frau oder der Besitzer des Pferdes könnte sich gerächt haben?«, fragte ihre Kollegin. Rike nickte. »Schau mal, wer der Besitzer war«, bat sie. »Du hast recht«, rief diese aufgeregt. »Das war ein Pferd aus dem Stall Tonnac.«

Rike sprang auf und ging zu Flores. Diese öffnete den Artikel über den Vorfall. Damals hatte das Gestüt eines seiner besten Pferde verloren. Der Hengst musste direkt auf der Bahn mit Frakturen in den Vorder- und Hinterbeinen erlöst werden. Flores zog einen weiteren Artikel aus dem Netz. »Tragischer Unfall auf der Rennbahn. Weiblicher Nachwuchsjockey nach Sturz im Rollstuhl«, so die Überschrift. Demnach war die junge Frau so schwer an der Wirbelsäule verletzt worden, dass sie sich eine Querschnittslähmung zugezogen hatte.

»Schicksal annehmen. Bewundernswerter Umgang der verunglückten Reiterin mit ihrer Behinderung«, war ein weiterer Bericht überschrieben. Demnach war die Frau aus dem Krankenhaus entlassen worden und suchte eine rollstuhlgerechte Wohnung. Zudem kämpfte sie offenbar mit der Versicherung des Unfallverursachers.

»Das ist fünf Jahre her. Und dann kam nichts mehr?« Es gab keinen einzigen Artikel danach über das Unfallopfer. »Wie typisch für die Medien unserer Zeit. Erst wird sensationslüstern darüber berichtet, und dann verschwindet das Thema einfach so. Die Hürden des Alltags bringen keine Clicks«, stellte Rike fest. Aber Tonnac müsste die Adresse der jungen Frau kennen. Ihr fielen fast die Augen zu, sie musste schlafen, und zwar bald. Sonst war der kommende Tag gelaufen.

Als sie aufstehen wollte, hatte sie wieder den Brief in der Hand, der ganz unten gelegen hatte, und öffnete ihn. Ein maschinell beschriebenes Blatt befand sich darin.

»Sehen Sie sich Tonnac und seinen neuen Geschäftspartner Schröder-Knorr näher an. Die neue Holding-Gesellschaft mit Sitz in Liechtenstein (reine Briefkastenadresse) gehört dem feinen Herrn. S-K. Schröder-Knorr hat Tonnac wegen seiner Schulden unter Druck gesetzt, gedroht, dass er das Trinkwasser der Pferde vergiftet und seine Schläger rausgeschickt, bis er ihm die Mehrheit an der Firma überschrieben hat. Dem geht es nicht um die Gewinne, das Gestüt wird zur Geldwaschanlage. Den Jockey Cristobal Bullwin hat Tonnac nicht freiwillig aufs Pferd gelas-

sen, sein feiner neuer Boss hat das bestimmt. Ein Krimineller hat jetzt im Gestüt das Sagen. Das waren nicht die letzten Morde. Stoppen Sie diesen Verbrecher, oder es gibt weitere Tote!«

KAPITEL 53

Sie hatten Tonnac nicht im Haus angetroffen, die Mitarbeiterin verwies sie auf die Trainingsbahn hinter dem Haupthaus des stattlichen Anwesens. Tatsächlich saß er auf einer Bank am Rande der Fläche, sein Blick folgte zehn Pferden, die auf der Bahn galoppierten. Die Reiter befanden sich nun auf der anderen Seite des Ovals. Über der Hecke sah sie nur, wie sich die Köpfe der Arbeitsreiter wie auf einer Linie und ohne sichtbare Erschütterung fortbewegten. Ganz so als würden sie auf den Vollblütern schweben, wenn auch in großer Geschwindigkeit.

»Ach Sie schon wieder.« Er war regelrecht erschrocken, als sie sich in sein Blickfeld schoben.

»Ja, und wir werden öfter hier erscheinen. Es sei denn, Sie sagen endlich die ganze Wahrheit.«

»Was wollen Sie wissen? Ich habe doch alles gesagt«, protestierte er.

»Und warum haben Sie den schweren Unfall verschwiegen, den Cristobal Bullwin verursacht hat? Dass er eines Ihrer Pferde und die Gesundheit einer jungen Frau auf dem Gewissen hatte? Damit haben Sie ein Motiv«, versuchte Rike, ihn aus der Reserve zu locken.

»Ja, das war schrecklich – und es stimmt, dass Bullwin ein brutaler Jockey ist. Niemand will den, aber mein Geschäftspartner hat sich durchgesetzt.« Er wirkte bitter, als er das sagte.

»Meinen Sie Herrn Schröder-Knorr? Da haben Sie ja

einen feinen Partner. Der setzt den Jockey gegen Ihren Willen ein – und da haben Sie gehandelt?«

»Ich hätte mich selbst geschädigt durch so eine Aktion. Damit hätte sich meine zweite Favoritin verletzen können. Ich würde so etwas nie riskieren«, protestierte er. Das wirkte auf Rike zweifelhaft, denn sich einen Rockerpräsidenten ins Geschäft zu holen, war alles andere als risikolos.

»Und Thomas Bernecke schuldete Ihnen ja eine Menge Geld, oder? Konnten Sie das mittlerweile zurückbuchen?«, fragte Flores nach.

Er schüttelte den Kopf. »Genau genommen schuldete er das meinem Gesellschafter, ich halte nur noch einen kleinen Anteil am Unternehmen«, sagte Tonnac.

»Der Herr Schröder-Knorr soll Sie erpresst haben, um an die Anteile zu kommen. Möchten Sie Anzeige erstatten?«

Er schüttelte den Kopf. »Immer nach vorne sehen. Das Gestüt besteht weiter, das war für mich das Wichtigste.«

Mit seiner Hand beschrieb er einen Bogen über die Trainingsbahn und die Stallungen. »Das hier ist und bleibt meine Leidenschaft, aber ich hätte sonst Insolvenz anmelden müssen. Mit dem Investor kann ich als Geschäftsführer weitermachen«, sagte er.

»Und mit einem Sieg beim Wattrennen wäre das anders gekommen?«, wollte Rike wissen.

Er zuckte mit den Schultern. »Die Krise geht schon ein paar Jahre – und der Vertrag sah vor, dass entweder ein Kredit zurückgezahlt wird oder dass der Investor Anteile erhält. Sie sehen, dass ich absolut kein Motiv hatte für all diese kriminellen Aktionen.«

»Ihr Geschäftspartner aber schon?«, fragte Rike.

Er sah sich verängstigt um. »Das habe ich nicht gesagt, bitte legen Sie mir nichts in den Mund.« Rike deutete das als Zustimmung zu ihrer Vermutung. Sie mussten nochmals die Videos vom Wattrennen auswerten und weiter alle privaten Aufnahmen sichten, um festzustellen, ob einer von Schröder-Knorrs Männern in der Nähe des Jockeys gesichtet wurde.

»Eine Frage hätte ich: Was wurde aus der jungen Reiterin, die bei dem Unfall damals schwer verletzt wurde?«

Er zuckte zusammen und brauchte einen Moment, bis er seinen Gesichtsausdruck wieder unter Kontrolle hatte. »Teresa meinen Sie?«

»Genau diese Teresa, wie hieß sie noch?«

»Teresa Weiß. Was für eine begabte Pferdesportlerin, sie hatte das gewisse Etwas und hätte es ganz nach oben geschafft. Das ist eine traurige Geschichte. Sie saß nach dem Unfall im Rollstuhl und war sehr mutig, hat gekämpft. Sie ist vor zwei Jahren verstorben. Ich weiß nichts Genaues«, sagte er bedauernd.

»Wer hatte denn näheren Kontakt zu ihr?«, hakte sie nach. Sie sah, wie er zögerte und dann den Kopf schüttelte. »Keine Ahnung. Ich habe sie leider aus den Augen verloren. Auf jeden Fall war sie verheiratet, aber ich habe keinen Kontakt mehr.« Der Name gab Rike einen Ansatzpunkt für die Suche nach der Verunfallten.

KAPITEL 54

Die beiden Herren sahen aus wie die Vertreter eines Bestattungsunternehmens. Ein schwarzer Anzug sowie ein blütenweißes Hemd verwandelten den Rockerpräsidenten optisch in einen seriös wirkenden Geschäftsmann. Begleitet wurde er vom bekannten Anwalt Jörg Lanzmann, der einen schwarzen Dreiteiler mit hellblauem Einstecktüchlein trug.

Rike dachte daran, wie schwer es für Carla war, den Staatsanwaltschaft von einer Vorladung zu überzeugen. Denn es gab in der Vergangenheit vielfach Ermittlungen gegen Schröder-Knorr, die alle im Sand verlaufen waren.

Den angebotenen Kaffee lehnte der Jurist in beider Namen dankend ab. »Bringen wir es hinter uns. Was genau werfen Sie meinem Mandanten vor?«, fragte er.

»Wir vernehmen ihn in erster Linie als Zeugen. Uns würden die Umstände der Übernahme von Gestüt Tonnac interessieren. Es gibt Aussagen, dass Herr Schröder-Knorr den bisherigen Betreiber bedroht und unter Druck gesetzt hat, um in den Besitz des Unternehmens zu kommen.«

»Wer sagt denn so etwas?«, fuhr sie der Rocker direkt an. Sein Anwalt wandte sich an ihn. »Das musst du nicht beantworten.«

»Ich will das aber ein für alle Mal richtig stellen. Das ging mit rechten Dingen zu, das Gestüt war überschuldet und konnte seine Kredite nicht bedienen. Das Unternehmen *Tonnac Limited Holding Liechtenstein* hat auf meinen Wunsch investiert, um die Pferdezucht und den Rennstall an dieser Stelle zu retten. Jeder in der Region ist dankbar, dass diese legendäre Anlage erhalten bleibt.«

Rike wartete, bis der Lobgesang auf sich selbst verstummte. Der Mann war so etwas von aalglatt und überzeugte die politischen Gremien mit seinen angeblichen Wohltaten.

»Aber Sie waren der Geldgeber und hätten die Kredite verlängern können, oder?«, wandte sie ein. Sie hatte die Vereinbarungen in den Unterlagen gesehen, ebenso wie die Absagen der Banken. Die hatten Tonnac schon längst den Geldhahn abgedreht.

»Ich habe selber Banken und Geldgeber, denen ich Rechenschaft ablegen muss. Wenn die Tendenz der Geschäfte nach unten zeigt und keine Sicherheiten mehr vorhanden sind, ist die Gegenseite nicht kreditwürdig.«

Das klang genauso kühl wie die Absage eines Bankers. Der Mann war nicht nur aalglatt, sondern auch intelligent. Es würde schwer, ihn festzunageln.

»Sie sollen ihm mit der Vergiftung des Wassers seiner Pferde gedroht haben!«

»Was erlauben Sie sich, Herr Schröder-Knorr ist ein ehrenwerter Bürger! Vollkommen absurd«, kam der Anwalt einer Antwort seines Mandanten zuvor.

Dieser lachte, statt in Wut zu geraten. »Ach wissen Sie, was Neider so über einen erfolgreichen Geschäftsmann sagen.« Er kratzte sich mit der rechten Hand am linken Unterarm. »Zudem interessiert uns, mit welchem Auftrag Ihre Security beim Informatiker Thomas Bernecke in der Wohnung war? Ging es um die Geldsumme, die Herr Tonnac an diesen gezahlt hat?«

Der Anwalt sah mahnend zu Schröder-Knorr, der schon Luft holte und antworten wollte. »Diesen Herrn kennt mein Mandant nicht, also gab es keinen Auftrag.«

»Mitarbeiter Ihrer Security haben die Studentin Amkea Antelmann entführt, den IT-Mann Tom Bernecke bedroht und bestohlen, sind in eine private Wohnung eingedrungen. Wir haben einen Ihrer Männer, Herrn Jack Steffens, auf frischer Tat ertappt – um mal Ihr Gedächtnis aufzufrischen«, sagte Rike.

»Ich erinnere mich, das war so ein Looser aus Bremerhaven, der nie einen Job hatte. Dem habe ich aus Mitleid eine Chance gegeben. Aber man kann niemandem in den Kopf schauen. Das war vielleicht unüberlegt?« Das sagte der Rocker mit spöttischem Unterton, so als wisse er, dass sie ihm sowieso nichts anhaben konnte.

»Wie war das mit dem gewaltsamen Tod des Jockeys, den Sie am Renntag unbedingt einsetzen wollten? Das hat Ihnen doch die Übernahme des Gestüts erleichtert, oder? Hat das auch so ein Looser aus Ihrer Security zu verantworten?«

Er stieß verächtlich Luft aus. »Meine Jungs sind hervorragend ausgebildet, wie gesagt, habe ich dem einen Kerl einmal eine Chance gegeben. Ich war nicht auf dem Wattrennen und meine Jungs ebenso wenig, an dem Tag war unser großes Vereinsfest im Motorradklub. Niemand würde dieses Jahresereignis verpassen!«

Tatsächlich hatten sie auf den Bildern keinen von den Security-Leuten entdeckt, doch die Masse an Material war riesig. »Sind Sie fündig geworden bei Herrn Bernecke und haben die Bitcoins in Ihren Besitz gebracht?«, fragte Flores nach einem Moment des Schweigens.

»Wie mein Mandant sagte, war er über die Aktionen eines neuen Mitarbeiters der Sicherheitsfirma nicht informiert. War es das jetzt? Der Herr Schröder-Knorr hat gleich noch einen Empfang mit dem Niedersächsischen Wirtschaftsminister«, drängte der Anwalt.

Rike nickte. »Sie können gehen!« Flores warf ihr einen bösen Blick zu, doch sie hatten nichts gegen den Rocker in der Hand außer einem anonymen Schreiben und den versteckten Vorwürfen des Pferdezüchters Tonnac. Auch den Aussagen von Jack Steffens würde ein Gericht vermutlich wenig Glaubwürdigkeit beimessen. Dieser eiskalte zum Erfolgsunternehmer mutierte Drecksack war schwer zu fassen. Sie erklärte Flores, dass es bislang keinen Sinn machte, den als Beschuldigten zu vernehmen. »Aber ich habe eine Ahnung, wer dieses Schreiben verfasst hat«, sagte Rike. »Du meinst jemanden auf dem Lande, der sich gut mit Pferden auskennt?«, Flores warf ihr einen verschwörerischen Blick zu. Sie hatten die gleichen Schlussfolgerungen gezogen.

Gemeinsam fuhren sie stadtauswärts über die Autobahn und dann die Landstraße weiter zum Gestüt Tonnac. Sie wollte den Jockey Alexander Schwarz ohne Beisein des Gestütsleiters dazu befragen. Sie parkten auf dem Hof und sahen im Stall nach. Dort war der Hufschmied dabei, den Rennpferden neue Hufeisen anzubringen.

Alexander Schwarz winkte ihnen zu und bat sie um Geduld.

Er führte die einzelnen Pferde von der Weide in den Stall und band sie in der Boxengassen an den Ringen nebeneinander fest. »Herr Schwarz, hätten Sie kurz Zeit?«

»Schwierig, wir brauchen hier mehrere Stunden, um alle Vierbeiner zu versorgen, ich muss die Hufe aufhalten.« Der Schmied sah auf. »Ach lass man, wir machen eine kurze Pause, wenn du schon Besuch von zwei charmanten Damen hast.«

Widerwillig ließ sich der Jockey darauf ein und bat sie, ihm in seine Wohnung zu folgen. Vom Flur ging er direkt in die kleine Wohnküche und bot ihnen den Platz auf dem Sofa an. »Worum geht es denn dieses Mal?«, wollte er wissen.

Rike zog eine Kopie des Briefes aus der Tasche. »Das haben Sie doch verfasst, oder? Leider können wir anonyme Schreiben nicht als Beweis verwenden, es würde helfen, wenn Sie als Zeuge aussagen.«

Er lachte panisch auf, sah kurz aus dem Fenster. »Mir ist mein Leben lieb. Sie könnten mich nicht einmal im Ansatz vor diesem Verbrecher und seiner Bande schützen. Der wird von ganz oben protegiert.«

»Da gäbe es schon Möglichkeiten, wir müssten das LKA einbeziehen.«

Er schüttelte entschieden den Kopf. »Auf mich können Sie da leider nicht zählen, ich möchte ein paar Jahre mein Leben leben. Aber das entspricht der Wahrheit, Beweise lassen sich sicher finden.«

»Wie schade. Haben Sie sonst noch etwas, was uns weiterbringt?«, fragte Rike.

Er schüttelte den Kopf. »Ich habe eine neue Stelle in einem Münchner Rennstall und werde Ende des Monats umziehen. Auch wenn es mir schwer fällt, meine Lieblinge zurückzulassen. Aber diesen Umgang kann ich nicht mit meinem Gewissen vereinbaren.« Sie bedankten sich und standen auf, in dem Moment fiel Rikes Blick auf ein Foto auf der Anrichte. Es zeigte einen Jockey in den Farben des Stalls Tonnac. Da es eine Großaufnahme war, erkannte sie die weiblichen Gesichtszüge, die sie gerade in dem Zeitungsartikel gesehen hatte. »Das ist doch Teresa, oder?«, fragte sie.

Er nickte. »Ganz genau, das ist meine Tochter bei ihrem Derby-Sieg, sie war so unglaublich begabt. Ich war sehr stolz auf sie.« Betrübt sah er das Foto an.

Seine Reaktion löste in Rikes Gehirn eine Lawine aus. Er hatte schon mal etwas von seiner früheren Familie erzählt, doch hatte sie keine Ahnung, dass er der Vater der verunfallten Frau war. Zumal sie einen anderen Namen trug. Den des Ehemanns vermutlich.

»Das wusste ich nicht. Was ist aus Teresa geworden nach ihrem Unfall?«, wollte Rike wissen.

Sein Gesicht verfinsterte sich. »Sie hat gekämpft wie eine Löwin, doch im Rollstuhl ist sie verzweifelt. Zuerst ist ihr Taugenichts von Ehemann abgehauen, dieser Lorenz Weiß. Ihre angebliche große Liebe. Sie hat so gerne Scherze über unsere Namen Schwarz und Weiß gemacht.«

»Das kann ich verstehen, dass sie sehr verzweifelt war«, sagte Flores.

Er nickte. »Zudem kam das Geld von der Versicherung nicht, der Verursacher bestritt seine Schuld. Nach ein paar Monaten blieben die angeblichen Freunde weg. Sie war einsam, verlor die Hoffnung und konnte sich nicht damit abfinden, dass sie nie wieder reiten würde. Die Pferde waren ihr Leben. Sie hat sich vor zwei Jahren das Leben genommen.« Eine Träne rann über seine Wange.

»Das ist so furchtbar, als Vater einfach nichts tun zu können. Ich habe mich gekümmert, jede Menge Therapien haben wir ausprobiert, doch es gab keine Chance. Sie hat sich einen Medikamentencocktail aus der Schweiz kommen lassen, als ich mal zwei Tage bei einem Rennen war. Irgendwie hat sie den Pfleger überredet, ihr das Zeug einzuflößen.« Seine Stimme war brüchig, eine Träne lief ihm hinab.

Rike sah ihn wartend an, denn sie spürte, dass er noch mehr mitzuteilen hatte. Tatsächlich nickte er. »Ja, ich habe Bullwin die Spritze verabreicht. Ich habe das nicht geplant. Aber als ich mit Diamond Sun auf dem Rennen beim Tierarzt war, sollte ich eine Augensalbe aus seinem Wagen holen. Hinten hatte er die Medikamente. Da dachte ich spontan daran, mir eine Spritze aufzuziehen. In dem Moment war ich nur verzweifelt und diese Aussicht, zu Teresa zu gehen, tröstete mich. Das war die Gelegenheit, das Zeugs abzuzapfen. Ich habe mich an einer Flasche bedient, die schon offen war. Das Mittel habe ich in meine Tasche gepackt.«

»Sie hatten geplant, sich das Leben zu nehmen?«, fragte Rike nach.

»Ja, an dem Tag hatte ich wirklich genug von allem. Als der Alte spontan meinen Ritt gestrichen hat und dieses Schwein auf Sunny reiten ließ, da habe ich kein Land mehr gesehen. Ich war so voller Wut, als er sie auf dem Abreitplatz schon malträtiert hat, da fiel mir die Spritze ein. Ich bin dann ja bis auf die Strecke mitgelaufen und habe ihn kurz vor dem Start aufgefangen, als er gerutscht ist. Während er seitlich im Sattel hing und ich ihn wieder hinaufschob, kam die Gelegenheit, ihm das ganze Zeug reinzudrücken. ›Du hast da 'ne Wespe‹, hab ich dem gesagt, damit der das nicht mitkriegt. In dem Moment konnte der eh nicht mehr runter vom Pferd, das schon ganz heiß war.«

Was für eine traurige Geschichte, dachte Rike. Ausgerechnet der einzige sympathische Mensch in diesem Gestüt war der Täter.

»Wir müssen Sie nun leider mitnehmen. Es tut mir ehrlich leid, was Ihnen wiederfahren ist«, sagte Rike.

Er wirkte nun erleichtert und gefasst. »Ich bin bereit, mitzukommen und alles zu gestehen. Bitte lassen Sie mich von meinen Pferden Abschied nehmen.«

»Gut, aber wir begleiten Sie. Bitte keine Spielchen.«

Er bedankte sich, nahm das Bild seiner Tochter von der Wand und legte es in eine Tragetasche. Sie gingen in den

Stall, wo er den Hufschmied informierte und Tonnac eine kurze Nachricht sendete, sodass dieser die Betreuung übernahm. Bei jedem Pferd blieb er stehen, ließ es an seiner Hand schnuppern, sagte Worte des Abschieds. Besonders lange verweilte er bei der Stute Diamond Sun.

Mit Tränen in den Augen ging er mit ihnen zum Wagen. Er sah zurück. »Das Gestüt wird nicht mehr dasselbe sein, wenn ich es in meinem Leben noch einmal sehen sollte. Aber ich bin erleichtert.« Umstandslos nahm er im Wagen Platz, sie fixierten dennoch eine Hand am Haltegriff.

KAPITEL 55

Sie hatten den größten Raum des Präsidiums freimachen müssen, so viele Journalisten hatten sich zur Pressekonferenz angemeldet. »Möchtest du etwas sagen?«, bot Carla an. Rike bedankte sich, denn die Aufklärung des »Jockeymordes«, wie ihn die Presse betitelte, löste gemischte Gefühle in ihr aus.

Der Tote war ein durch und durch skrupelloser und brutaler Pferdeschinder gewesen. Und er hatte den Tod eines Menschen und mehrerer Pferde verursacht, sein Reitstil hatte zu weiteren Unfällen geführt. Darüber hatten sie am Vortag in der Vernehmung gesprochen. Im Nachgang hatten sie jeden Punkt geprüft – und alles entsprach den Tatsachen.

Cristobal Bullwin sollte nach der Mehrheitsübernahme des Rennstalls durch Schröder-Knorr der neue Hauptjockey werden. Die beiden Männer waren eng befreundet, die Brutalität hatte dem Rockerpräsidenten imponiert. Offenbar hatten sie viele Gemeinsamkeiten.

Alexander Schwarz hatte davon berichtet, wie sein ungeliebter Kollege eines Tages im Stall erschien. »Jetzt werden hier andere Saiten aufgezogen«, hatte dieser erklärt. Er werde künftig als neue Nummer 1 das Sagen haben und die Pferde auswählen. »Er hatte die glorreiche Idee, Diamond Moon, dessen Sehnenverletzung nicht ausgeheilt war, wieder ins Rennen zu schicken«, erklärte er. »Außerdem hat er ihm ein Mittel verabreicht, das war ein Entzündungshemmer, der überdosiert wird, um Energieschübe freizusetzen. In den USA sind mehrere Galopper an dem Zeug gestorben«, sagte er.

»Woher hatte der das Mittel?«, wollte Rike wissen.

»Das kam aus dem Darknet, ich habe ein Gespräch belauscht. Und die haben einen neuen Tierarzt eingesetzt, auch ein Kumpel von Schröder-Knorr. Unser bisheriger Veterinär hätte so etwas nicht mitgemacht.«

Rike hatte den Eindruck, dass er die Entführung des Pferdes unterstützt hatte. Er verneinte das. »Es war schon riskant, einen so langen Ritt zu machen, aber die Kleine weiß, was sie tut«, sagte er. Geplant hatte er die Tat nicht. »Aber dann war Diamond Moon verschwunden, und ich war schockiert, dass Tonnac meine geliebte Sunny diesem Brutalo geben wollte, der kannte ja Teresas Geschichte. Aber dem Chef ging es nur noch darum, die eigene Haut zu retten.« Als sein Kollege dann das Pferd brutal misshandelte, stieg die Wut in ihm auf, er entfernte die Schutzkappe von der Kanüle auf der Spritze.

»In dem Moment hat sich mein Gehirn ausgeschaltet, da war nur der blanke Hass. Dass er auf das Pferd steigt, konnte ich nicht verhindern, leider. Aber dann bot sich die Gelegenheit«, sagte er.

»Als er hinabrutschte, haben Sie zugestochen?«

»Ja, er ist kurz vor dem Start genau auf die richtige Seite gerutscht, ich habe das durch die Jackentasche durch bei ihm reingedrückt, bis es nicht mehr ging. Zum Glück ist sonst niemandem etwas geschehen. Ich weiß, das war absolut hirnrissig, und nun werde ich den Rest meines Lebens hinter Gittern verbringen.«

»Bereuen Sie, was Sie getan haben?«, fragte Flores.

Er wiegte den Kopf: »Mord ist keine Lösung. Andererseits denke ich an meine tote Tochter, er hat ihr Leben zerstört, ebenso wie das anderer Kollegen – und er hat so viele wunderbare Pferde auf dem Gewissen. Schwierige Frage.«

Rike sagte nichts, zu gut konnte sie seine Gedanken nachvollziehen, auch wenn sie das niemals zugeben würde.

»Aber was ist mit Thomas Bernecke? Haben Sie den Mann auch getötet?«

»Ich kannte den nicht und hatte mit dem Herrn nichts zu tun. Warum sollte ich?«, hatte er gefragt. Sie hatten zudem die Daten abgeglichen und festgestellt, dass er an dem Tag in Wremen im Stall gewesen war.

»Da hatten wir Pferdewellness. Unsere aktiven Sportler werden einmal im Jahr von einer Osteopathin behandelt.« Die Therapeutin hatte das Alibi bestätigt, sie war später zum Essen beim Jockey eingeladen.

Rike wollte keine Pressekonferenz abhalten, solange dieser Fall nicht komplett geklärt war. Doch das Innenministerium hatte Druck gemacht.

Der Raum fülle sich, Rike hatte in der letzten Reihe Platz genommen. Die Übertragungswagen standen vor dem Haus. Sie sah, dass sogar die BBC und das französische Fernsehen ein Team geschickt hatten, sämtliche deutschen Stationen waren ohnehin vertreten.

Der Inspektionsleiter verlas die zuvor verfasste Pressemitteilung, danach folgten viele Fragen. Die Veranstaltung verlief reibungslos, bis eine Cuxhavener Journalistin den Fall Bernecke ansprach. »Wir haben einen Verdächtigen festgenommen, die Ermittlungen laufen«, sagte Carla.

»Ist der für die Polizei weniger wichtig, weil das kein bekannter Jockey war?«, wollte die Reporterin wissen. Die anderen Medienvertreter sprangen auf das Thema auf und setzten ihrer Chefin regelrecht zu.

Nach einer Stunde beendete der Inspektionsleiter die Veranstaltung, Carla musste in mehrere Mikrofone sprechen. Rike stahl sich unauffällig aus dem Raum. Es wurmte sie, dass sie nicht herausgefunden hatte, wie der Informatiker zu Tode gekommen war. Unten an der Tür hatte die Journalistin sie eingeholt. »Wie ermitteln Sie denn jetzt weiter, wer den Informatiker auf dem Gewissen hat?«, fragte sie.

»Er war sehr engagiert, unter anderem gegen den Massentourismus in der Stadt. Dafür ist er hart angegriffen worden«, sagte sie und drückte Rike einen Ausdruck in die Hand.

KAPITEL 56

Sie saßen zum ersten Mal seit Langem wieder auf der *Mariannic'k*, die leicht auf den Wellen schaukelte. Das Thermometer war auf über 20 Grad geklettert, die Sonne schien. »Bestes Nordsee-Sommerwetter«, hatte Harry zu ihr gesagt, um sie auf seine Jacht einzuladen.

Er reichte ihr einen Rosésekt und lockte Prinz mit einem Kauknochen ebenfalls vom Steg an Bord. Schiffe jeglicher Größe verabscheute ihr Vierbeiner. Sie schmiegte sich an Harry und blickte zum Horizont. Der Himmel färbte sich feuerfarben, die Sonne schien auf der Wasseroberfläche zu zerfließen.

Sie genoss es, den Kopf an seine Schulter zu legen, fühlte sich erschöpft. »Herzlichen Glückwunsch zu diesem Erfolg, das war kein einfacher Fall«, gratulierte ihr Harry.

Doch sie dachte immerzu an den Todesfall Thomas Bernecke. »Weißt du, vielleicht ist es einfach und dieser Verbrecher war es, dieser Jack Steffens? Warum habt ihr den denn ausgeschlossen?«

»Der wollte nach seiner Aussage den Laptop und hat ihn bekommen, es ging um die Erpressung von Tonnac«, sagte Rike. »Ja, aber eventuell lief das nicht so reibungslos, das Opfer hat sich gewehrt und dann – Zack bumm?«, Harry machte eine Bewegung, als würde er einen Schlag ausführen.

Sie dachte nach, möglich war es. Sie mussten Steffens noch mal in die Mangel nehmen, vielleicht war ja irgendetwas schiefgelaufen und es kam zu einem Unfall. Andererseits hätte auch Amkea Antelmann Gründe gehabt, sich mit dem Informatiker zu streiten. Unklar war, ob sie über die Gelderpressung Bescheid wusste. Von seinem Flug nach Neuseeland war sie jedenfalls nicht begeistert. Er hatte sie gleich doppelt hintergangen. Hatte er noch gelebt, als sie in die Wohnung kam? Sie mussten die junge Frau noch mal in die Mangel nehmen, vielleicht verhedderte sie sich in Widersprüche.

»Ach Mensch, Harry, es ist wie ein Déjà-Vue. Da sitzen wir an einer einmalig schönen Stelle und reden über Mordfälle. Lass uns zum gemütlichen Teil übergehen. Schau mal, die Sonne.« Rike sah in Richtung des Sonnenballs, der vereinzelte Wölkchen wie rosa Himmelsschafe einfärbte, die Nordsee spiegelte das Schauspiel bis zum Horizont. »Du hast recht. Schluss mit Mord und Totschlag für heute.« Er legte seinen Arm um Rike und wandte sich dem Farbspektakel zu. »Meinst du, die Koje ist groß genug für uns beide?«, fragte Rike, als die Dämmerung sich über das Meer senkte. Harry antwortete mit einem langen und leidenschaftlichen Kuss. In dem Moment klingelte Rikes Handy. »Ich müsste dringend mit Ihnen sprechen«, hörte sie die Stimme von Margo Valeska. »Können wir das auf morgen früh verschieben?«, bat Rike und wimmelte die Malerin ab.

Doch die Stimmung war umgeschlagen. Harry saß auf der Bank und blickte betrübt auf den Boden. »Ich glaube, das wird zu eng«, sagte er. »In der Wohnung bekommst du mehr Schlaf.«

»Harry, es tut mir leid, können wir einfach da weitermachen?«, sie ärgerte sich, dass sie den Anruf entgegengenommen hatte. Doch er schüttelte den Kopf und ging wortlos hinab in die Koje, schloss die Schiebetür. Rike rief Prinz und ging dann mit hängenden Schultern nach Hause.

KAPITEL 57

Auf diesen Moment hatte sie gewartet, seit sie am Tag davor den Anruf bekommen hatte. Sie stand an der Straße und wartete auf den Pferdetransporter. Endlich sah sie den silberfarbenen Lkw mit den aufgesprühten Pferdebildern auftauchen. Sie rannte die Auffahrt hinunter und winkte dem Fahrer, dass er einbiegen sollte. Als er vor dem Stall anhielt, öffnete sie die Seitentür. Diamond Moon wieherte, als Amkea leise seinen Namen sagte.

»Willkommen zu Hause«, flüsterte sie.

Der Fahrer übergab ihr einen Umschlag. »Das sind die Dokumente für Scheich Achmed, die Sie bitte mit besten Grüßen von Herrn Tonnac überreichen sollen.«

Sie bedankte sich. »Das wird der Scheich auf jeden Fall zu schätzen wissen.«

Sie legte dem Pferd sein Halfter an und führte ihn auf den abgesteckten Bereich neben den anderen Tieren ihrer Familie. Nach einigen Tagen des gegenseitigen Beschnupperns sollte er einen Platz in der Herde finden.

Der Fahrer schloss die seitliche Klappe und wendete, bevor er das Grundstück verließ. Sie setzte sich neben Diamond Moon, der seinen Kopf zu ihr neigte, und kraulte ihm die Stelle zwischen den Augen, so wie er das mochte. Dann sah sie nach oben gen Himmel. »Danke, Tom, tut mir so leid, was passiert ist.«

»Dino, das wird hart, du wirst für einige Zeit alleine zurechtkommen müssen. Ich wollte das alles nicht. Aber nun bist du für immer in Sicherheit«, sagte sie. Ihre Eltern standen vor dem Paddock, sie hatte sie am Vortag eingeweiht. Sie hielten zu ihr und würden ihr Seelenpferd in ihrer Abwesenheit betreuen.

»Ich zeige euch mal seine Sachen«, sagte Amkea. In einer Kiste im Stall befanden sich seine Halfter, Hufschuhe und sein Putzzeug. Sie hatte einen Plan aufgestellt, welches Futter er bekam.

»Soll ich nicht an deiner Stelle gehen?« Ihre Mutter weinte schon wieder. Amkea umarmte sie, doch sie war fest entschlossen. »Auf keinen Fall, mach es gut, Mama. Das kannst du mir nicht abnehmen. Ich bin erwachsen und muss dazu stehen.« Sie blickte nicht zurück, damit ihre Eltern nicht ihre Tränen sahen.

KAPITEL 58

Es würde eine stürmische Überfahrt mit der *MS Nordsee*. Prinz hatte sich unter dem Tisch verkrochen, die Passagiere neben Friederike nahmen die angebotenen Tüten nach den warnenden Worten der Kapitänin. Rike dachte an die Fahrt zurück, als sie einen tödlichen Sturz beobachtet hatte. Direkt hinter dem Hafen begann die Schaukelfahrt, sie ahnte, dass der Seegang auf dem offenen Meer noch stärker würde. Doch nichts würde sie von dieser Tour abhalten. Vor zwei Tagen hatte Harry wegen seines schrecklichen Heimwehs spontan beschlossen, auf seine Heimatinsel zu reisen. Und sie hatte ihn schmerzlich vermisst.

Vom Fenster aus sah sie die historischen Villen der Grimmershörnbucht vorbeigleiten, die Strandkörbe wirkten wie bunte Tupfer am Grünstrand. Am Steg davor hatte Harrys Jacht gelegen, der leere Platz gab ihr einen Stich. Wie selten hatten sie in dieser Zeit einen Segelausflug unternommen? Er hatte sich am Festland schrecklich einsam gefühlt und seine Insel vermisst.

Endlich lag die Kugelbake vor ihnen, nun ging es hinaus auf die See, das Schaukeln wurde stärker. Doch Rike wusste, dass jede Welle sie näher zu ihrem Liebsten brachte. Sie ging nach draußen und stellte sich an die Bordwand unterhalb der Treppe. Genau an dieser Stelle hatte sie damals den tödlichen Sturz einer Immobilienmaklerin mitbekommen.

Ihr Magen begann, auf die Schaukelbewegungen zu reagieren. Wellen klatschten gegen den Bug, Nordseewasser spritzte bis nach oben. Rike hielt ihr Gesicht in den Wind, atmete tief die salzige Luft ein, um das zunehmende Magengrummeln zu bekämpfen. Seit sie draußen stand und den Horizont fixiert hielt, fühlte sie sich etwas besser.

Sie würde ein paar Tage benötigen, um von diesen anspruchsvollen Ermittlungen abzuschalten. Spontan hatte sie zwei Wochen Urlaub genommen, die sie mit ihrem Liebsten auf seiner Heimatinsel verbringen würde. Denn in den letzten Tagen war sie nur für drei bis vier Stunden zum Schlafen und Wechseln der Kleidung nach Hause gekommen. Harry hatte nichts gesagt und ihr dann nur einen Zettel hingelegt. »Ich bin für die nächsten 14 Tage zu Hause. Love, Harry.« Das war alles, was sie seitdem von ihm gehört hatte, er hatte sein Mobiltelefon ausgestellt, und sie wusste nicht einmal, ob er ihre Nachricht erhalten hatte, dass sie auf die Insel kam.

Ihre Gedanken kehrten zu dem letzten Fall zurück. Sie hatten nach der Pressekonferenz fast rund um die Uhr gearbeitet, um zu klären, was mit Thomas Bernecke geschehen war. Dann erschien eines Morgens Margo Valeska in ihrem Büro. Sie hätte die Malerin beinah wieder nach Hause geschickt. »Es gibt wichtige Neuigkeiten, und ich habe jemanden mitgebracht«, hatte die Malerin auf einem Gespräch beharrt. »Am besten, Sie besorgen ein Aufnahmegerät und wir gehen in einen ruhigen Raum«, erklärte Valeska. Ihr folgte Amkea Antelmann, die Tiermedizinstudentin.

»Die junge Frau möchte etwas Wichtiges mitteilen«, kündigte Valeska an. Ihre Begleitung sah ebenso übernächtigt aus wie Rike selbst, und ihre Augen waren rot, offenbar waren Tränen geflossen.

Kaum hatten sie sich gesetzt und die Personalien aufgenommen, platzte sie mit ihrer Aussage heraus. »Ich habe nicht die komplette Wahrheit gesagt und möchte Ihnen alles erzählen.« Sie und Thomas Bernecke waren ein Paar, und er hatte ihre Vorhaben unterstützt. Als sie ihrem Entführer entkam, hatte sie seine Adresse angegeben. Sie ging davon aus, dass er schnell verstand, wen er vor sich hatte und sich wehren konnte.

»Es war seine Idee, Bitcoins von Tonnac zu fordern. Das Geld war dazu gedacht, Diamond Moon zu kaufen. Ich wusste von den Bitcoins, das habe ich ausgelassen, aber hatte keine Ahnung, wie das funktioniert.«

Sie war auf dem schnellsten Weg zu ihrem Liebhaber gefahren, um ihn vor den Verfolgern zu warnen. »Ich hatte mein Telefon nicht mehr, und leider ist mir die Karre stecken geblieben. Der Verbrecher war mir zuvorgekommen«, sagte sie.

Als sie in die Wohnung stürmte, waren ihre Verfolger bei ihm gewesen und hatten seinen Laptop mitgenommen. »Da werden die nichts finden«, hatte er gegrinst. Die Informationen über sein *Wallet*, wo das Geld lag, hatte er einzig auf einem versteckten Handy und auf seinem verschlüsselten Dienst-Laptop. Als Tom ihr ein Getränk holen wollte, stieß sie auf ein Flugticket nach Neuseeland. Für eine Person. Amkea war entsetzt, dass er abhauen, sie im Stich lassen und das Geld mitnehmen wollte.

»Ich stellte ihn zur Rede, und wir hatten einen heftigen Streit. Ich habe ihm mächtig eine geknallt, er hat versucht, auszuweichen, ist über ein Kabel gestolpert und auf seinen Drachen gestürzt. Ich habe gesehen, dass er sofort tot war«, hatte Amkea gesagt. Sie weinte bitterlich. »Ich bin schuld, dass er tot ist. Aber ich habe das nicht gewollt.«

»Was hast du dann gemacht?«, wollte Rike wissen.

»Ich war total entsetzt und in Panik, ich habe den Drachen ins Bad gebracht und abgewaschen. Dumm, als könnte ich das ungeschehen machen«, schluchzte sie. Das deckte sich mit den Ergebnissen der Ermittlung. Demnach war der Tod ein Unfall, wenn auch durch den Schlag herbeigeführt. Ob es mehr als Körperverletzung war, musste der Richter entscheiden.

Rike bedankte sich für die Aussage. »Und was ist mit den Bitcoins passiert?«, wollte sie wissen. Die junge Frau zögerte, sagte dann: »Keine Ahnung.«

Rike hatte den Eindruck, dass sie nicht die komplette Wahrheit sagte. Nach längerem Überlegen ergänzte Amkea. »Ich kenne mich wirklich nicht damit aus. Aber vielleicht hatte ich Tom Unrecht getan. Gestern wurde Diamond Moon in unsere Klinik gebracht. Ein Scheich Achmed hatte den Transport beauftragt«, sagte sie.

Rike war skeptisch. »Das werden wir prüfen. Ich würde dich bitten, morgen das Protokoll zu unterschreiben.« Sie würde eine Untersuchung zu den Finanztransaktionen in Auftrag geben.

»Da ist noch etwas. Ich weiß, dass Tom geplant hat, den *Sommerabend am Meer* zu stören. Er wollte dieses Mal eine richtig heftige Aktion durchziehen und hat im Darknet Sprengstoff bestellt. Dabei sollte niemand zu Schaden kommen, er wollte am Tag davor die Bühne, Imbisse und alles Mögliche in die Luft jagen. Der war vollkommen aus dem Häuschen, ich fand das viel zu gefährlich«, sagte Amkea.

»Und wo hat er das Zeug?«, fragte Rike besorgt.

Amkea zuckte mit den Schultern. »Er hat noch ein paar Mitstreiter in einer *Telegram*-Gruppe, die wissen bestimmt Bescheid.«

Rike bedankte sich und überlegte, wie sie am besten vorgehen sollten.

»Muss ich denn jetzt nicht ins Gefängnis?«, fragte die junge Frau erstaunt.

»Das entscheidet der Ermittlungsrichter, aber ich sehe nicht die Merkmale eines Mordes gegeben. Ich kann nicht dem Gericht vorgreifen«, sagte sie.

»Danke, Frau Valeska. Ich bin froh, auf Sie zählen zu können.« Rike war der Malerin dankbar für ihre Unterstützung.

»Sie bleiben doch hier in Cuxhaven?«, fragte diese. »Wollen Sie mich zum Malkurs verdonnern? An mir werden Sie sich die Zähne ausbeißen, ich bin total unkreativ«, scherzte Rike.

»Da unterschätzen Sie mich aber. Versprochen ist versprochen«, entgegnete Valeska.

Ein Lächeln stahl sich auf Rikes Lippen, als sie an ihren Abschied dachte. Auch Flores war voller Stolz auf die Aufklärung, die sie gemeinsam mit den Kollegen geschafft hatten. Jack Steffens hatten sie seiner Mutter übergeben, auch seine Aussagen würden sich zumindest strafmildernd auswirken. Von der Sicherheitsfirma hatte er eine Kündigung erhalten, doch seine Mutter hatte einen neuen Job für ihn bei der Stadtreinigung organisiert. Carla Bredow war voll des Lobes über die abgeschlossenen Fälle. Als Rike spätabends den Bericht fertiggeschrieben hatte, setzte sie sich zu ihr, bot Rike ein Glas Sekt an.

»Das war eine hervorragende Arbeit. Vor allem, dass ihr diesen Anschlag aufgedeckt habt. Wer weiß, was da passiert wäre mit dem Sprengstoff, auch wenn er einen Tag vor dem Fest hochgehen sollte, können Menschen zu Schaden kommen«, sagte sie.

Rike war erleichtert, dass Juri die Mitstreiter von Thomas Bernecke gefunden hatte und sie das Material gesichert hatten. Sie stießen an, dann räumte die Chefin ein: »Sorry, dass ich dich unter Druck gesetzt habe, das war ein besonders komplexer Fall. Und eine Sache wurmt mich!«

»Was denn? Ich bin sicher, wir haben jetzt wirklich alles geklärt«, sagte Rike.

»Tja, weißt du, diese Dinge, die der Rocker sich erlaubt hat. Warum geht dieses A... denn wieder straffrei aus?«

»Wo kein Kläger, da kein Ankläger. Der Tonnac sagt ja leider nicht gegen den aus. Aber du kannst dich entspannt zurücklehnen«, sagte Rike.

Gespannt sah ihre Chefin sie an.

»Schon morgen rücken die Ermittler für Wirtschaftskriminalität vom LKA Hannover an, die machen eine Razzia am Firmensitz, bei Tonnac und in den Wettbüros. Die werden etwas finden. Vor allem, wenn das mit der Geldwäsche stimmt, bekommen sie es raus.«

Sie stießen ein zweites Mal an, und Rike verabschiedete sich in den Urlaub. Zufrieden dachte sie daran, dass die Kollegen gerade die Unterlagen durchforsteten, während sie auf dem Schiff stand.

Der Wellengang war kurz vor der Insel noch stärker, doch Rike störte das nicht. Sie hatte so viele Fragen an Harry. Sie konnte ihm nicht verdenken, dass er zurückgekehrt war. Auf seine Ankündigung, nach Cuxhaven zu ziehen, hatte sie nicht erfreut reagiert. Doch das Zusammenleben war eine enorme Umstellung, ihre Ängste vor dem Verlust ihrer Unabhängigkeit hatten ihren Gefühlen im Weg gestanden. Wie schön wäre es, wenn sie sich auf ihren Freund einlassen könnte, auf seine Lebenskunst, seine Fröhlichkeit. Selbstkritisch dachte sie daran, wie sie sich in ihre Fälle verbiss, andere Dinge in ihrem Leben keinen Platz mehr fanden. Ob sie in Zukunft eine Balance hinbekam? Endlich waren sie am Inselchen Düne angelangt, sie wusste, dass der Seegang kurz vor der Hafeneinfahrt das Schiff noch einmal durchrüttelte. Kurz sah sie in den Raum, Prinz lag ruhig an seinem Platz. Es stank entsetzlich nach Erbrochenem. Einige junge Mädchen weinten und schrien. Sie hielt sich am Türrahmen fest, um wieder hinauszukommen, und stellte sich an den Platz zurück. Endlich war die Einfahrt geschafft, sie spähte nach ihrem Liebsten. Obwohl ihr die Knie zitterten, durchfloss sie ein Gefühl unbändiger Freude, als sie seinen sturmzerzausten blonden Haarschopf am Anleger entdeckte. Er war gekommen.

DANKSAGUNG

Herzlichen Dank an meinen liebsten Monsieur K., erster Leser, der mich bei allen Herausforderungen des Bücherschreibens unterstützt.

Wenn das Lektorat mit den Worten beginnt: »Wo haben die nackten Frauen ihre Ausweise?«, kann nicht mehr viel schief gehen. Danke für die richtigen Fragen an den richtigen Stellen – und den Humor an meine Lektorin Claudia Senghaas.

Beihilfe bei der literarischen Tat leistete die kompetente und engagierte Tierärztin Janina Andersch. Dankeschön.

Kein Verbrechen ohne den richtigen Tatort, danke für die Inspirationen und Berichte aus der Neuzeit und Vergangenheit des wunderschönen Ortsteils Duhnen an die Wattwagen-Unternehmerin Birgit Strohsahl.

Aus Gründen war ich viele Jahre auf Rennbahnen zu Gast, habe Gestüte angesehen, mit Trainern und Jockeys gesprochen. Ohne Namensnennung geht mein Dank an Menschen aus der Rennszene, die meine Fragen beantwortet haben. Mein Herzensdank geht an alle Menschen, die ein Herz für Vollblüter und ihre besonderen Charakter haben und sich um das Pferdewohl sorgen.

Mein besonderer Dank für den medizinischen Faktencheck geht an Frau Dr. R.W.

Alle Bücher von Susanne Ziegert:

Kommissarin Friederike von Menkendorf ermittelt:

1. Fall: Störtebekers Erben
ISBN 978-3-8392-2266-9

2. Fall: Tod im Leuchtturm
ISBN 978-3-8392-2596-7

3. Fall: Tod vor Helgoland
ISBN 978-3-8392-0202-9

4. Fall: Küstendorf
ISBN 978-3-8392-0368-2

5. Fall: Verrat auf Helgoland
ISBN 978-3-8392-0738-3

6. Fall: Wattrennen in den Tod
ISBN 978-3-8392-0831-1

weitere:

Der kleine Pferdehof am Deich
ISBN 978-3-8392-0573-0